KB019787

설탕 아이

20세기 중반에 살았던 한 소녀의 이야기

Original title: САХАРНЫЙ РЕБЕНОК:
История девочки из прошлого века, рассказанная Стеллой Нудольской
(SAKHARNYI REBIONOK. ISTORIA DEVOCHKI IZ PROSHLOGO VEKA,
RASSKAZANNAYA STELLOY NUDOLSKOY)
Text©Olga Gromova, 2014
Illustrations by Maria Pasternak©KompasGuide Publishing House, 2014
Cover by Ksenia Dereka©KompasGuide Publishing House, 2018

Published with the permission of the KompasGuide Publishing House, Russia

이 책의 한국어판 저작권과 판권은 저작권자와의 독점 계약으로 써네스트에 있습니다. 저작권법에 의해 한국
내에서 보호를 받는 저작물이므로 무단 전재와 무단 복제, 전송, 배포 등을 금합니다.

ИНСТИТУТ ПЕРЕВОДА

이 책은 러시아 문학번역원의 지원으로 만들어졌습니다.

설탕아이

20세기 중반에 살았던 한 소녀의 이야기

올가 그로모바 지음   강완구 옮김

써네스트

스텔라와 에릭에게

난 약속을 지켰습니다.

올가 그로모바

차례

프롤로그

창 밖에는 따뜻한 가을 햇살이 비추고 있다. 이곳 모스크바 근교의 숲은 햇살을 받아서 반짝이고 있다. 창 밖을 바라보고 있자니 수업을 하고 싶은 마음이 전혀 들지 않았다. 독일어 수업 시간이라서가 아니다. 그냥 수업이 하기 싫다. 어제 본 수행평가 시험 결과를 이야기하는 선생님의 목소리가 마치 어딘가 멀리서 들리는 듯하다. "스텔라 누돌스카야 3점*……." 내가 잘못 들은 건가? 교실 안 반 아이들이 이해를 못하겠다는 듯 웅성거리기 시작했다. 하지만 매서운 눈빛으로 우리의 새로운 '독일어'가 아이들을 재빨리 진정시켰다. 맨 앞에 앉은 아이들부터 모두가 놀라서 나를 쳐다보았다. 일주일 사이 벌써 두 번째의 3점이다. 모두 내가 독일어를 러시아어만큼 자유롭게 말한다는 것을 잘 알고 있다. 그렇기 때문에 독일어 받아쓰기 시험에서 내가 3점을 받는다는 것은 불가능하다는 것을 잘 알고 있다.

하지만 난 얼마전에 있었던 러시아어 작문 시험의 3점(선생님은 내가 문법적인 실수를 하였고, 제대로 주제를 표현하지 못했

---

* 러시아의 학력평가 체계는 1, 2, 3, 4, 5점으로 구별을 한다. 이중 5점은 우리의 성취평가제에 의한 A에 해당하는 것이고 4점은 B, 3점은 C, 2점은 D, 1점은 F를 나타낸다- 옮긴이.

다고 하였다)을 포함해서 오늘 시험점수가 왜 그렇게 나왔는지 잘 알고 있다. 그걸 알고 있기 때문에 오늘 내가 받은 점수에 덤덤할 수 있다. 물론 창피한 일이고, 공평하지 않은 일이다……. 그리고 바로 이 순간 분명해진 것이 또 하나 있다. 그것은 마지막 학년에 받은 두 과목의 수행평가 시험 점수 3점은 내 실력과는 상관없이 이미 정해져 있었다는 것이다. 그렇게 되면 학년 말에 러시아어와 독일어 점수가 4점이 될 것이고, 결국 지난해의 전과목 5점에도 불구하고 금메달은 고사하고 은메달도 받기 힘들게 될 것이라는 것이다.

선생님의 목소리가 더이상 들리지 않았다. 나는 생각을 해본다. 어차피 러시아어에서 4점을 받는 것을 피할 수 없는 일이다. 결국 나는 어떤 메달도 받지 못할 것이다. 졸업 학년에 두 과목에서 4점을 받아도 메달을 받을 수 있다. 하지만 그 중의 하나가 러시아어라면 불가능한 일이다. 그것이 규칙이다. 내가 그 규칙에 걸린 것이다. 화가 나고 수치스럽다. 그리고 왜 하필이면 두 번째 4점이 내가 좋아하는 독일어란 말인가! 수학도, 물리도 아니고. 어쩌면 우리의 새로운 담임선생님이 독일어를 가르치기 때문일 것이다. 그녀는 독일어를 잘 모르는 것 같다. 즉, 자기보다 더 잘 아는 사람이 마음에 안 드는 것이다. 아니면 그녀는 우리 마을에 얼마 전에 왔기 때문에 아직 자기 주장을 하지 못하고 단순히 누군가의 지시를 수행해야 하기 때문일지도 몰랐다.

엄마도 같은 학교에서 독일어를 가르친다. 하지만 엄마에겐 고학년 수업을 주지 않는다. 5학년~7학년 수업만 줄뿐이다. 엄마도 마찬가지로 내 독일어 점수에 만족하지 않을 것이다. 하지만 내가 분명히 아는 것은 나도 엄마도 따지지 않을 것이라는 것이다. 그리고 어느 누구에게도 불평을 하지 않을 것이다. 같은 반 아이들이야 놀라라고 하지 뭐. 하지만 아이들은 금방 잊을 것이다. 졸업반인 10학년 아이들은 자기 고민들을 해결하기에도 정신이 없을 것이기 때문이다.

　나중에 언젠가는……. 언젠가 그것이 가능하다면 나의 가장 가까운 친구들에게 내 이야기를 들려주고 싶다. 하지만 빠른 시일 내에 그런 시간은 오지 않을 것이다. 그리고 지금은 이야기를 하고 싶어도 가만히 있어야만 한다.

1. 놀이

저녁 식사를 마친 후 우리는 요정과 난장이가 있는 마법의 나라에 빠져들었다. 그곳에는 모두가 알고 있듯이 젤리로 만들어진 강변 사이로 우유 강이 흐르고 있다.

접시 바닥에는 깎아지른 듯한 절벽처럼 과일 젤리들이 쌓여있고, 그 주위에는 우유가 부어져 있다. 우유를 이용해서 여러가지 모양을 만들 수 있다. 예를 들어서 서두르지 않고 천천히 손을 움직인다면 그릇 안에 호수와 강 그리고 개천과 바다가 있는 한 나라의 지도를 만들 수 있다. 우리는 한참동안 지도를 만든 뒤

누가 더 잘 만들었는지 비교를 하였다, 내가 만든 것이 더 나을지 아니면 엄마나 아빠가 만든 것이 더 나을지. 아빠는 젤리로 훌륭한 산을 만들어내는 능력을 보여주었다. 그리고 바로 그 산으로부터 우유 강이 흐르는 것이라고 하였다. 우리가 그릇에 그려진 그림을 보고 있는 동안 산이 흘러내려서 바다가 진해졌다. 엄마와 나는 웃고, 유모는 "이런, 아이들처럼 또 엉망진창으로 만들었군요."라며 투덜거렸다.

"자, 모샤브카. 빨리 젤리를 다 먹고 자자." 아빠가 말했다.

"이야기 해 줄거야?"

"그럼 이야기를 해 줘야지. 오늘은 내 차례이니."

"아빠, 지금 당장 시작해 줘, 어떤 이야기인지 알 수 있게……. 그다음에 치카하고 씻으러 가면 안돼?"

"옛날 옛적에……."

"햇살이 아주 반짝이고 물이 더 깊었을 때?"

"맙소사, 너 어떻게 그걸 알았어?"

"폴랴가 얘한테 그렇게 이야기를 시작하거든." 미소를 지으며 엄마가 말했다.

폴랴는 유모의 이름이다. 유모는 나를 모샤브카라고 부르지 않는다. 그녀는 강아지 이름이나 그렇게 부른다고 하면서 나를 그렇게 부를 때마다 마음에 들어 하지 않았다. 하지만 아빠는 그녀의 마음에 들고 안 들고는 개의치 않았다.

"방해하지 말아줘. 그러니까. 옛날 옛적에 모스크바에 한 가족이 살고 있었어. 아빠, 엄마, 유모 그리고 아주 작은 소녀가 살고 있었지. 아빠의 이름은…… 아빠이고, 엄마는 엄마야……. 아빠는 딸을 율렌카라고 불렀고, 엄마의 언니들은 류시카라고 불렀으며 엄마의 오빠는 푸네치카라고 불렀어."

"오빠라면 라파 삼촌을 이야기하는거야?"

"그래, 예를 들면 그렇지. 실제로는 아무도 그를 라파라고 부르지 않아, 오직 작은 아가씨 한 명만 그렇게 부르지. 어쨌든 사람들은 이렇듯 소녀를 부를 때 여러가지 별명으로 불렀어. 이름을 부르지 않았던 거야……. 왜냐하면 이름이 없었기 때문이야."

"이거 내 이야기지, 그렇지? 모험도 있어?"

"그럼 있고 말고. 이제 가서 씻고 눕자."

보통 엄마는 책을 읽어주거나 여러 신과 영웅들, 마법사들에 대한 놀라운 이야기들을 해준다, 그것도 여러가지 언어로. 하지만 아빠는 '진짜' 이야기는 거의 해 주지 않는다. 그러니까 전래동화나 문학작품 같은 것 말이다. 아빠는 바로바로 이야기를 만들어낸다. 나는 이야기 속 내가 어떻게 될 것인지 이야기를 하면서 재빨리 씻으러 갔다. 왜냐하면 실제로 나는 오랫동안 이름이 없었으며, 왜 그렇게 되었는지 잘 알고 있기 때문이다.

모든 상황으로 봤을 때 아들이 나와야만 했다. 아들이 나오면 겐리흐라고 이름을 지을 예정이었다. 그런데 갑자기 예정일보다 빠르게 몸무게는 4와 8분의 7푼트*(그렇게 유모는 옛날 방식으

---

* 미터법으로 바꾸면 스텔라는 태어날 때 몸무게가 1.95kg이었다(이후 옮긴이 표시가 없는 각주는 저자의 각주이다).

로 말했다)고 키는 사십 센티미터밖에 되지 않는 작은 여자 아이가 태어났다. 부모님은 전혀 기대하지 못했던 여자 아이의 이름을 어떻게 지어야 할지 오랫동안 결정하지 못했다.

침대가 없는 동안 나는 커다란 의자 위에 놓여진 여행용 가방 안에서 잤다. 가방의 뚜껑을 의자 등받이에 묶어 두었다. 그때 모샤브카, 부바 이런 식으로 나를 불렀다. 어쨌든 이름을 만들어야만 했다. 아빠의 마음에 드는 이름은 엄마의 마음에 안 들고 엄마의 마음에 드는 이름은 아빠의 마음에 안 들었다. 둘은 끊임없이 논쟁을 벌였다. 가족의 친구 중 한 명이 "여자 아이의 이름을 무소르*라고 하지. 터키어로 "별"이라는 뜻이야."라고 제안하였다.

하지만 엄마는 자신의 딸을 무소르, 즉 쓰레기라고 부르고 싶지 않았다. 두 달 안에 아이의 이름을 등록하지 않는다면 벌금을 물게 될 것이고, 그 안에 정식으로 아이의 출생신고를 해야만 한다는 것을 알려주지 않았다면 아마도 엄마와 아빠는 더 오랫동안 논쟁을 했을 것이다.

아빠, 엄마 그리고 둘의 친구 알렉산드르 이렇게 셋이 함께 출생신고를 하러 갔다. 부모님은 복도의 작은 창문 앞에서 이 작은 기적을 어떻게 불러야 할지 논쟁을 심하게 벌이다가 최종 담판을 하기 위해서 아이를 친구에게 맡겼다. 그때 친구는 (반 시간 전에 부모님이 논쟁을 벌였던 그 창문이 있는 방 안으로) 살며시 들어가서 아이의 출생신고를 하였다. 그리고 두 손에 서류를 들

---

* 러시아어 발음으로는 쓰레기 라는 뜻이다-옮긴이

고 나왔다. 자신의 할 일을 다 했다고 뿌듯해하며 그는 부모님에게 다음에 계속해서 싸우라고 하였으며 아이의 이름은 라틴어로 별이라는 의미를 가진 '스텔라'라고 하였다.

집에 오자 유모 폴랴가 스텔라를 줄여서 엘랴라고 불렀다. 그 이후로 내 주위의 사람들은 나를 그렇게 불렀다.

나는 아빠의 얼굴을 기억하지 못한다. 하지만 그의 외투 주머니는 기억을 하고 있다. 내가 그 안으로 (거의 어깨까지) 손을 넣으면 그곳에는 늘 무언가 맛있는 것이 있었다. 그리고 커다랗고 따뜻한 손을 기억하고 있다. 나는 휴일에 그 손을 잡고 산책을 하였다. 아빠의 목소리는 낮고 부드러웠다. 바로 그 아빠가 작고 이름도 없는 용감한 여자아이가 어떻게 자신의 엄마를 나쁜 악당들로부터 보호를 하며 자신의 이름인 별에 걸맞는 행동을 했는지 이야기해 주려고 하는 것이다.

아빠도 엄마도 음악을 아주 좋아했다. 엄마는 저녁때면 늘 피아노 앞에 앉았고 아빠와 둘이서 노래를 하였다. 나는 두 사람의 그런 모습을 너무 좋아했다. 아빠와 엄마가 함께 마스네의 〈엘레지〉를 부르는 것을 듣는 것을 나는 특히 좋아했다. 물론 나는 엘레지가 무엇인지 마스네가 누구인지 모른다. 그냥 나는 이것을 '마스네의엘레지'라고 긴 한 단어로 생각하고 있었다. 가사도 아름다웠고 멜로디도 좋았다.

엄마와 아빠는 둘 다 일을 하였다. 두 사람은 거의 매일 늦게까지 일을 하고 집으로 돌아왔다. 하지만 두 사람이 집으로 돌아왔을 때 내가 잠을 자지 않고 있다면 두 사람의 시간의 소유자는 나였다. 나는 '귀찮게 하지 말고 저리 가!', '가서 인형이나 가지고 놀아', '나중에 이야기 하자'와 같은 이야기를 한 번도 들은 적이 없다. 지금 기억을 하건대 우리는 늘 함께 놀았던 것 같다.

엄마와 아빠는 내가 아주 어렸을 때부터 러시아어와 함께 독일어와 프랑스어로 나와 대화를 했다. 그래서 나는 세 살 무렵에는 세 가지 언어를 거의 비슷하게 이해를 하였으며 나중에는 이들 언어로 똑같이 어렵지 않게 말을 할 수 있게 되었다. 바로 그렇기 때문에 엄마는 독일과 프랑스 그리고 러시아의 동화와 역사를 원어로 내게 이야기를 해 주었다.

엄마는 그림도 아주 잘 그렸다. 그래서 가끔은 이야기를 해 주면서 그림을 그려주기도 하였다.

나는 선물을 자주 받았다. 그 선물들은 포장지로 싸여져 있었으며 내가 직접 풀어야 하는 끈으로 묶여져 있었다.

어느 날 아빠가 포장지로 덮여 있는 어마어마하게 큰 상자를 가져왔다. 그리고 그는 그것을 거실 바닥에 놓은 뒤 진지한 목소리로 말했다.

"이 안에 무엇이 들어있을까? 궁금하지? 천천히 풀어서 봐."

나는 우선 아빠의 주머니를 뒤졌다. 그곳에는 작고 빨간 사과가 있었다. 그 다음에 포장상자 주위를 돌았다. 내 키보다 큰 그것은 거실바닥에 놓여있었는데 약간씩 흔들렸다. 모든 매듭을 풀고 봐야한다…….

"이봐, 작은 사람, 어서 용기를 내봐!"

작은 사람, 이건 아주 중요한 단어이다. 만약 내가 한 행동이 마음에 들면 아빠는 내게 "훌륭한 작은 사람"이라고 한다. 더 큰 칭찬을 할 경우에는 "훌륭한 사람"이라고 한다.

"훌륭한 사람"이라는 단어는 많은 것을 의미했다.

훌륭한 사람은 모든 것을 혼자서 할 수 있다.

사람은 처음에는 누군가의 도움으로 그리고 나중에는 혼자서 모든 것을 할 수 있고 해내야 한다. 예를 들어서 세 살 반이 된 사람은 혼자서 옷을 입고 세수를 할 수 있다. 나이가 조금 더 들면 혼자서 놀 수 있다. 왜냐하면 충분히 많은 것을 알뿐만 아니라 알고 있는 것들을 통해서 언제나 다양한 다른 것들을 만들 수 있기 때문이다.

훌륭한 사람은 아무 것도 두려워하지 않는다.

겁을 내기 때문에 두려워하는 것이다. 만약 아무것도 겁을 내지 않는다면 두려울 이유가 없다. 그렇게 되면 너는 용감한 사람이다.

훌륭한 사람은 모든 매듭을 혼자서 푼다.

삶을 살면서 여러 가지의 매듭을 접하게 되고 그때마다 이들 매듭을 풀 능력이 있어야 한다. 가장 단순한 방법은 칼로 자르는 것이다. 하지만 매듭은 풀어내는 것이 중요하다.

놀이방 벽에는 두 개의 끈이 걸려 있었다. 이 끈들을 가지고 나는 뜨개질 매듭, 나비 매듭, 이중고리 묶기 등 여러가지의 매듭을 짓고 푸는 것을 배웠다. 아빠는 내게 해양 매듭을 만드는 법을 가르쳐 주었다. 왜냐하면 단단하게 묶을 수 있으면서도 쉽게 풀 수 있기 때문이다.

그렇다, 매듭은 풀어야 한다. 그리고 나는 그것을 혼자서 할 수 있다.

오랫동안 노력을 했다. 그리고 마침내 포장지가 벗겨졌다. 그러자 **말이 한 마리** 거실에 서 있었다.

사과알만한 회색 점이 박혀 있었고, 꼬리와 갈기는 흰색, 안장과 고삐는 빨간색이었으며 진짜 등자도 매달려 있었다!

잽싸게 발을 등자에 넣고 카자크처럼 재빠르게 말 위에 올라탔다! 만세! 안장이 삐걱거리고 말이 흔들렸다. 만세!

'회색이'라는 이름을 가진 말은 오랫동안 나의 최애 인형이었다. 깃털이 꽂혀 있던 모자를 은색의 두꺼운 종이로 만든 은빛 투구로 바꾸어 쓰면 나는 멋진 왕자에서 용감한 장군으로 변하였다. 나는 머리가 세 개 달린 용을 물리치고 공주를 구하였고 에브파티이 콜로브라트*처럼 타타르족과 싸웠다. 나의 변신은 전날 밤에 들었던 역사 속에 나온 주인공에 따라 바뀌었던 것 같다.

나는 산책을 하는 것을 아주 좋아했다. 바깥 세계에는 재미있는 것들이 많았다. 가로수길에서 사람들은 산책을 하고, 개들은 달려갔으며, 여러 종류의 새들이 지저귀었다. 나는 엄마, 아빠 또는 유모와 함께 산책을 했다. 가로수길 한쪽에는 모래놀이터가 있었다. 부모님은 네 살 때부터 혼자서 그곳에 들어가 놀 수 있게 하였다. 나는 그곳에서 모래성을 만들고 때로는 다른 친구들과 다투기도 하였다. 특히 내가 지지 않는 방법을 배우고 난

---

* 에브파티이 콜로브라트(약 1200~1238): 러시아의 전설적인 영웅.

후 이곳에서의 놀이는 더욱 재미가 있었다.

하루는 있는 힘껏 큰 소리로 울부짖으며 내가 집에 나타났다. 코는 맞아서 퉁퉁 부어 있었다. 그리고 코에서는 천천히 코피가 흐르고 있었다. 계속해서 떨어지는 코피를 보면서 나는 더욱 큰 소리로 울부짖기 시작했다. 아빠는 무릎에 나를 앉힌 후 내게 머리를 숙여 젖은 손수건으로 내 콧구멍을 막은 다음 물었다.

"아프고 창피한거야?"

울면서 내가 고개를 끄덕였다.

"알고 있니? 싸울 때에는 먼저 우는 사람이 지는 거야. 만약 울지 않았다면 네가 이겼을 거야."

나는 어쩔 수 없다는 듯 한숨을 쉬고는 다시 울기 시작했다.

"울음을 참을 수 없는거야?"

나는 고개를 끄덕였다.

"한번 참아보자, 혹시 될지 모르잖아? 숨을 크게 들이마시고 함께 숨을 참자. 시작…… 깊게 숨을 마시고, 참는거야. 내쉬고…… 후후후!"

그러자 아픔은 사라졌고 울고 싶지도 않았다.

"봐, 괜찮아졌잖아. 그렇지 않아 작은 사람? 참을 줄 아는 것은 매우 필요한 것이야. 다음엔 잘 할 수 있지?"

훌륭한 사람은 참을 줄 안다.

참는다는 것이 그렇게 어렵지 않다는 것을 알게 되었다. 울기보다는 숨을 깊게 들이 마신 후 참는 것이다. 만약 바로 울기 시작하지 않는다면 나중에 운다는 것은 웃긴 일이다. 그리고 그것은 싸움을 하는데 커다란 도움이 되었다. "엄마 껌딱지"라고 놀려대는 여섯 살 보리카와도 싸울 수 있게 되었다.

내겐 장난감이 많이 있었다. 첫째, 알파벳이 쓰여 있는 나무 블록 세트가 몇 개 있었고, 그림이 그려져 있는 블록도 있었으며, 엄마가 가지고 놀던 오래된 블록도 있었다. 이야기가 있는 블록 상자들도 있었다. 〈아프리카〉 블록 상자안 블록에는 사막, 사바나, 바오밥 나무, 악어, 코뿔소, 스핑크스, 흑인, 얼룩말, 기린, 이집트 피라미드, 나일강이 그려져 있었다. 〈아메리카〉 블록 상자 안 블록에는 인디안, 들소, 파이. 인디언 천막, 쇠사슬에 묶여서 밭에서 일을 하는 흑인들이 그려져 있었다. 〈아시아〉 블록 상자 안 블록에는 중국인, 일본인, 인도인, 탑, 코브라, 몽구스, 코끼리, 원숭이들이 그려져 있었으며, 〈오스트리아〉 블록 상자 안 블록에는 캥거루, 딩고, 개미핥기, 원주민들이 그려져 있었다.

그림들은 선명한 색깔로 아주 정교하게 그려져 있었다. 집 안 벽에는 두 개의 지도가 걸려 있었다. 하나는 나라와 수도 도시 등이 표시되어 있는 세계 지도로 큰 방에 걸려 있었으며, 다른 하나는 두 개의 반 원으로 이루어진 커다란 세계 지도로 놀이방에 걸려 있었다. 두 번째 지도는 그 안에 무엇이 그려져 있는지 내가 볼 수 있을 정도로 낮게 걸려 있었다. 지도는 떼어내서 바닥에 놓을 수도 있게 하였다.

내가 좋아하는 놀이 중 하나가 〈누가 어디에 살까〉이다. 우리는 세계 지도를 가운데 두고 엎드린채 블록들을 세워 놓았다. 예를 들어서 아프리카의 경우에는 아프리카 그림들이 있는 블록들을 세워 놓았다. 동시에 부모님은 내게 그곳의 생활모습, 인구, 기후, 여행자들 그리고 그 나라의 역사에 대해서 이야기해 주었다.

바로 우리는 새로운 놀이를 생각해내었다. 종이로 만든 배를 타고 상아해변으로 갔다. 흑인들을 잡아서 바다를 건너간 뒤 링컨이 흑인들을 자유롭게 풀어준 미국의 노예시장에서 팔았다. 모든 놀이는 선이 악을 이기는 것으로 끝이 났다.

휴일에 점심을 먹기 위해서 커다란 타원형의 식탁을 차린 후 우리는 '아더왕과 원탁의 기사' 놀이를 하였다. 물론 용감한 란셀로트는 나다. 나는 먹을 것 앞에서 심술을 부려서는 안 되고, 쩝쩝소리를 내면서 먹는다든가 나이프와 포크를 함부로 사용해서도 안 된다.

우리는 시를 가지고도 많이 놀았다. 엄마는 나와 함께 산책을 할 때면 새, 개, 풀, 나무, 천둥, 비, 봄, 여름, 가을, 겨울 등 우리가 보게 되는 거의 모든 것과 연관이 되어 있는 아주 아름다운 시를 항상 기억해 내었다. 엄마는 아름다우면서도 기억하기 쉬운 시들을 골라서 읊어주었다. 나중에 우리는 우리가 보고 있는 것과 관련이 있는 시를 누가 먼저 기억해내는지 게임을 하기도 하였다.

가끔씩 우리는 다 함께 사계절 놀이를 하였다. 예를 들어서 '가을'에는 가을에 관한 싯구를 읽는 것이다. 다양한 방법으로 놀이를 하였다. 당시에 나는 많은 시를 기억하고 있었으며 부모님은 내가 이미 외우게 된 시들은 다시 읽어주지 않았다.

우리는 시를 아주 많이 읽었다. 시들 중 마음에 드는 시는 내가 그것을 외울 수 있을 때까지 엄마는 몇번이고 반복해서 읽어 주었다. 어느 정도 내가 시를 외우게 되면 우리는 이 시들을 상대방에게 암송해 주었다. 엄마가 내게 한 줄을 암송해 주면 내가 엄마에게 다음 줄을 암송해 주었다.

하지만 가장 재미있는 놀이는 라파 삼촌이 모스크바에 오면 할 수 있는 놀이였다. 엄마의 오빠인 그는 고리키시*에 살고 있었으며 아주 가끔씩 출장으로 모스크바를 오곤 하였다. 외삼촌이 모스크바에 오는 것 자체가 내겐 커다란 선물이었다.

첫째로, 라파 삼촌은 항상 내게 초콜릿 폭탄을 가져왔다. 안에 무언가로 가득차 있고, 초콜릿으로 만든 케이스로 덮여 있는 것을 우리는 그렇게 불렀다. 폭탄의 크기도 다양했다. 작은 것은 손바닥 만했으며 큰 것은 축구공 만하였다. 초콜릿을 깨면 그 안에 황금색 또는 은색의 종이로 싸여 있는 장난감이 들어 있었다. 내가 가장 좋아하는 인형 중 하나인 흑인 소년 톰이 바로 이 커다란 초콜릿 폭탄 안에서 나온 것이다. 플라스틱으로 만든 손바닥만한 인형이었다. 톰은 머리, 손, 발을 움직일 수 있었다.

둘째로, 삼촌이 오면 집 안의 모든 것들이 뒤죽박죽되었다. 책상과 의자들은 성곽이나 돛단배, 낙타나 캬라반 등 그때마다 필요한 것으로 변하였다. 우리는 아메리카 대륙을 발견하고 사막을 가로질러서 보물을 찾기도 하고, 바스티유를 폭파하고 그 잔해 위에서 프랑스 국가인 〈라마르세예즈〉를 프랑스어로 불렀다.

---

* 소설가 막심 고리키의 생가가 있는 도시로 현재는 니즈니노보고로드로 개칭하였다. 모스크바에서 동쪽으로 400km 떨어진 곳에 있는 도시-옮긴이.

책은 내 삶에 있어서 매우 중요한 부분을 차지하였다. 책 속에는 경이롭고 위대한 것들이 많이 있었다. 내 책장에는 훌륭한 그림들이 그려져 있는 브렘*의 《동물의 삶》 전집이 놓여 있었다. 살아있는 동물들의 그림과 선사시대 동물들의 그림이 그려져 있는 책들이었다, 그리고 러시아와 유럽의 화가들의 그림이 인쇄되어 있는 화집들도 있었다. 비록 그곳에 쓰여져 있는 내용이 무엇인지 읽을 수도, 알 수도 없었지만 그림들을 보는 것은 매우 흥미로운 일이었다.

우리는 어린이 잡지들을 정기구독하였을 뿐만 아니라 다양한 책들도 많이 샀다. 책을 살 때마다 우리는 모두 함께 모여 앉아서 한 사람이 큰 소리로 읽어주는 책의 내용을 들었다. 그 한 사람은 대부분 엄마였다. 엄마는 마치 배우처럼 책을 읽었다! 우리는 저녁을 먹고 난 후 둥근 탁자에 모여 앉아서 그렇게 책을 읽곤 하였다.

낮에 책을 읽을 수 없다는 것에 나는 항상 속이 상했다. 책을 읽으려면 유모가 해야 할 일들을 모두 끝낼 때까지 기다려야만 했다. 어느 날 커다란 실의에 빠져서 외우고 있던 푸시킨의 동화책을 들었다. 나는 〈창문 아래 세 명의 아가씨〉 그림이 그려져 있는 쪽을 펼쳐서 책상 위에 펼쳐 놓았다. 그리고 블록을 들어서 책에 나와 있는 글자들을 순서대로 나열해놓기 시작했다. 한 줄이 전체 탁자를 가득 메웠다. 난 당시에 어떻게 그것을 만들었는지 기억이 나지 않는다. 하지만 유모가 점심을 먹기 전에 다 치

---

* 브렘 (1829~1884): 독일의 동물학자-옮긴이

워야 한다고 이야기했을 때 목청이 떨어져라하고 울었던 기억이 난다. 내가 어떻게 글을 읽게 되었는지 기억이 나지 않지만 1935년 8월 내가 정확하게 네 살이 되던 날 나는 빠르지는 않지만 정확하게 글을 읽기 시작했다.

그해 생일날 받았던 많은 선물 중에는 옥양목으로 표지를 싸고 은색으로 〈마술 같은 동화들〉이라고 쓴 커다랗고 두꺼운 책이 있었다. 대부분의 동화들은 엄마가 이야기를 해줘서 내가 이미 알고 있는 것들이었다. 하지만 이제 나는 혼자서 그것들을 읽을 수 있게 되었다! 생일 다음 날 유모는 오랫동안 집을 비웠다. 나는 〈고수머리 리케〉를 읽기 시작했다. 거의 두 쪽을 읽었을 때 이상한 단어 '예예'*를 만났다. 난 한번도 이런 단어를 들은 적이 없었다. 그래서 무슨 뜻인지 알 수 없었다. 만약 내가 문장을 끝까지 읽었다면 그것이 무엇을 의미하는지 알았을 것이다. 하지만 '터부'가 작동했다. 그것은 하던 일을 끝까지 하지 않고 멈추고 다른 일을 해서는 안 된다는 것이다. 그래서 난 거기서 멈추어 섰다. 처음에 나는 이 단어가 무슨 뜻인지 생각을 하고 기억을 했다 하지만 결국 울음을 터뜨리고 말았다.

책과 이 단어에 화가 난 나는 손가락에 침을 묻혀서 그 단어를 지우기 시작했다. 구멍이 뚫렸다. 나는 탁자 밑에 앉아서 어른들을 기다리기 시작했다. 구멍이 뚫린 쪽이 펼쳐진 채로 책은 바로 옆에 놓여져 있었다.

* 그녀를 뜻하는 '아나'의 소유격 또는 목적격이다. 예요(eë)라고 써야 하지만 일반적으로 예예(ee)라고 쓰고 예요라고 읽는다. 예요라고 읽으면 알 수 있었겠지만 예예라고 읽으면 무슨 말인지 알 수 없기 때문이다- 옮긴이 .

유모가 제일 먼저 돌아왔다. 이 바보 같은 책에 대해서 내가 이야기를 하자 "'예'가 두 개 나란히 있는 경우는 없어. 그래서 둘 중의 하나는 '요'가 되는 거야. 그렇게 한번 읽어봐."라는 대답이 돌아왔다. 물론 그렇게 하니 모든 게 정상이었다. 책에 구멍을 내는 바보 같은(엄마가 나중에 "바보 같은 짓을 한 거야! 네가 뭔가를 모르고 있다는 것에 책은 잘못이 없어. 사람들이 애써서 책을 만들었는데 너는 그 책을 망가뜨렸어."라고 이야기하였다) 짓을 했다는 것을 잊을 정도로 나는 안도를 하였다. 나는 앞서서 동화를 끝까지 읽었다. 솔직히 이야기해서 이 동화책은 엄마가 해 주는 이야기보다는 재미가 없었다는 것을 인정한다. 엄마가 들려주는 〈신데렐라〉의 요정은 책 속의 요정보다도 마술을 더 잘 쓸 줄 알았다. 엄마의 요정은 아무것도 없는 상태에서 요술봉을 움직여서 마차, 말, 마부 그리고 하인을 만들었지만 책에서는 호박, 생쥐, 집쥐 등을 가지고 쉽고 간단하게 만들었다.

난 내가 읽고 싶은 것을 이제 혼자서 읽을 수 있다는 것에 대단한 자부심을 가졌다. 물론 반은 이해할 수 없는 단어였지만 무엇보다도 그림 아래 붙어있는 설명을 읽을 수 있다는 것이 마음에 들었다. 나는 시가 있거나 짧은 일화들을 소개하는 조그마한 책들을 읽는 것을 좋아했다.

시간이 흐르면서 내게는 또 하나의 놀이가 생겼는데 부모가 없는 낮에 혼자서 노는 것으로 결말이 해피앤딩으로 끝나도록 실제 이야기 또는 동화속 이야기를 다시 만드는 것이다. 그러기 위해서는 내가 알고 있는 모든 인물들, 즉 전에 부모님이 내게 알려줬던 역사 속 인물들이나 동화 속 인물들을 모두 동원하였다. 나는 어떻게 해야 할지 생각을 한 후 저녁이 되면 아빠에게 이야기를 해 주고, 아빠는 나한테서 들은 이야기에 구성이 부실한 곳을 알려주면서 어떻게 해야 할지 조언을 해 주었다.

예를 들어서 잔 다르크를 사형시키지 못하도록 막아야한다는 목표를 세웠다.

아빠는 상황을 이해할 수 있도록 나를 도와준다. 지도에서 프랑스와 루앙시의 위치를 알려주고, 공격을 하려면 네 방향에서 해야 한다는 것을 알려주었다. 프랑스 군대는 도와달라고 요청할 필요는 없을 것이다. 왜냐하면 프랑스는 잔 다르크가 마법사라고 믿고 있기 때문이다.

나는 낮에 구상을 하고 저녁에는 '군사적인 조언'을 받는 것이다. 내 계획에 따르면 남쪽에서는 스파르타크 군대가, 서쪽에서는 아더 왕과 그의 기사들이, 북쪽에서는 알렉산드르 네프스키 대공이, 동쪽에서는 드미트리 돈스코이 대공이 세 영웅*과 그 부하들을 데리고 공격을 하는 것이다.

"잘 했네, 다만 세 영웅은 키예프에 살고 있어, 그리고 돈스코이가 가기에는 너무 멀어, 게다가 그 앞에 산이 가로 막고 있을 거란 것을 알아야만 해. 그리고 모든 등장인물들이 사형일이 언제인지 미리 알 수 있도록 해야만 해."라고 아빠가 이야기해 주었다.

다음날 저녁까지 새로운 계획이 만들어진다. 지하에 있는 잔

---

* 러시아 전설 속의 세 영웅(알료샤 포포비치, 도브리냐 니키티치, 일리야 무로메쯔)을 일컫는 말이다-옮긴이.

다르크에게 종교재판에서 판결문이 읽힌다. 그것을 생쥐들이 듣고 생쥐가 다른 동물에게 전한다. 영국까지는 까마귀가 날아가고, 노브고로드에는 매가, 로마에는 큐피드가 화살을 쏘아 소식을 알리고, 모스크바까지는 마치 텔레그램을 보내듯 까치들이 소식을 전해준다. 만약 수보로프를 부른다면 산을 넘는 것이 그렇게 힘들지 않을 것이다. 그 증거로 화집에서 〈알프스 산을 걸어서 넘는 수보로프〉라는 그림이 그려져 있는 쪽을 펼쳐놓았다. 만약 모든 등장인물들이 썰매를 가지고 온다면 그런 높은 산 위에서부터 썰매를 타고 루앙까지 갈 수 있을 것이다, 그것도 아주 빠르게. 다만 네프스키와 그 부하들을 움직이는 것이 쉽지 않았다. 날으는 양탄자는 그 크기가 적어서 모두가 탈 수 없기 때문이다.

그때 엄마가 조언해 주었다.

"페가수스를 부르자. 아마 충분할거야, 왜냐하면 모든 시인들은 자신만의 페가수스를 가지고 있거든. 이 세상에 얼마나 많은 시인들이 있는데!"

그렇게 우리는 잔 다르크를 구했으며 그녀는 나중에 기적의 호수 전투*에도 그리고 쿨리코보 전투**에도 참여를 하였다.

신드바드가 프로메테우스가 묶여있는 절벽까지 항해해서 갔

---

* 일반적으로 페이푸스호 전투(Battle of the Lake Peipus)는 1242년 4월 5일 페이푸스호에서 벌어진 노브고로드 공화국과 독일의 튜튼 기사단을 중심으로 한 북방 십자군 간의 전투로, 알렉산드르 네프스키가 이끈 노브고로드 군이 승리하였다. 얼어붙은 호수 위에서 전투가 벌어졌기 때문에 빙상 전투(Battle on the Ice)라고도 하며, 가톨릭 세력의 러시아 진출을 좌절시켰다-옮긴이.
** 쿨리코보 전투는 1380년 9월 8일 드미트리 돈스코이의 루스 제후군과 타타르군 사이에서의 전투이다. 킵차크 한국의 대군은 돈강 변으로 진격하여 모스크바의 동맹군과 싸웠으나 크게 패하였다. 이 전투를 계기로 모스크바가 몽골로부터 독립할 뻔했다-옮긴이.

을 때 노빌레 공작*이 자신의 풍선에 로빈 후드를 태우고 공중에 떠서 프로메테우스가 있는 곳까지 갔다. 로빈 후드는 활을 들어서 독수리를 죽이고 프로메테우스를 절벽에서 풀어준 뒤 모두 함께 풍선을 타고 북극을 개척하기 위해서 날아갔다.

이제 다시 저녁이 되었다. 유모는 나를 침대에 눕혔고, 엄마가 내 곁에 앉았다. 그리고 또다시 마술이 시작되었다. 엄마가 동화를 읽어준 후 조용히 노래를 불러주었다.

"졸음이 집 주위를 돌아 다닌다, 꿈이 창문 가까이 지나간다……."

나는 잠이 들었다.

내일 아침이 되면 다시 기쁨이 가득할 것이다.

* 노빌레 공작(1885~1978): 세계 최초로 비행선을 개발한 이탈리아 과학자–옮긴이.

2. 생쥐 대왕과의 전쟁

　어느 날 아침 잠을 깬 나는 솜을 넣어 만든 내 호랑이 인형과 곰 인형의 배를 꿰매고 있는 엄마와 유모를 보았다. 엄마가 말하길 밤에 생쥐 대왕과 장난감들의 전쟁이 있었다고 했고, 호돌이와 곰돌이가 상처를 입어서 지금 치료를 해 주고 있다고 하였다. 아주 큰 전쟁이었던 것 같다. 왜냐하면 큰 방에 있는 책들과 물건들이 모두 바닥에 나뒹굴고 있었기 때문이다.

　"아빠는 어딨어?" 내가 물었다.

　"고리키시로 출장을 급하게 가셨어." 엄마가 대답했다. 엄마에게는 고통스러운 것이 있는 듯 하였다. 아마도 그래서 고리키시가 제일 먼저 머리에 떠오른 것 같다*.

사실 1936년 2월 13일에서 14일로 넘어가는 그날 밤 사람들이 와서 아빠를 체포해 갔다. 그때 내 나이는 네 살이었다.

어떻게 아빠를 체포해 갔고 어떻게 집안을 수색했는지 나는 전혀 기억이 나지 않는다. 나는 깊게 잠이 들어 있었고, 침대를 살펴보기 위해서 나를 한 쪽으로 밀어 놓았을 때 조차 나는 깨어나지 않았다. 나중에 엄마가 이야기를 해 주었는데 내가 눈을 뜬 후 군인들을 보았다고 한다. 그리고 바로 중얼거렸단다.

"우리 집에는 빨간 깃발이 있어요. 그것은 하얀 책장에 있어요. 가장 용기 있는 사람이 그걸 가져 오세요.(어린이 잡지 〈무르질카〉에 나오는 시의 한 구절)"

그리고 다시 잠이 들었단다.

마치 아무 일도 없었던 것 같았지만 엄마는 직장을 옮겨야만 했다(아빠가 체포된 그 다음 날 엄마는 근무하던 농촌인민위원회에서 파면되었다). 시간이 흐르자 집에 돈이 없게 된 것 같다. 사탕, 과일 등이 안보이게 되었으며 맛있는 것들을 거의 볼 수 없게 되었다. 이웃들은 우리를 보고도 못 본 체 하였다. 하루는 한 이웃이 엄마에게 자신의 작은 방과 우리 집을 바꾸자고 제안하였다. 엄마는 거절하였다. 이 이웃의 청원에 의해서 소비에트 위원이 우리 가족의 '불필요한 공간'을 빼앗으러 왔다. 엄마는

* 고리키는 형용사로 '고통스러운'이라는 뜻을 가지고 있다-옮긴이.

직장에 있었으며 집에는 나와 유모만 있었다.

　유모는 내게 작은 사과 두 알을 주면서 문 밖 계단 근처에 서 있게 하였다. 그곳엔 아무도 없었다. 심심하였다. 하지만 사과는 먹으면 안 된다. 왜냐하면 나는 유모가 사과 하나는 오늘 점심 먹은 후에 줄 예정이고 다른 하나는 내일 줄 거라는 것을 알고 있기 때문이다. 집 안에서 하는 어른들의 이야기를 듣지 못하도록 나에게 사과를 주었을 뿐이다. 난 그들이 무슨 말을 하는지 별로 듣고 싶지도 않았다! 문이 열리더니 집 안에서 한 사람이 나왔다. 폭좁은 걸음으로 왔다갔다 하더니 그가 나를 쳐다보았다.

　"여기서 뭐 하냐?"

　"두 알의 사과를 손에 들고 서 있어요."

　"그래, 나한테 사과 하나 주지 않을래? 여기 그냥 서있기가 심심하구나."

　난 그럴줄 알았다는 듯 바로 그에게 두 개의 사과를 내밀었다, 선택을 하라고. 하지만 그는 미소를 지은 후 두 개 모두 집어 들었다. 두 알의 사과 모두 그의 손 안으로 들어갔다. 사과가 너무 아까웠다. 하지만 그것을 다시 힘으로 빼앗을 수는 없었다! 우리는 서로의 이름이 무엇인지 이야기를 해 주었다. 난 그가 건축가, 즉 어떤 집을 지어야 할까를 생각하고 있다는 것을 알게 되었다. 나도 이런 저런 생각을 하는 것을 좋아한다고 그에게 말했다. 그때 나는 두 알의 사과를 어떻게 가져올 수 있을지에 대해서 생각해내었다.

　"저, 우리 바꿔요. 그러니까 제게 이 두 알의 작은 사과를 주시면 제가 커다란 사과 한 알을 가져다 드릴게요."

"그러자." 그가 동의하며 내게 사과를 내밀었다.

나는 서두르지 않고 천천히 집 안으로 들어갔다. 하지만 현관문을 닫은 후에는 재빨리 놀이방으로 뛰어갔다. 사과들을 베개 밑에 숨긴 후 손을 뒤로 감추고 천천히 나왔다. 소심하게 고개를 숙인 채 나는 이야기했다.

"내가 어른이 되면 그때 커다란 사과를 드릴게요. 그래도 돼죠?"

"그래, 약속했다. 사탕 하나 줄까?" 내 대화 상대는 미소를 지으며 말하였다.

"고맙습니다, 잘 먹겠습니다. 회사에서 집으로 온 아빠의 주머니에는 항상 사과와 사탕이 들어있었어요. 그런데 지금은 아빠도 사탕도 없어요. 아빠는 어딘가로 멀리 갔고요, 한참 동안 돌아오지 않을 거래요. 내가 어른이 되어야 돌아올 거래요. 하지만 엄마와 나는 끝까지 아빠를 기다릴 거예요. 그래서 기다리고 있는 거예요."

소비에트 위원이 내 대화 상대를 나에게서 데리고 갔다. 지역 건축가의 보고서 읽는 소리가 바깥으로 들렸다.

"방 하나짜리 아파트에 합판으로 가로막을 설치해서 몇 개의 공간으로 나누었기 때문에 불필요한 공간이 있다고 보기는 어렵습니다."

실제로 우리 집은 예전에는 아마도 세 개의 창문과 발코니가 있는 커다란 홀이었던 것 같다. 도배지로 덮은 합판으로 가로막을 설치해서 부모님이 자는 방, 거실, 어린이 방 그리고 유모가 자는 창문이 없는 방으로 나뉘었던 것이다.

당장 집을 빼앗아 가지는 않았다. 그리고 마치 그대로 살게 놔둘 것만 같았다. 하지만 우리는 심술이 난 이웃이 가능한 모든 것을 동원해서 엄마를 비난하고 다닌다는 것을 까맣게 알지 못하고 있었다.

1936년 여름 아빠에게서 엽서가 왔다. 아빠는 엽서의 아래쪽에 커다란 글씨로 '멀리 있고 자주 편지를 못 쓴다. 돈을 많이 벌면 돌아가서 인형들을 많이 사 줄게'라고 썼다. 엽서의 가장자리는 더럽혀져 있었다(아빠는 누군가가 주워서 우체통에 넣어줄 수도 있다는 희망을 가지고 엽서를 이르쿠츠크역에서 열차 밖으로 던졌던 것이다). 글자들은 아주 깨알 같은 크기로 쓰여져 있었다. 그곳에는 "우리를 콜리마강*쪽으로 데려간다."라는 말도 쓰여 있었다. 하지만 그런 것들은 내 눈에 들어오지 않았다. 내가 중요하게 이해한 것은 아빠가 언젠가는 돌아온다는 것이다.

항상 그렇듯이 엄마는 나와 함께 모든 놀이를 같이 해 주었고, 내게 노래를 불러 주었다. 하지만 집은 점점 조용해졌다. 손님들이 오지 않기 시작했고, 전화 벨소리도 울리지 않았다. 놀이터에서는 '훌륭한 집안' 아이들은 나하고 놀지 않았고, 대신 남자아이들은 더이상 나를 놀리지도, 나와 싸우려고도 하지 않았다. 오히려 코사크와 강도**, 치지크*** 등 자기들 놀이에 나를 끼워주었다.

---

* 시베리아 북동부에 위치한 강으로 사하 공화국, 죽치 자치구, 마가단주를 흐른다-옮긴이.
** 카자크 팀과 강도 팀으로 나누어서 암호를 만들고 찾는 놀이-옮긴이
*** 우리나라의 잣치기와 비슷한 놀이-옮긴이.

그리고 치지크를 할 때 막대로 잘못 쳐도 욕을 하지 않았다.

저녁때는 전에도 그랬듯이 엄마가 이야기를 들려주었다. 이제는 동화가 아니라 진짜로 있었던 역사 이야기를 들려주었다. 자신의 배가 침몰하는 순간에도 깃발을 내리지 않고 맹세를 지킨 용감한 선장에 대한 이야기. 화형을 당한 잔 다르크에 대한 이야기. 코페르니쿠스와 갈릴레오에 대한 이야기. 데카브리스트들과 그들의 아내에 대한 이야기. 표트르 1세 시대에 포병 장교였던 나의 할아버지의 할아버지에 대한 이야기. 황후의 시녀였던 할머니의 할머니에 대한 이야기. 명예와 용기, 의무와 조국에 대한 신의에 대해서 이야기를 해 주었다.

엄마는 더이상 나와 러시아어로 이야기하지 않았다. 독일어와 프랑스어로만 이야기를 하였다. 하루는 독일어로 이야기를 했고, 그 다음 날은 프랑스어로 이야기를 했다. 러시아어는 유모하고 이야기할 때에만 사용했다. 유모는 그런 우리에게 화를 내지 않았다 대신 가끔씩 우리에게 십자가를 그어주며 속삭였다.

"신이여 축복하여 주소서."

엄마는 내 방에서 자기 시작했다. 우리는 침대 하나에서 함께 자는 법을 배웠다. 우리는 서로 방해하지 않도록 머리를 반대로 두고 잤다. 이것도 재미있는 놀이 중의 하나였다. 집이 크기 때문에 가장 작고 딱딱한 작은 침대 하나에서 둘이 같이 잘 필요는 전혀 없었다. 하지만 우리는 놀이를 했다. 우리는 데카브리스트가 되어 시베리아에 있는 광산에 왔다. 그곳에는 부드러운 침대가 없다. 그렇게 일 년이 지났다.

1937년 봄에 유모는 자신의 집이 있는 시골로 나를 데리고 가서 함께 여름을 보내자고 하였다. 내게 말하길 엄마가 오랫동안 어딘가로 가서 일을 해야 될 일이 생기면 나는 그곳 두본키예 마을에서 유모와 함께 지내야 한다고 했다. 난 싫다고 하지 않았다.

하지만 그해 6월 초에 엄마는 나를 데리러 왔다. 나는 엄마와 함께 모스크바에서 멀리 중앙아시아 어딘가로 가야만 하고, 기차표도 벌써 샀다고 했다.

"모스크바에 함께 가서 짐 싸는 것을 도와주고 역까지 바래다 줄게요. 전 여행을 할 때 무엇을 가지고 가야 하는지 잘 알거든요. 우리 마을에서도 1929년에 많은 사람들이 짐을 싸서 떠나야만 했어요. 그때 짐을 제대로 싼 사람들만이 끝까지 살아남았어요." 유모가 선언하듯 말을 했다.

출발이 며칠 앞으로 다가왔고, 짐싸는 일도 거의 마무리 되고 있었다. 유모는 상점에 가서 식탁보로 쓰는 유포를 여러 장 사왔다. 그녀는 그것으로 내가 들어갈 수 있을 정도로 커다란 자루를 만들었다. 그리고 엄마의 것도 만들려고 했지만 엄마가 그럴 필요 없다고 하였다. 그러자 유모는 유포를 가지고 나와 엄마가 함께 누운 뒤 둘이 같이 덮을 수 있을 정도로 커다란 정사각형 이불을 만들었다.

유모는 엄마에게 이것을 꼭 가져가야 한다고 설득하였다. 유포는 우리를 습기로부터 보호해줄 것이라고 했다. 게다가 필요한 경우에는 쉽게 팔거나 다른 것과 물물교환을 할 수도 있다고 했다. 짐은 가지고 다닐 수 있을 만큼 가볍게 싸야 한다고 했다.

그래서 우리가 기차를 탈 때 가지고 탈 작은 여행용 가방에는 꼭 필요한 물건들만 넣으라고 했다. 다른 물건들은 큰 가방에 넣어서 짐칸에 싣고, 받은 화물표에 우리가 가게 될 장소를 적은 후 나중에 주소를 정확하게 알게 되면 반드시 다시 적어야만 한다고 했다.

엄마는 사실 나를 데리러 시골로 오기 얼마 전에 엔카베데(NKVD)*에 갔었다. 그곳에서는 엄마의 신분증을 압수하고 대신 서류 하나를 주었다. 그 서류에는 '아래에 적혀있는 사람', 즉 엄마와 나를 3일 안에 '모스크바에서 키르기즈 공화국의 칼리닌스크 지구 토크마크-카가노비치시로 유배를 보낸다'라고 쓰여 있었다. 엄마에게 경고하기를 3일이 되는 날 저녁에 우리를 데리러 우리 집에 와서 문에 못질을 할 것이고, 바로 그날 우리는 유배지로 떠나게 될 것이라고 했다. 엄마는 나를 시골에 두고 혼자서 가게 해달라고 요청했다. 하지만 명령서에는 두 명을 보내라고 하였으므로 그럴 수 없다고 하였다.

엄마는 3일 만에 나를 데리러 갔다가 돌아올 수 없다고 하였다. 그래서 말미를 조금 더 달라고 하였다. 공식적으로는 그것도 불가능한 일이었다. 하지만 일을 관장하는 장교가 조언을 해 주었다.

"유배지까지 가는 기차표를 직접 부담한다면 아마도 2주의 말미를 더 줄 수 있을 겁니다. 딸을 데리러 가지 말고 기다렸다가 당신을 데리러 사람들이 오면 구입한 표를 보여주세요. 표가 있

* 내무인민위원회, 일반 사람들은 지역에 있는 경찰서를 이렇게 부르기도 하였다.

다면 기간을 연장해 줄거예요. 정부로서는 당신들을 보내기 위한 비용을 절약하는 것이니 말입니다."

장교의 조언을 따르기로 결정하였다.

엄마는 그렇게 하는 것이 죄수 수송열차를 타지 않고 갈 수 있는 방법임을 알았다. 엄마는 프룬제*시까지 갈 수 있는 기차표를 샀다. 그곳에서 다음에 어디로 가야 할지 알아봐야만 하였다. 왜냐하면 토크마크시는 칼리닌스크 지구에 있지 않았으며 카가노비치시는 당시에 존재하지도 않았기 때문에 토크마크-카가노비치시가 정확히 어디에 있는지 알 수 없었다.

그렇게 나는 엄마와 함께 1937년 여름에 유배를 떠났다.

커다란 여행 가방은 짐으로 부쳤다. 그리고 작은 가방은 쿠페 안으로 가지고 들어갔다. 우리는 편의시설이 다 갖추어진 편안한 열량을 타고 갔다. 그것은 엄마의 성격과도 같았다.

바로 이 모스크바에서 프룬제로 가는 기차에서 나의 평범한 어린시절은 끝이 났다. 그리고 완전히 새로운 놀이가 시작되었다.

---

* 당시 프룬제(Frunze)시는 키르기즈 소비에트 공화국의 수도를 일컫는 말이었다. 지금의 키르기즈스탄의 수도인 비쉬케크의 소련 시대 명칭이다.

3. 더 이상 놀이가 아니다

프룬제에 도착한 뒤 우리는 정확하게 어디로 가야 할지를 알기 위해서 한 건물로 향했다. 커다란 건물로 들어서면서 엄마는 나를 여행가방과 함께 현관 앞에 남겨둔 채 한쪽 문을 열고 들어갔다. 아주 잠시 그 안에 있다 나온 엄마의 얼굴은 하얗게 질려 있었다. 엄마는 다른 때와 다르게 보였다. 엄마는 얼굴을 높이 쳐들고 있었고, 두 눈을 찌푸리고 있었으며 꼭 다물고 있는 입술은 일그러진 채 혐오감과 경멸감이 가득 찬 미소를 짓고 있었다.

벤치에 앉아 있는 내 옆에 앉으며 엄마는 내 머리카락을 손으로 가볍게 헝클어 놓더니 깊게 한숨을 내쉬었다. 그리고 조용히 하지만 아주 위압적으로 말했다.

"이제 우리를 데리러 사람들이 올 거야. 기분 나쁘고 무섭기도 할 거야. 하지만 아무 말 하지 말아라. 울지 말고. 두려워 하지 말아. 그리고 아무런 질문도 하면 안 된다."

그리고 내게 미소를 지어보인 후 물었다.

"죽었니, 살았니?"

"살았다!" 내가 대답을 했다. 나는 어깨를 편 후 턱을 당겼다.

두 명의 군인이 우리에게 다가왔다.

"호송 군인이야. 내가 말한 것을 기억하거라." 조용히 엄마가 속삭였다.

"자, 서둘러." 바로 옆에서 우리에게 지시하는 소리가 들렸다. 엄마는 여행가방을 한 손으로 들고 다른 손으로 내 손을 잡았다. 그리고 우리는 바깥으로 나갔다.

"어서, 어서!" 병사들이 소리쳤다.

엄마는 뜀걸음을 할 수 없었다. 엄마는 어렸을 때 골결핵을 앓는 바람에 왼쪽 다리가 오른쪽 다리보다 짧다. 그리고 고관절의 근육이 구부러지지 않는다. 정형외과용 신발을 신고 있을 때에는 다리를 저는 것이 눈에 잘 띄지 않지만 엄마는 뛸 수 없다. 호송 군인이 욕을 하면서 내 손을 잡아 끌고 달려갔다. 엄마는 절뚝거리며 뒤를 좇았다.

나는 있는 힘을 다해서 울지 않으려고 노력했다. 두 발이 꼬였고, 나는 넘어지지 않으려고 그 저주스러운 손에 매달렸다. 손은 나를 위로 잡아 당겼다. 나는 다시 뛰어가기 시작했다. 그러자 갑자기 안에서부터 가슴이 뜨거워졌고 걸음이 가벼워졌다. "언젠가는 반드시 화를 나게 만드는 이 손을 물고 말거야." 나는 더 이상 넘어지지도 넘어질뻔하지도 않았다.

기차역에 도착한 병사들은 보따리와 상자들이 잔뜩 실려있는 냄새나는 화물칸에 우리를 집어 넣고, 문을 닫은 후 잠궜다. 그리고 기차가 출발했다. 우리 외에는 아무도 열차 안에 없었다.

엄마는 나를 상자 위에 앉힌 후 내 옆에 서서 나를 꼭 껴안았다. 나는 심하게 떨고 있었다.

"이제 출발이다."라고 이야기한 후 엄마는 작은 목소리로 유쾌한 프랑스어 노래를 불러주었다. 그 다음 우리는 함께 재미있는 〈강도〉 노래를 불렀다.

들것은 평범하지 않았다,
소총을 연결해서 만든 것이었다.
가로 받침대는 강철로 만든
칼을 사용하였다.

나는 손에 강철로 만든 칼이 있다고 생각을 하며 노래를 불렀다.
분노는 어려움을 견딜 수 있도록 도와주는 위대한 감정이다.

몇 시간 동안 열차를 타고 간 후 우리는 박스와 자루들과 함께 포장이 쳐진 트럭의 짐칸으로 옮겨 탔다. 그리고 계속해서 가기 시작했다.

"엄마, 우리를 어디로 데려가는 거야?" 내가 작은 소리로 물었다.

"우리가 프룬제에 도착했을 때 엄마는 그곳의 장교가 물어보는 것에 대해 정확하게 대답을 했어. 그런데 다음에 엄마는 그에게 필요 없는 질문을 했던 거야. 이곳에서는 절대로 아무에게나 질문을 하지 말아야 해. 여기서 잘못 질문을 하면 목숨을 잃을 수도 있어. 질문이 하고 싶으면 아무도 듣지 않을 때 내게만 물어보거라."

나는 마음에 새겼다.

우리를 데리고 간 곳은 아직 제대로 만들어지지도 않은 수용소였다. 그곳에는 '인민의 적들'의 부인과 아이들이 모여 있었다. 이런 곳에는 늘 그렇듯이 가시 철선, 망루 그리고 보초병들이 있었다.

수용소 내에는 임시건물들이 줄을 지어 서 있었다. 몇몇은 완성 된 채 텅 비어 있었다. 그곳에는 사람들이 살고 있지 않았다. 그곳은 작업장이기 때문이다.

거주지역은 막대를 이용해서 매우 길게 연결되어 있는 한쪽 벽이 없는 창고와 같아 보였다. 주거용 건물은 크로스바가 아주 긴 축구 골대와 같은 모양이었다. 이때 앞이 트여있는 측면은 보초들이 서있는 망루를 향하고 있었다. 이 지붕이 있는 가축우리에는 엄마와 나 같은 여자들과 아이들이 자리를 차지하고 있었다.

분지에 있는 이 슬픈 장소는 외부인들로부터 자연적인 장애물로 가려져 있었다. 분지의 남쪽은 키르기즈 산맥의 지맥이 막고 있었고, 북쪽은 일곱 개의 오래된 구릉이, 거의 같은 높이와 일정한 간격을 가지고 부드러운 반원을 그리며 수용소를 감싸고 있었다. 그렇기 때문에 길과 마을이 있는 초원쪽에서 보면 단지 구릉들과 그 뒤의 산들만이 보일 뿐이었다.

우리는 거의 마지막에 도착을 한 것 같았다. 한쪽에 차양이 있는 곳, 벽이 바로 옆에 있는 곳 등 다른 곳보다 따뜻한 곳은 모두 다른 사람들이 자리를 차지하고 있었다. 울타리 주위에는 아이들 삼십여 명이 가방과 보따리 위에 앉아 있었다. 아이들은 눈을 아래로 떨군 채 아무말도 하지 않고 있었다. 아이들은 마치 숨 쉬는 것조차도 두려워하는 것 같았다.

우리는 사람들 중간에, 불어오는 바람을 모두 맞이할 수 있는 곳에 자리를 잡았다.

"나쁘지 않은 호텔이네. 더 나쁜 것을 생각했는데. 게다가 여기서 보는 경치는 멋지네. 당신은 어떻게 생각하시나요, 부인?" 엄마는 내게 미소를 보인 뒤 "몇 시에 저녁을 주나요?"하고 젊은 호송병에게 물었다.

호송병은 미소를 짓는 엄마를 어이없다는 듯 쳐다보았다.

"종소리가 들리면 그릇을 가지고 사무실로 가세요." 그리고 그는 돌아서서 걸어갔다.

"삽이 필요해요." 그의 등 뒤에서 엄마가 소리쳤다.

기막혀 하면서도 청년은 삽을 가지고 금방 돌아왔다.

"이러면 안되는데……." 그는 중얼거리며 엄마에게 공구를 내밀었다.

"알겠어요." 엄마가 동의했다. "내가 여기를 쓸게요, 당신은 땅을 파주세요." 그리고 빠르게 커다란 사각형을 그렸다. "여기를 세 삽 깊이로 파주세요."

"무덤을 만들려고요?" 병사가 놀라서 물었다.

"이런, 괴짜 같으니." 엄마가 깔깔거리며 웃었다. "잘 보세요. 아침이 되면 산에서부터 차가운 바람이 불거예요. 우리가 있는 곳의 정면에 구릉들 사이에서요. 이런 계곡바람은 아이가 감기에 걸리게 만들 거예요. 그러니 땅을 파야 해요. 바람이 우리 위로 지나갈 수 있도록 말이예요."

"아주머니." 존경심이 묻어나는 목소리로 청년이 말했다 "여자들은 보통 무서워만 하죠. 저는 당신이 도망가지도 소리치지도 못하게 하는 것이 임무입니다. 이러는 것은 아주머니가 처음이예요." 그리고 삽을 잡더니 잔디를 떼어내기 시작했다.

아마도 얼마 전까지 이곳에 제법 짙은 풀밭이 있었던 것 같았다. 지금은 윗부분은 모두 짓밟혔지만 뿌리는 그대로 남아 있었다. 그는 삽으로 자른 흙덩어리를 던졌다. 우리는 그것들을 두 줄로 사각형의 끝쪽에 쌓았다.

가장자리가 높으면 높을수록 땅을 조금만 파도 된다고 엄마가 내게 설명해 주었다.

땅의 맨 윗칸을 벗겨내고 나니 가장자리를 세운 것을 포함해서 깊이가 30cm는 되었다. 그것으로는 부족하였다. 하지만 그 때 마치 커다란 종소리와도 같은 소리가 세 번 울렸다.

"시간이 되었어요. 철도 레일을 두드리네요. 전 가야겠어요. 제일과는 끝났어요. 이정도면 충분할 거예요." 호송병이 말했다.

몇 차례 더 강하게 힘을 써서 삽자루를 깊이 박으며 그는 끝부분의 땅을 잘라냈다.

"이제부터는 당신이 직접 해야 할 것 같아요."

그리고 삽을 들고 갔다. 우리는 더이상 그를 보지 못했다.

엄마들이 작업장에서부터 돌아왔다. 모두가 시끄럽게 떠들기도 하고 울기고 하였다. 다시 종소리가 울렸다. 그러자 모두가 일어나서 손에 그릇을 들고 어딘가로 갔다. 우리도 그들을 따라갔다.

아침이 되자 엄마는 다른 사람들과 함께 일을 하러 갔다.

여자들은 흙벽돌을 만들었다. 키르기즈에서 집을 지을 때 가장 많이 사용되는 재료이다. 진흙과 짧게 자른 밀짚과 물로 만든 굽지도 않은 벽돌이 그것이다. 만드는 방법은 아주 단순하다. 움푹 패인 땅에 진흙과 밀짚을 넣은 후 물을 붓는다. 그리고 발로 밟아서 그것들을 섞는다. 무릎까지 빠져서 걸으면서 혼합물을 몇 시간동안 섞는다. 보통 때 같으면 이런 일은 처음에 말이 하는 일이다. 그 다음에 '어느 정도 수준이 되면' 여자들이 마무리를 하였다. 진흙덩어리가 준비가 되면 건조장으로 실어 나른다. 그곳에서는 물을 먹인 진흙덩어리를 나무틀에 채운 뒤 틀을 빼내고, 그렇게 만들어진 흙벽돌을 햇빛에 말리는 작업을 한다.

처음에 엄마는 수레에 진흙을 실어서 옮기는 일을 맡았다. 하지만 엄마의 절뚝거리는 걸음은 속도를 내지 못하였다. 그래서 나무판을 깎아서 틀을 만드는 작업을 하도록 하였다.

엄마는 놀라운 사람이었다. 엄마는 전혀 익숙하지 않은 상황에서도 항상 침착했으며, 친절했고, 매우 공손하였다. 나는 엄마가 목소리를 높이는 것을 엄마 평생(엄마는 72세에 돌아가셨다) 한 번도 본 적이 없으며 엄마의 눈에서 눈물이 나는 것을 본 적이 없다. 그리고 아주 나중에 나는 책 속에서 "불굴의 의지", "확고한 결심", "강철같은 성격"의 스타일의 사람을 보았다. 나는 이것이 바로 엄마에 대한 이야기라는 것을 분명히 알게 되었다.

우리의 기억은 선택적이다. 나의 수용소 생활에서도 나는 나중에 우리와 좋은 관계에 있었거나 우리를 도와주었던 좋은 사람들만 기억을 한다. 아마도 다른 사람들도 있었을 것이다. 하지만 나는 그런 사람들을 거의 기억하지 못한다. 나는 수용소에서의 일상이 어떻게 이루어졌는지도 기억하지 못한다. 우리가 거기서 무엇을 먹었고, 무엇을 하고 놀았는지, 어떤 이야기들을 했는지 기억이 나지 않는다. 엄마의 얼굴 외에는 한 사람의 얼굴도 기억하지 못한다. 단지 몇몇의 사건들은 정확하게 기억한다.

우리는 잠자리를 준비했다. 두 사람 모두 처음으로 맨 바닥의 구덩이 안에서 잠을 자는 것이다. 침구대신 우리에게 있는 것은 화물보관증 하나 뿐이라고 엄마가 농담을 하였다. 우리는 웃으면서 만일을 위해서 그것은 유물이 될 수 있도록 보존하기로 하였다.

우리 가방 안에는 위생용품 외에 두 장의 수건, 갈아입을 속옷, 엄마의 두꺼운 겨울 치마, 내 털외투, 스키복 두 벌(내 것과 아빠 것), 여름 잠바 두 개(내 것과 엄마 것)가 있었다. 유포로 만든 내 키만한 크기의 자루에 모든 휴대품들이 들어있었다. 그리고 가방 바닥에는 식탁용 유포로 유모가 만든 커다란 정사각형 모양의 천이 놓여 있었다.

우리는 자잘자잘한 물건들을 수건으로 감싸서 베개를 만들었다. 엄마는 커다란 유포를 구덩이의 한 쪽 바닥에 깔았다. 엄마는 조심스럽게 치마의 솔기를 풀어서 펼친다음에 그것도 바닥에 깔았다. 우리는 스키복을 입었다. 엄마는 나를 유포로 만든 자루에 넣은 후 구덩이에 눕혔다. 엄마는 내 옆에 누웠다. 그리고 다른 쪽을 이불처럼 덮었다. 나를 안더니 엄마는 조용히 이야기를 들려주기 시작했다. 엄마는 제비가 먼 나라로 엄지 공주를 데려갔다는 부분부터 시작했다. 나는 그곳이 얼마나 따뜻한지, 얼마나 아름다운지, 얼마나 예쁜 요정들이 날아다니는지 들으며 깊게 잠이 들었다.

이후 며칠 동안 (아마도 일주일 이상 되었을 것이다) 나는 다른 어떤 것에도 관심을 가지지 못할 정도로 바빴다. 나는 우리의 집을 지었다. 우리가 살고 있는 곳을 30cm 더 깊게 만들어야만 했다. 그래서 나는 하루종일 정사각형의 구덩이의 밑바닥을 한쪽에서 다른쪽으로 옮겨다니면서 있는 힘을 다해 땅을 긁어댔다. 내게는 그럴싸한 '도구'가 있었다. 그것은 첫날 작업장에서 엄마가 가져온 것이다. 삭사울*나무(아주 단단한 나무이다!)를 뾰족하게 만든 것이다. 길이는 연필만 하였다. 그리고 망치로 사용할 수 있는 조금 큰 나무토막이 있었다. 엄마가 구덩이의 한

* 사막에서 자라는 나무로 돌 같이 단단한 재질을 가지고 있다-옮긴이.

쪽 끝에 홈을 만들어 놓았고, 나는 그 홈에서 2cm정도 떨어진 곳에 막대기를 세우고 나무 망치로 때렸다. 그렇게 하면 흙이 밀리며 무너졌다. 나는 그런 식으로 다른 쪽 끝까지 촘촘하게 망치질을 하였다.

저녁때, 작업장에서 돌아온 엄마는 무너져 내린 흙을 파내고, 다시 한쪽 끝에 새로운 홈을 만들었다. 아침이 되면 그곳으로부터 새롭게 흙이 무너져내리기 시작하였다. 얼마 후에 커다랗고 긴 못이 나타났다. 못은 쉽게 땅에 박혔다. 게다가 못은 흔들면 쉽게 빠졌다. 그렇게 만들어진 구멍에 나는 막대를 꽂았다. 그렇게 하면 나무를 때려 박기가 한결 쉬웠다. 그리고 흙도 쉽게 부서졌다. 그리고 며칠 뒤 8~10세 쯤 되어 보이는 남자 아이인 그리샤가 조용히 내 앞에 녹이 슬고 손잡이가 없는 삽을 놓고 갔다. 그것으로 땅을 긁는데 그것만큼 훌륭한 것이 없을 것 같았다. 똑바로 세운 다음에 있는 힘을 다해 나무 막대로 위에서 내리치면 땅의 표면이 커다랗게 떨어져 나왔다. 이것은 못이나 막대로 하는 것보다 훨씬 속도가 났다. 구덩이는 하루에 3~4cm씩 깊어져 갔다.

마침내 '집'이 완성되었고 더이상 할 일이 없었다. 엄마는 아침 일찍 일을 하러 갔다. 차양 밑에 혼자 앉아서 물건을 지키는 일 따위는 전혀 하고 싶지 않았다. 삼척동자도 작업장에 아이들은 가면 안 된다는 것을 알고 있다. 하지만 내가 이곳 주거지역을 돌아다니는 것을 막을 사람은 아무도 없었다. 그래서 나는 돌아다니기 시작했다.

이곳저곳을 가리지 않고 다녔다.

4. 고난

8월에 그곳은 매우 덥고 건조하였다. 풀들은 거의 모두가 태양열에 타버려서 여름이 끝나가면서 초원은 붉게 변하였다. 그곳에는 녹색이라고는 거의 없었다.

나의 생일이 가까워지고 있었다. 나는 여섯 번째 생일을 맞이했다. 그리고 이번 생일에는 아무 선물도 받지 못할 것이라는 것은 분명하였다. 갑자기 비가 오기 시작했다. 우리 숙소 옆으로 가시철조망 너머에 때도 아닌데 튤립이 피어 있었다. 바로 옆이었다. 철조망을 통해서 손을 뻗으면 닿을 것 같은 거리에서 기적이 일어난 것이다. 좁고 긴 갈색 줄무늬가 있는 진녹색 잎사귀, 그리고 높지 않은 줄기 위에 검붉은 색의 반쯤 열린 꽃봉오리가 놓여 있었다. 꽃봉오리는 내쪽을 향해서 고개를 숙였다. 마치 나를 부르며 '여기 내가 있어, 튤립이야. 난 네 선물이야. 난 네 거야!'이렇게 이야기하는 것 같았다. 나는 꽃을 향해서 손을 뻗었지만 아주 간발의 차이로 닿지 않았다. 나는 쪼그리고 앉아서 어떻게 하면 정확하게 꽃에 손이 닿을 수 있도록 손을 내밀어야 할지 생각을 하였다. 그때 누군가의 그림자가 나를 가렸다. 나는 활짝 웃으며 고개를 돌렸다. 총의 개머리판이 머리를 강하게 때렸다. 나는 손과 개머리판을 기억한다. 하지만 그 다음 눈 앞이 깜깜해졌다.

얼마동안 아팠는지 나는 기억이 나지 않는다. 세월이 지난 뒤 엄마가 가끔씩 무심코 내뱉는 말에 의하면 나는 3주 동안 누워 있었다. 유형수 중 한 여자가 피를 멈추게 해 주었고, 바로 그 여자가 코뼈와 머리뼈를 '맞춘 뒤' 고정되도록 손에 잡히는 대로 아무것이나 가지고 상처를 감쌌다. 일을 하러 나가면서 햇빛이 내 눈을 비추지 못하도록 엄마는 구덩이의 위쪽을 여행가방을 펼쳐 놓고 가렸다. 수용소 지휘부는 톱밥을 한아름 가져와서 우리 구덩이 바닥에 깔 수 있게 허락해 주었다. 그래서 누워있는 것이 훨씬 부드럽고 따뜻했다. 머리카락을 완전히 밀었다. 왜냐하면 몇몇 곳은 가시철망이 살을 뚫고 깊게 박혔기 때문이다. 그때 얼굴에 두 개의 흉터가 남게 되었다.

9월 중순경 나는 건강해졌다. 짧게 잘랐던 머리도 어느정도 자랐다. 나는 엄마의 빗으로 할 수 있는 한 머리를 빗질하였다. 우리는 거울을 가지고 있지 않았다. 왜냐하면 수용소에서는 유리를 소지하는 것이 허락되지 않아서 거울이 달린 엄마의 분첩을 빼앗아 갔기 때문이다. 어느 날 나는 양동이에 담긴 물에 비친 나의 모습을 보고 놀라서 기절할 뻔 했다. 그곳에서는 얼굴 사방으로 뻗어있는 회색 털이 나 있는 괴물이 나를 보고 있었기 때문이다.

"엄마, 이게 나야?"

"괜찮아, 시간이 지나면 예전처럼 돌아올거야." 엄마가 미소를 지었다.

머리카락 두 곳만 짧게 자른 뒤 제멋대로 자라게 하면 제대로 감지도 않은 서로 다른 길이의 머리카락들이 전혀 생각지도 못한 이상한 모습으로 자란다는 것을 알게 되었다. 물론 가위도 가지고 있을 수 없었다. 그래서 나는 그렇게 그냥 다녔다. 사실 나는 내가 어떤 상태였는지 금방 잊어버렸다. 볼 수도 없었을뿐더러 생각을 하고 싶지도 않았기 때문이다.

무엇 때문인지 나는 엄마 외에는 함께 놀고 싶지도 이야기하고 싶지도 않았다. 나는 우리 차양으로부터 조금 멀리 가서 땅에 앉아서 몇 시간이고 초원을 바라보았다. 내가 유일하게 재미있어 하는 일이었다. 바람이 말라가고 있는 풀들을 움직였고, 때로는 풀밭에 파도를 일으키기도 하였다. 바람 한 점 없는 상태에서도 초원은 아주 살짝 움직였고, 바스락 거리는 소리 등 알 수 없는 소리를 내었다. 초원은 살아 있었다. 초원은 자신의 비밀을 간직한 채 내가 알 수 없는 생명이 되어서 살아 있었다. 아주 가끔씩 높은 곳에서 어떤 새들이 날아다녔다. 그리고 멀리서 원을 그리고 있는 연을 몇 번 보았다.

내가 움직이지 않고 오랫동안 앉아 있으면 가끔 메뚜기가 뛰어다녔다. 처음에 나는 이곳의 메뚜기가 모두 회색인줄 알았다. 그런데 메뚜기들은 회녹색, 짙은 회색, 밝은 회색 그리고 드물게는 노란 회색 등 여러 가지 색깔을 가지고 있었다.

내가 꼼짝않고 앉아 있으면 메뚜기들은 서두르지 않고 마른 풀잎들을 살펴보았다. 때로는 그 풀들과 하나처럼 되었다. 엄마는 그것은 메뚜기들이 보호색을 가지고 있기 때문이라고 설명해 주었다. 그것을 '의태'라고 한다고 하였다. 아주 가끔씩 메뚜기는 내 무릎 위로 뛰어 올라와서 다리를 따라서 기어가기도 하였다. 메뚜기의 수염과 턱이 쉴새 없이 움직였다. 마치 무언가를 씹고 있는 것 같았다. 하지만 조금이라도 몸을 움직인다면 메뚜기는 날개를 활짝 펴고 가볍게 날아 오르며 다리를 쭉 뻗고 뛰어서 날아갔다. 나는 의태를 할 수도 없고, 메뚜기가 가지고 있는 다리도 날개도 없다는 것이 아쉬웠다. 나는 철망을 뛰어 넘을 수도 없었다. 저쪽에는 초원이 있는데 나는 이쪽에 있다.

하루는 내가 앉아서 초원의 소리를 듣고 있었을 때였다. 어김없이 메뚜기가 뛰어 갔다. 작은 메뚜기는 회색에 어둡고 가는 띠가 있는 날개를 가지고 있었다. 메뚜기는 그렇게 멀리 뛰지 못했다. 그래서 나는 그 뒤를 쫓아갔다. 그렇게 우리는 철조망을 따라 움직였다. 메뚜기는 뛰어서 나는 걸어서. 갑자기 초원 쪽에서 들어보지 못한 소리가 들렸다. 나는 머리를 들었다. 초원 위에서 망아지 한 마리가 뛰어다녔다. 철조망 건너편 왼쪽, 말뚝 옆에는 생각에 잠긴 말이 한 마리 서 있었다. 그 말은 마치 조는 것 같았고, 두 귀만 가볍게 움직일 뿐이었다. 느릿느릿 꼬리를 흔들며 말은 장난을 치고 있는 망아지를 가끔씩 힐끗거렸다. '말을 정말 안 듣는 녀석이야'라고 이야기하는 듯 하였다. 이 말 안 듣는 녀석은 자신의 작은 꼬리를 추켜세우고 초원 위를 폴짝거리며 뛰어 다녔다. 망아지는 기분이 매우 좋아 보였다. 망아지는 똑바로 뛰어가기도 하고, 옆걸음을 하기도 하고, 네 발을 부리나케 움직이면서 갑자기 방향을 바꾼 뒤 엄마 말의 주위를 한 바퀴 돌고 나서 쏜살같이 어딘가로 뛰어가기도 하였다. 기다란 다리 위에 하얀색 줄무늬가 있는 짙은 갈색의 머리에는 아직 갈기도 나지 않았다. 꼬리 대신 웃기게 생긴 솔방울을 가지고 흥에 겨워서 춤을 추었다. 이 모든 것들은 너무나 아름다웠기 때문에 나도 제자리에서 춤을 추기 시작했다. 우리는 함께 점프를 하기도 하였다. 으쌰! 우리는 비록 철조망을 사이에 두고 서로 다른 쪽에 있었지만 함께 태양과 초원의 광활함에 기뻐했다. '거리를 둔 커플 댄스'가 절정에 이르렀을 때 갑자기 으르릉 거리는 경고의 소리가 들렸다.

철조망에서 3~4미터 떨어진 곳에 개 한 마리가 서 있었다. 무시무시하게 생긴 커다란, 가슴이 아주 넓어 보이는 셰퍼드였다. 붉은색을 띠고 있는 짙디짙은 회색 털, 거의 동그랗게 이상하게 생긴 두 귀(그렇게 잘려져 있었다), 검은 코 그리고 밝은 갈색의 커다란 두 눈. 개는 가만히 서서 뚫어지게 나를 쳐다보고 있었다. 마치 내가 초원에서 뛰고 있는 아기 말에게 위험한 존재인지 아닌지를 살펴보는 것 같았다. 나는 아기 말이 아주 마음에 든다고 설명해 주었다. 그리고 나도 저쪽에서 아기 말과 함께 뛰어놀고 싶다고, 나는 이곳이 마음에 들지 않는다고, 나는 집에 가고 싶다고 , 엄마는 여전히 아프고, 대패질을 하느라 벗겨진 손바닥에서는 피가 나고 있기 때문에 엄마에게는 조르지 않고 있다고, 우리가 어디에 있는지 아무도 모르기 때문에, 그리고 우리가 살고 있는 곳은 주소도 없기 때문에 아빠는 편지를 보낼 수도 없다고 말하였다.

개는 모든 것을 이해했다. 개는 가시 철망쪽으로 다가왔고, 꼬리를 흔들었다. 그리고 엎드려서 머리를 땅에 대고 반쯤 가린 후 잠을 청했다. 나는 그와 친해지고 싶고, 쓰다듬어 주고 싶다고 말하였다. 하지만 내게는 철조망에서 1m 안쪽으로 가깝게 다가서는 것이 허락되지 않았다. 나는 쪼그리고 앉았고 계속해서 개에게 이야기하기 시작했다. 너는 아주 착하고, 우리 셋, 너와 나와 망아지가 친하게 지낸다면 정말 좋을 것이다라고 말하였다. 그때 갑자기 내 발과 등에 불이 나는 것 같았다.

나는 펄쩍 뛰었다. 옆을 보니 제복을 입은 사람이 가죽끈을 꼬아서 만든 채찍을 손에 들고 서 있었다. 그는 소리를 지른 후 다시 한번 내 등을 채찍으로 내리쳤다.

몇 초 동안 내게는 아무소리도 들리지 않았고 아무것도 보이지 않았다.

먼저 눈이 보이기 시작했다. 남자는 입을 크게 벌리면서 뭐라고 이야기를 하며 나를 손가락으로 찔렀다. 다음에 나는 그의 목소리를 들었다.

"뒈지고 싶은 게냐!"

나는 나를 찌른 손가락을 이빨로 꽉 물었다. 그리고 거머리처럼 그것을 놓지 않았다.

그는 손을 흔들어댔다. 하지만 난 헝겊으로 만든 인형처럼 그의 손에 매달렸다 그는 뭐라고 아주 크게 소리쳤다. 난 무슨 말인지 알아들을 수 없었다. 채찍질을 맞으면 맞을수록 나는 이빨로 더 세게 꽉 물었다. 그의 손가락을 깨물고 있는 내 입안은 축축해지면서 비릿한 맛이 났다. 나는 이 손가락을 빼고 싶었다. 그런데 무엇 때문인지 입을 벌릴 수 없었다.

결국 그는 의미없는 소리를 계속해서 질러댔다.

"잠시만 조용히 있어요." 옆에서 엄마의 침착한 목소리가 들렸다. 그리고 갑자기 비명소리가 멈추었다. "자, 그 더러운 것을 어서 뱉어버려!"

그러자 나는 손가락을 뱉었다. 누군가가 물이 든 컵을 내게 내밀었다.

"입을 헹구거라, 더러운 것이 잔뜩 묻었어."

엄마는 내 손을 잡은 후 뒤쪽의 남자에게 말했다.

"우선 위생실로 가세요, 거기에서 피를 멈추게 해줄거예요. 어쩌면 광견병 주사를 맞아야 할지도 모르겠어요."

엄마는 나를 우리 차양으로 데리고 갔다. 그리고 나는 엄마의 품 안에서 금방 잠이 들었다.

나는 저녁 늦게 잠에서 깨어났다. 점심과 저녁때가 모두 지난 후였다. 하지만 난 아무것도 먹고 싶지 않았다. 등과 다리의 부어오른 상처가 아팠다. 기분이 아주 나빴다. 엄마가 옆에 누워있다는 것만이 나를 위로해 주었다.

"우리를 노예로 판거야, 그런거야? 우리는 이제 노예야?" 내가 물었다.

"무슨 말이야, 예쁜아. 노예는 정신 상태를 나타내는 거야. 자유스러운 사람을 노예로 만드는 것은 불가능해. 내가 이야기 하나 해줄게 들어 봐."

그리고 엄마는 소리내어 시를 읊기 시작했다.

쿠르프스키 공작은 황제의 노여움을 피해서 도망갔다.
공작과 함께 마부인 바시카 쉬바노프도 함께 갔다.
공작은 불행했다. 그가 타고 있는 지친 말이 쓰러졌다.
그래서 노예적 충성심으로 쉬바노프는
자신의 말을 사령관에게 주었다……*

그 다음부터는 이야기로 풀어주었다. 이반 뇌제에 대한 이야기, 친위병들에 대한 이야기, 쿠르프스키와 황제의 싸움에 대한

* 알렉세이 톨스토이의 시 <바실리 쉬바노프>의 한 부분으로 인용한 부분은 완전히 똑같지 않다. 엄마가 외워서 아이에게 들려주었기 때문이다. 여기서 우리는 틀린 곳을 수정하지 않았다.

이야기, 쿠르프스키의 도망 그리고 그가 황제에게 보낸 황제를 비판하는 편지에 대한 이야기를 해 주었다. 마부 쉬바노프는 그 편지를 황제에게 가져가는 것을 두려워하지 않았다. 이반 뇌제는 쉬바노프를 고문할 것을 명령하였고, 사형집행자들은 황제에게 다음과 같이 보고를 하였다.

하지만 그의 말은 한결같았습니다.
그는 자신의 주인을 칭송하였습니다.

"넌 어떻게 생각하냐? 쉬바노프가 노예였을까?"
"아아-아니. 아마 아닐거야. 물론 아니야."
"맞아, 제대로 맞췄어. 그의 몸은 비록 노예였지만 그의 영혼은 자유로운 사람이었어."
이건 내게 큰 위안이 되었다. 이런 경우를 책에서 "앓던 이가 빠졌다'라고 한다.

나는 상처가 아물기 전까지 일주일 동안 엎드려 있었다. 하루종일 엎드려 있었지만 나는 전혀 심심하지 않았다. 내게는 어떻게 하든 마찬가지였기 때문이다. 뭘 먹고 싶지도, 초원을 보고 싶지도 않았다. 그리고 누구랑 이야기하고 싶지도 않았다, 엄마하고도. 예전처럼 태양이 비추고 바람이 불었다. 그리고 메뚜기들도 뛰어 다녔다. 하지만 모든 것이 전과 다르게 보였다. 앞으로 살아갈 것이 낯설게 느껴졌다.

며칠이 지난 후 어느 날 저녁에 엄마는 다음과 같이 말하였다.

"내가 직접 한다는 것은 나 혼자 한다는 것을 의미하지 않는다는 것을 알아야 해. 살아가는 동안 혼자서는 도저히 해결할 수 없는 상황에 접하게 되는 경우가 있어. 물론 사람은 처음에 혼자서 모든 것에 대해서 생각을 해야지. 하지만 잘 모르겠다면 네가 믿는 사람과 상의를 해야해. 그렇게 하면 때로 도움이 될거야."

그리고 잠시 동안 말을 않고 있다가 말을 이었다.

"넌 이제 다 컸구나. 참을성도 있고. 난 네가 자랑스러워." 그리고 엄마는 무언가에 대해서 이런저런 이야기를 했다.

나는 며칠동안 생각을 하였다. 두 가지를 제외하고는 모든 것이 분명해졌다. 그래서 난 물었다.

"엄마, 왜 난 아무 것도 하고 싶지 않은거야? 그리고 하늘에 태양이 떠오르면 왜 나는 금방 비가 올 것 같은 생각이 드는거지?"

엄마는 잠시 생각을 하였다.

"우리 저쪽으로 가서 걸으면서 이야기하자."

난 수용소 안에서 엄마만 들을 수 있도록 아주 작은 목소리로 이야기하는 법을 배웠다. 그것은 이렇게 숙소 주위를 걸으면서 조용히 대화를 나누는 것이었다.

"그래, 네게는 아주 복잡한, 그러니까 어른들이 갖게 되는 그런 문제가 생기기 시작한거야. 모든 사람들에게는 자기만의 문제들이 있단다. 아는 것이 많아지면 많아질수록 쉽게 그 문제들을 풀어낼 수 있다. 지금 네 상태는 그러니까 '사람들이 나를 쳐다보지 않았으면', '밝은 빛이 반갑게 느껴지지 않아' 이런 거지? 출구를 찾을 수 있다는 희망을 잃어버린 사람의 경우 그런 경우가 있단다. 그렇다면 함께 찾아보자. 세르게이 예세닌의 시 중에 이런 시가 있다. '서운해하지 않아, 부르지도 않아, 울지도 않아. 마치 하얀 사과가 연기를⋯⋯.' 아름다운 시지, 그렇지? 이 시는 삶은 흐르는 것이고 모든 것은 지나간다고 이야기 해주고 있어.

내가 데카브리스트들에 대한 이야기를 해준 것을 기억해? 하루는 푸시킨이 시베리아 유배지에 있는 친구들에게 편지를 썼어. 내가 들려줄게. 네게 도움이 될거야. 돌아서서 소리만 집중해서 들어봐. 그리고 필요한 단어들을 가슴에 담거라."

엄마는 외우고 있는 구절을 소리를 내어 읊어주었다. "깊은 시베리아의 광산에서⋯⋯" 그리고 왠지 "고결한 인내심", "어두운 지하에서의 희망", "자유가 입구에서 당신을 기쁘게 맞이할 것이다" 등이 특별하게 들렸다. 엄마가 읊어주는 싯구들을 듣는 동안 숨을 쉬기가 점점 편해졌다.

엄마는 계속해서 말을 했다.

"어떤 사람에게 불행이 닥치게 되면 그 사람은 자신이 이 세상에서 누구보다도 더 아프고 상황이 안 좋다는 생각이 들어. 하지만 수천 년 동안 사람들이 이 땅에서 살면서 수많은, 아주 많은 삶이 이 땅에 있었어. 그런 불행은 누군가에게 있었던 거야. 네가 그것을 안다고 네 상처가 덜 아프거나 하지는 않을 거야. 하지만 희망을 가지고 참을 수 있게 해 주지. 어떤 사람이 너무 힘들지만 이 세상에 어느 누구도 자신을 도와줄 수 없다고 생각할 때 사람은 누구에게 도움을 청할까?"

"하나님에게, 그렇지?"

"그래. 사람들이 하나님에게 도움을 요청할 때 어떤 기도를 하는지 아니? 너도 그걸 알고 있어."

"주기도문?"

"그래, 주기도문이야. 하나님에게 도움을 청할 때 사람들은 모두 주기도문을 외우지. 그 내용은 성경이라고 불리는 책의 아주 작은 부분이야. 성경은 기독교인들의 경전이지. 다른 종교의 경우에도 자신들만의 경전이 있어. 그리고 그곳에는 자신들의 신에게 도움을 청할 때 쓰는 문장이 있지. 어떤 사람이 교회를 다니지 않는다고 하더라도 그리고 하늘에 또는 구름 위에 신이 살고 있다고 믿지 않는다고 하더라도 그런 문장이 그를 도와줄거야."

엄마는 멈추어서서 나를 끌어 안았다.

"내게 기대거라. 자, 같이 주기도문을 외워보자. 다만 아주 작은 소리로. 우리의 목소리가 들리지 않도록 말이다. 눈을 감거라 그리고 음악과 리듬을 들어. 그러면 너만 들을 수 있는 네게 필요한 이야기를 듣게 될거야."

뒷머리를 엄마의 배에 바짝 기댔고, 나는 엄마의 따뜻한 두 손을 어깨에서 느꼈다. 나는 크지 않은 목소리로 그러나 정확하게 엄마와 함께 주기도문을 외웠다. 그리고 나는 지금 내게 필요한 것이 무엇인지 정확하게 느낄 수 있었다. "…… 우리에게 일용한 양식을 주옵시고" 그리고 "다만 악에서 구하옵소서" 환한 얼굴로 나는 엄마를 쳐다보았다.

"네가 들은 것을 꼭 내게 이야기할 필요는 없다" 엄마가 말했다.

"그건 너만 들으면 돼. 천국은 우리 안에 있단다. 사람들의 말과 행동에서 하나님의 목소리를 들을 수 있다는 것을 기억하거라."

무슨 말을 하는지 나는 제대로 이해할 수 없었다. 하지만 이 말 또한 매우 중요한 것이라고 느끼고 나는 이 말을 가슴 속에 꼭꼭 담았다.

우리는 아주 오랫동안 산책을 했다. 거주지역에서는 작업장에서처럼 감독관들이 우리를 그렇게 철저하게 감시하지 않았다. 그래서 엄마는 저녁때면 늘 내게 노래를 불러주거나 이야기를 들려주었다. 누군가가 작업장에서 노래를 불러봤더라면! 우리는 다른 사람들로부터 떨어져서 한쪽에서 걸어갔다 그리고 다른 사람이 간신히 들을 수 있을 정도의 목소리로 이야기를 했다. 나는 많은 메뚜기가 항상 나타나는 곳을 엄마에게 알려주었다. 우리는 메뚜기들이 뛰는 모습을 잠시동안 바라보다가 다시 계속해서 걷기 시작했다.

"엄마, 우리 〈산들바람〉 같이 부르자."

"그 노래는 나중에 부르자. 그대신 시를 하나 들어봐. 야지코프라는 시인이 쓴 시야. 그는 훌륭한 시들을 많이 썼지. 그리고 이런 시도 있어.

사람이 없는 우리의 바다,

낮이고 밤이고 시끄럽게 한다.

운명적인 장소인 그곳엔

수많은 슬픔이 묻혔다.

용기를 내거라, 형제여, 바람이 분다.

나는 돛단배를 타고 간다.

파도를 미끄러지듯이 타고 난다.

보트는 빠르게 날고

구름은 바다 위로 달려가고

바람은 강해지고 물결이 검어지며

폭풍이 몰아치고 우리는 누가 이기나 경주를 한다.

폭풍과 맞서 싸운다.

용기를 내거라 형제여, 먹구름이 나타난다.

물결이 휘몰아 친다.

화가난 파도보다 높이 서고

끝없는 바다보다 깊이 떨어진다.

이 궂은 날씨 저쪽 멀리

행복한 나라가 있다.

하늘은 어두워지지 않고

적막함이 지나가지 않는 곳

하지만 파도는 그곳으로

강한 영혼만을 데리고 간다.

용기를 내라 형제여! 폭풍우가 몰아친다.

나의 돛단배여 강직하게 버텨라!

시가 마음에 드니?"

"아주 좋아."

"네 생각에 이 시가 무엇에 대해서 쓴 것 같니?"

"바다, 폭풍우, 뱃사람에 대해서."

"그것뿐이야?"

"아마도, 아닐 거야. 엄마가 그렇게 묻는다면 하지만 난 더는 모르겠어."

"어른들의 표현에는 다음과 같은 것이 있단다. '삶의 파도' '밝은 미래' '삶의 폭풍'. 이 시는 노래로도 만들어졌어. 들어보지 않을래? 눈을 감고 들어 봐."

나는 엄마의 품속으로 바짝 다가가서 따뜻한 배에 꼭 붙었다. 그리고 눈을 감고 꼼짝 않고 있었다. 엄마는 크지 않은 목소리로 노래를 불렀다. 노래를 다 부른 후에는 무언가 묻는 듯한 모습으로 나를 쳐다봤다.

"엄마, 다 이해했어. 이 노래는 지금 우리에 대한 노래야."

"그래, 파도보다도 높고 바다밑보다도 깊어. 하지만 우리의 영혼은 강직한 돛단배야. 우리는 반드시 끝까지 헤쳐나갈거야."

"만세! 끝까지 갈거야, 우리는 끝까지 갈거야!" 나는 소리를 친 후 커다란 목소리로 노래를 불렀다. "하지만 파도는 그곳으로……."

"이봐, 괴짜 아가씨!" 엄마가 웃었다.

"가사는 제대로 외웠지만 음은 다 틀리잖아. 들어봐, 이렇게 불러야 하는 거야."

5. 아타만*

나는 건강해졌고, 다시 거주지역 안을 산책하고 다녔다. 그리고 나만 들을 수 있도록 내 기분에 맞추어서 그때그때 다른 노래를 불렀다. 〈무서운 회오리바람〉, 〈산들 바람〉, 〈포격을 뚫고 우리는 걸었다〉 그리고 흥겨운 동요 등을 불렀다. 물론 〈사람이 없는 우리의 바다〉도 불렀다. 프랑스어 또는 독일어로 노래를 부를 수도 있지만 엄마는 엄마가 없을 때 절대 부르지 말라고 했다.

곧 우리를 모두 풀어줄 것이라는 소문이 돌았다. 우리의 엄마

---

* 유목민들 사이의 지도자 또는 최고 연장자를 일컫는 말이다-옮긴이.

들은 너무나 많은 흙벽돌들을 만들었기 때문에 이제 더이상 그것을 쌓아 놓을 곳도 없었다. 사방에 벽돌들이 놓여 있었다. 더이상 일을 할 수 없을 정도였다. 마지막 공정인 철망 위에서의 건조를 기다리고 있는 벽돌들이 쌓여갔고 가을비가 오기 전에 그것들을 모두 건조시키는 것은 불가능해 보였다.

어느 날 오후 나는 말뚝에 묶여있는 세 마리의 말을 발견하였다. 그 중의 한 말은 아주 멋진 말이었다. 키가 크고, 온 몸이 붉은색이 났으며 앞발에 하얀 스타킹을 신은 듯 하였다. 다른 두 마리의 말은 평범한 갈색 말이었다. 나는 붉은 말을 더 가까이에서 보고 싶었다. 그래서 나는 작업장 쪽으로 가까이 다가갔다. 그쪽은 위험한 장소였다. 아이들은 들어가지 못하게 하였다. 그렇기 때문에 나는 그냥 산책을 하는 것처럼 행동을 하였다. 하지만 나는 말뚝이 항상 보이도록 걸었다, 즉 말들이 내 오른쪽에서 있게 또는 왼쪽에 서있게 만들었다. 그리고 내게 아무도 관심을 갖지 못하도록 걸으면서 노래를 불렀고 내 눈은 붉은 색 말을 쳐다보았다.

관리사무실에서 군인 한 명이 나와서 거주지역 쪽으로 오고 있었다.

'이제 가야겠다, 빨리.'라는 생각이 순간적으로 떠올랐다. 내가 놀랐다는 것을 보이지 않기 위하여 나는 침착하게 노래를 부르며 천천히 걸어갔다. 키가 매우 커다란 사람이 내 앞을 가로막았을 때에는 나는 이미 방향을 잡고 걸어가기 시작했을 때였다. 그는 나를 앞서서 몇 걸음 걸어 가더니 갑자기 내게로 방향을 바꾼 후 내 앞을 가로 막고 섰다. 나도 섰다. 이 사람의 얼굴을 나는 한 번도 본 적이 없었다. 반짝반짝 윤기나는 신발, 삐걱거리는 벨트와 깃에는 붉은색 장식들이 많이 보였다. 그것을 뱃지라고 하였다. 하지만 나는 그것들이 어떤 의미를 가지고 있는지 알지 못했다.

"무슨 노래를 부르는 거냐?" 그가 물었다.

나는 깜짝 놀랐다. 그리고 잠시후 나는 너무 화가 났다. 그렇게 놀란 내 자신에 대해서 화가 났고 내가 그를 그렇게 무서워한다는 것에 대해서 화가 났다.

"어떤 노래를 부르는 거냐?" 그가 반복해서 물었다.

고개를 들고 그를 똑바로 쳐다보며 나는 공격적인 행동을 계속했다. "무서운 회오리 바람이 우리들 위로 세차게 불었다." 나는 노래 박자에 맞추어 작은 보폭으로 걸음을 떼면서 노래를 했다. '운명적인 전투'와 '알수 없는 운명'까지 처음 두 소절을 부르니 더이상 갈 데가 없었다. 나는 그에게서 두 걸음 떨어진 곳에서 제자리 걸음을 하며 노래를 불렀다. 주먹을 꼭 쥐고, 그를 시선에서 놓치지 않기 위해서 고개를 빳빳하게 들고. 하지만 그의 두 눈은 웃고 있었다. 나를 금방 놓아줄 거 같았다.

"다른 노래도 들려 줄래? 넌 노래하는 것을 좋아하는구나?"

"난 혼자서 노래하는 것을 좋아해요." 나는 겁을 먹은 채 말했다.

"어떤 말이 네 마음에 드는 거냐?"

"붉은색 말이요."

"그건 내 말이다. 나도 좋아해. 가자, 내가 네게 말을 보여줄게."

나는 손을 등 뒤로 숨기고 뒤로 물러섰다.

"그쪽으로 가면 안 돼요."

"나랑 같이 가면 돼, 가자."

"거기는 작업장이에요. 그쪽으로 가면 안 돼요. 저는 이쪽에 살아요. 여기가 제가 있어야 할 곳이죠. 아저씨는 여기로 와도 돼요?" 용기가 난 내가 말했다.

"가끔은. 난 널 알아봤다. 네가 아무나 깨문다는 그 아이지?"

"거짓말이에요. 난 깨물지 않아요. 그건…… 그 사람이 먼저 시작했어요. 나를 건드려서 바로 보복을 한 거예요."

"그렇게 보복을 할 수 있다니 훌륭하다. 그런데 왜 그 사람이 너를 건드렸을까, 네 생각은 어떠냐?"

"어쩌면 그 사람은 다른 사람과 대화하는 방법을 모르는 것 같아요……. 아마도 그 사람의 개가 나와 친해졌고 나와 오랫동안 대화를 나누었기 때문에 화가 났던 것 같아요. 만약 그 사람이 직접 개와 대화를 할 수 있었다면 나한테 그렇게 하지 않았을 거예요."

"그렇다면 개한테 물어봤어야 했구나. 그런데 그 사람은 왜 네게 그랬을까?"

"으음! 아마도 개가 무서웠을 거예요. 커다란 이빨이, 무시무시했거든요. 그래서 그 사람은 내게 시비를 건거죠. 멍청이 같이."

"그럴 수도 있지. 그런데 그건 네게 엄마가 설명해 준거냐?"

"무슨 말이에요! 난 애가 아니에요! 내가 생각하고 알아낸 거예요."

"어쨌거나 엄마와 그 일에 대해 이야기를 했겠지, 그렇지 않아? 엄마는 뭐라고 했지?"

"그러니까…… 처음에 나는 아주 오랫동안 잠을 잤어요. 그리고 그 다음에는 이야기할 시간이 없었어요."

"그럼 뭐에 대해서 이야기를 했냐?"

"알렉세이 콘스타노비치 톨스토이에 대해서요. 혹시 아세요? 톨스토이라는 성을 가진 작가가 모두 세 명이라는 것 말이에요. 두 번째는 《전쟁과 평화》를 쓴 레프 톨스토이가 있어요. 하지만 이 작품을 읽기에 저는 아직 어리대요. 그리고 또 한 명의 알렉세이 톨스토이가 있어요. 하지만 엄마는 이 톨스토이도 제게는 너무 어렵다고 했어요. 첫 번째 톨스토이는 세레브랸느이 공작*에 대해서 썼어요. 아주 재미있는 책이예요. 아직 엄마가 끝까지 이야기를 해 주지 않았어요. 아직 며칠은 더 들어야 끝이 나요. 혹시 메뚜기가 어떻게 생기는지 아세요?"

"갑자기 무슨 말이냐?"

"그러니까 굼벵이가 고치가 되고, 고치에서 나비가 생기잖아요. 그런데 메뚜기도 고치에서 생기는 건가요 아니면 어디서 생기는 건가요? 엄마도 잘 모르겠대요."

"미안하구나, 나도 모르겠는걸. 내가 보건대 넌 이제 내게 화를 내지 않는 것 같구나. 처음에 왜 그렇게 화를 냈던 거냐?"

"난 또 아저씨가 개머리판으로 나를 때리려고 하는 줄 알았죠."

"난 그런 사람이 아니야. 누가 네게 그런 짓을 했냐?"

* 알렉세이 톨스토이의 장편역사소설 《세레브랸느이 공작》을 일컫는 것이다-옮긴이.

"제 생일 날이요. 모르간 요정*이 제게 아름다운 튤립을 선물했어요. 튤립은 바로 옆에 있었지만 다른 쪽에 있었죠. 난 그걸 꺾으려고 했지만 못했어요. 그런데 그 사람이 나를 개머리판으로 때렸어요."

"그 다음은 어떻게 되었지?"

"기억이 없어요. 엄마가 차라리 하나도 기억 못하고 있는 것이 낫대요. 아무것도 기억할 필요도 없다고 했어요."

"내게 말하길 넌 절대로 울지 않는다고 하더라. 넌 용감한 소녀라고. 나도 너만했을 때 결코 밖에서 한 번도 울지 않았어. 하지만 저녁이 되면 엄마에게 털어놓고 울었지. 엄마는 나를 위로해 주었어. 네가 엄마에게 하소연을 할 때에 엄마는 네게 어떻게 위로해 주냐? 네가 아프다고 엄마에게 말했을 때 엄마는 네게 어떤 말을 해 주냐?"

그는 내가 생각하기도 싫어하는 부분을 아주 심하게 건드렸다. 나는 화가 났다.

"아저씨, 뭐예요……." 나는 대화가 좋게 끝나지 않을 것이라는 생각에 손을 흔들며 이야기했다.

"어떻게 내가 엄마한테 짜증을 부려요? 엄마는 손이 아파요! 우리는 밥을 먹으러 갈 때에도 제일 늦게 가요. 그래야 음식이 식거든요. 엄마는 뜨거운 그릇을 잡을 수 없거든요!"

그는 먼 산을 바라봤다. 그리고 나는 말을 계속하였다.

---

* 브리튼의 아서왕의 전설속 아서왕의 이복누이로 아서왕의 원수인 동시에 조력자이며 아내이다-옮긴이.

"저는 매일 아침 엄마 조의 조장이 엄마에게 소리치는 것을 들어요. '이 절름발이 게으름뱅이야, 그것도 잡지 못하는 거야(아마 대패를 잡는 것을 말하는 것 같아요.)! 어서 흙벽돌 건조장으로 가.'라고 하죠. 하지만 엄마는 아무것도 건조시키지 않죠. 엄마는 하루종일 커다란 벽돌을 돌려 놓는 작업을 하죠. 저쪽에서는 광장이 아주 잘 보여요. 저는 저기서 엄마가 어떻게 일하는지 볼 수 있어요. 엄마는 하루종일 허리를 숙이고 벽돌을 뒤집죠. 엄마의 한쪽 다리는 구부러지지 않아요. 엄마는 다리 하나로 버티고 있죠. 엄마가 아저씨에겐 다리 하나로 서있는 왜가리처럼 보이겠죠? 엄마는 힘이 들면 무릎을 꿇고 기어다니기 시작하죠."

나는 화가 나서 투덜거리며 말을 계속했다.

"무릎은 완전히 퉁퉁 부어요. 하지만 엄마는 아무에게도 아프다고 이야기 하지 않았어요. 그리고 엄마는 제게 항상 웃어줘요. 재미있는 이야기도 들려주고 아름다운 노래도 불러줘요. 밤에는, 엄마는 내가 잠을 잔다고 생각할 때에 두 손을 계속 털어요 엄마도 너무 아픈거죠! 엄마의 두 손에는 늘 피가 난 흔적이 있어요. 그런데 벽돌은 더럽고요. 이곳에는 붕대도 요오드도 없어요. 위생실에는 아무 것도 없어요. 술취한 사람들 얼굴 외에는 아무것도 없어요. 난 술에 취해 붉은 얼굴의 사람들을 매일 봐요. 저쪽에서 왔다갔다 하고 다니죠. 나는 엄마 손에서 계속 피가 나고, 그래서 덧나고, 상처에서 고름…… 고름이 날까봐 걱정이예요. 아저씨, 아저씨 자신이 바보 같이 짜증을 내는 사람이군요." 나는 불쑥 말을 내뱉었다.

나는 숨을 고른 후 말을 덧붙였다.

"전 더이상 아저씨와 이야기를 하고 싶지 않아요."

그리고 뛰어갔다. 여행가방 밑으로 숨은 후 나는 오랫동안 울었다. 너무 울어서 나중에는 울 힘 조차 없었다.

만약 어떤 일 때문에 울게 된다면 눈물이 결코 도움이 되지 않는다는 것을 알게 되었다.

아직 작업 시간이 끝나려면 시간이 많이 남아 있는데 엄마와 몇몇 아줌마들이 갑자기 나타났다. 그들은 기분히 좋아서 대화를 나누며 가끔씩 웃기까지 하였다.

"어이, 아타만!" 한 아줌마가 내게 왔다. 그리고 웃고 있던 엄마가 덧붙였다.

"네가 엔카베데 간부에게 이곳 사람들에 대해서 아주 강하게 항의를 했다며, 게다가 말을 끝낼 때쯤에는 그사람에게 야단을 쳤다고도 하던데. 저쪽은 지금 호들갑을 떨고 난리가 났다, 병이 낫기 전까지는 우리에게 일을 하지 말라고 했어. 게다가 약도 가져가도록 했고."

엄마는 연고와 가루약이 든 병을 보여주었다. 그리고 난 어떤 사람은 손에, 어떤 사람은 머리에, 등에, 무릎에 깨끗한 붕대를 감고 있는 것을 볼 수 있었다.

"게다가 아르센티예프는 모두에게 통행증을 준비시키라고 했어. 곧 우리 모두를 풀어준다고 하더라."

이곳에 건물을 짓는 공사가 끝이 났다. 수용소는 '손님들' 즉 새로운 죄수들을 받을 준비를 끝낸 것이다. 사실 우리를 이곳 수용소에 보내면 안 되었다. 우리는 단순히 '조국을 배신한 가족의 일원'으로서 유형을 가게 된 것 뿐이었다. 하지만 수용소가 부족하였기 때문에 누군가가 그것을 지어야만 했다. 그렇기 때문에 우리와 다른 사람들, 즉 '인민의 적'의 부인과 아이들이 이곳에 오게 된 것이었다.

며칠이 지난 후 모두가 통행증을 받게 되었다. 칼리닌스크는 예전에 키르기즈어로 카라-발티*라고 불렸다. 현재 이 명칭은 기차역 옆에 있는 자그마한 마을의 이름으로만 존재하고 있었다. 모든 유배자들은 이 역까지 각자 알아서 가야만 했고 그 다음에는 기차를 타고 갈 수 있었다. 엄마들은 아이들을 데리고 키르기즈 전역으로 흩어져 갈 것이다.

우리는 어디로 가야 할지 고민할 필요가 없었다. 우리는 엔카베데 칼리닌스크 지역 위원장 아르센티예프 동지가 지시한 지역으로 가야만 했다.

---

* 1939년의 소련 지도를 보면 그렇게 표시되어 있었다. 지금 이곳은 다시 키르기즈에서 카라-발티라고 부른다.

6. 빈털터리

다음날 정오 무렵 십여 명의 엄마들과 아이들을 첫 번째로 카라-발티역까지 수레로 데려다 주었다. 다른 엄마들은 서류에 지시되어 있는 키르기즈 내 장소로 가려면 어떻게 해야 하는지 알아보기 위해 기차역 매표소로 갔고, 엄마와 나는 우체국을 찾으러 갔다.

지역 엔카베데에 가기 전에 엄마는 세 통의 편지를 보내려고 하였다. 엄마는 마가단*에 있는 아빠에게 편지 한 통을, 모스크

* 러시아 동북부 시베리아에 있는 지역-옮긴이

바에 살고 있는 엄마의 언니에게 한 통 그리고 모스크바에서 화물칸에 실었던 우리 짐이 있을 프룬제역에 있는 물품보관소에 한 통을 썼다. 우리를 수용소로 막 데려갔을 때 엄마는 수용소에서 프룬제역의 물품보관소로 보내는 청구서를 수용소 간부에게 전해 주었다. 그 청구서에는 우리 화물 번호가 써있었으며 요구가 있을 때까지 보관해달라는 요청을 하였다. 간부는 편지를 받아서 지역 엔카베데를 통해서 보내겠다고 했다. 이제 엄마는 물건을 카라-발티역으로 보내달라고 편지를 썼다. 그리고 물건이 도착하게 되면 '다음 편지에서' 자세한 주소를 알려주겠다고 하였다. 왜냐하면 엄마는 지금 막 칼리닌스크에 도착하였기 때문에 살게 될 집의 주소를 모르기 때문이었다.

편지를 보낸 뒤 우리는 엔카베데로 갔다. 아르센티예프가 직접 엄마를 맞이한 뒤 '엄마는 유배를 당했으며 칼리닌스크 지역에 배정되었다'는 증명서를 엄마에게 주었다. 그는 지역 경계 밖으로 벗어나서는 절대 안된다고 경고하였다. 그리고 일주일에 한 번씩 확인을 하러 엔카베데 사무실로 와야 한다. 살 집은 자기 돈으로 직접 임대를 하라. 일자리도 직접 찾아야 한다. 다만 당일 하루를 노숙하지 않도록 임시숙소로 데려갈 것이다. 숙박비는 주인과 협상을 하라. 그리고 마지막으로 경고를 하길 만약 신상에 어떤 변화가 있게 되면 반드시 엔카베데에 보고를 해야 한다고 하였다. 이야기를 하는 도중 아르센티예프는 수용소에서 물품보관소로 보냈던 편지는 자기 손을 거쳐서 프룬제역에 보내졌다고 말하였다. 웃음을 머금은 그는 자기 기억으로 엄마는 바로 찾을 수 없었던 자신의 짐을 찾고자 자신의 사정에 대해서 쓴 편지를 프룬제에 보낸 첫 번째 사람이라고 하며 물건들이 모두 그대로 있기를 바란다고 말했다. 한 번 더 경고하기를 발급된 증명서는 우리의 신분증이기 때문에 절대로 잃어버려서는 안 된다고 하였다.

아르센티예프는 경찰을 한 명 불렀고, 그 경찰은 우리를 한 집으로 데리고 갔다. 처음엔 큰 길을 따라 오랫동안 걷다가 나중엔 골목길로 들어갔다. 오른쪽과 왼쪽에는 '두발'이라고 불리는 진흙으로 만든 높은 담이 있었다. 우리는 막다른 골목으로 들어선 것 같았다. 왜냐하면 우리 앞 쪽에도 두발이 가로막고 있었기 때문이다. 하지만 우리가 골목의 끝에 다다르자 왼쪽으로 나있는 또 다른 골목이 연결되어 있었다. 그쪽으로 방향을 틀자마자 첫 번째 마당으로 들어갔다. 나와 엄마는 문 옆에 서서 기다리고 우리를 인도한 경찰은 집 안으로 들어갔다. 그 안에서 누군가와 오랫동안 큰 소리로 이야기를 나누었다. 그리고 한참 후 우리를 불렀다. 못되게 생긴 주인 아줌마가 "저기서 자도록 해요."라고 말하며 집의 한쪽에 덧대어 만든 건물의 작은 문을 가리켰다. 그곳은 아직 채 마르지 않은 흙벽돌로 만든 닭장이 있는 자그마한 창고였다. 바닥에는 밀짚 더미가 놓여 있었고, 쥐며느리가 벽을 타고 기어다녔다. 우리를 안내해준 사람은 갔다. 엄마는 숙박비로 얼마를 어떻게 내야할지 흥정을 하였다. 아침이 되자 엄마는 숙박비와 저녁 그리고 아침 식사 비용으로 우리의 가방을 주인에게 주었다. 우리는 물건들을 가방 속 주머니로 만든 배낭에 넣었다. 그리고 그곳을 떠났다. 모스크바에 있을 때 길을 떠나기 위해서 준비를 할 때 유모는 특별한 주머니를 가방에 만들어 주었다. 그것을 뒤집으면 단추가 있었으며 그곳에 줄을 꿰메어 놓았다. 그래서 평범한 가방 속 주머니가 배낭으로 바뀐 것이다.

우리는 엄마가 할 수 있는 일을 찾으러 동네를 돌아다니기 시작했다. 때는 늦은 가을이었다. 건초들은 이미 치워져 있었고, 들판에서의 일은 모두가 끝이 난 상태였다. 엄마를 위한 일은 없었다. 처음에 엄마는 물건을 가지고 먹을 것과 잠자리를 구하였다. 하지만 나중에 우리는 건초더미 위에서 잠을 잤다 왜냐하면 물건이 더이상 없었기 때문이다. 엄마는 내 스키복과 배낭만은 남겨 두었다.

엄마는 집 안으로 들어갈 때면 나를 길거리에 남겨두었다. 저녁이 되면 우리는 눈에 띄는 아무 건초더미에 기대고 누웠다. 엄마는 납작빵이나 빵 부스러기 또는 삶은 옥수수 알을 배낭에서 꺼내어 주었다. 건초더미에서 잠을 자기 전에 엄마는 항상 독일과 프랑스의 동화와 역사를 들려주었으며 그전과 마찬가지로 찬송가를 불러주었다. 어느 날 엄마는 다음과 같은 웃긴(그때 내게 그렇게 느껴졌다) 노래를 불러주었다.

빈털터리네.
코트 하나가 전부야.
백년을 못산다고 슬퍼하지 말아.
죽어도 손해볼 것 없잖아.
우리는 걸으며 노래를 하네.

바람이 함께 노래를 하네.

부자들은 썩 꺼지거라.

가난뱅이가 가고 있다.

일을 쉽게 찾을 수 없었다. 물건과 돈은 더이상 없었다. 우리는 마을 안으로 들어가서 집집마다 찾아다녔다. 하지만 엄마가 할 수 있는 일은 어느 곳에도 없었다. 엄마는 심하게 기침을 하기 시작하더니, 더이상 노래를 부를 수 없게 되었다.

어느 날 나는 엄마보다 일찍 잠에서 깨어났다. 엄마는 열이 펄펄 났고 잠에서 깨어나지 못하였다. 나는 엄마가 병에 걸렸다는 것을 알았다. 무언가를 해야만 하였다. 나는 입고 있던 스키복을 벗어서 엄마의 발에 바지를 끼어 넣으려고 하였다 하지만 끼어 넣을 수가 없었다. 할 수 없이 나는 엄마를 스키복으로 덮어주고 엄마를 건초 위에 남겨둔 채 이제 우리의 증명서만 남아있는 배낭을 들고 가장 가까이에 있는 마을로 향했다. 나는 골목을 따라 걸었다. 주위는 온통 두발뿐이었다. 그 뒤에 있는 집들도 전혀 보이지 않았다. 그런데 갑자기 눈앞에 정원과 울타리가 있고 창문에 장식이 있는 멋진 집이 보였다. 나는 문을 밀어보았다. 문은 잠겨있지 않았다. 나는 망설임 없이 안으로 들어갔다. 엄마에게는 누군가의 도움이 필요하였다. 엄마 혼자서 허허벌판의 건초더미에 혼자 있게 하는 것은 위험하였다. 이 집의 사람들이 우리를 도와줄지는 전혀 모르는 일이었다. 그들을 어떻게든 설득하여야 한다. 그들에게 사람들은 서로가 서로를 도와야 하며 그것이 사람된 도리임을 설명해 주어야 한다.

나는 안으로 들어가면서 무슨 말을 할 지 생각을 하느냐고 커다란 개가 있다는 것을 전혀 눈치채지 못했다. 개는 아마도 내게 아주 중요한 일이 있다는 것을 아는 듯 짖지도 않았다.

현관문을 두드렸다. 조용했다. 커다란 현관문을 열고 안으로 들어갔다. 안에는 두 개의 문이 서로 마주보고 서 있었다. 한 쪽 문 위에는 건초가 잔뜩 묻어 있었다. 문 상태를 보니 아마도 그곳에 어떤 동물들이 사는 것 같았다. 분뇨 냄새도 났다. 나는 다른 쪽 문을 두드렸다. 문 뒤에서 목소리가 들렸다. 하지만 노크 소리에 아무도 반응을 하지 않았다. 나는 문을 열고 안으로 들어갔다 그리고 기어들어가는 목소리로 인사를 했다. 대가족이 식탁에 앉아서 음식을 먹고 있었다. 식탁의 상석에는 푸른 수염의 바르말레이*가 앉아있었다. 짙은 눈썹 아래에 있는 화가 난 검은 두 눈이 나를 쳐다보았다.

"넌 어디서 왔냐?" 바르말레이가 물었다.

"모스크바에서 왔어요." 놀란 내가 대답했다.

"지금 바로?"

"아니요, 우린 여름에 왔어요."

"그럼 그동안 어디서 살았냐?"

"저는 엄마와 함께 일곱 언덕 근처에 살았어요. 이제 우리는 이곳에 살아야만 해요."

---

* 러시아 동화작가 코리네이 추코프스키의 동화 속 악당-옮긴이

아마도 이들은 일곱 언덕에 무엇이 있었는지 알고 있는 듯 하였다. 목소리가 한결 부드러워졌다.

"너 배고프냐? 그럼 이리와 앉거라."

"고맙습니다. 하지만 저는 지금 먹을 시간이 없어요." 나는 나를 내쫓지 않기를 바라며 최대한 부드러운 목소리로 말을 하기 시작했다. "저기 들판에 있는 건초 위에 엄마가 누워있어요. 걱정하지 마세요, 엄마는 아직 살아있어요 하지만 병이 났어요. 몸이 아주 뜨거워요. 기침도 심하게 하고, 아무리 깨워도 일어나지 않아요. 엄마는 숨을 쉬고 있어요. 분명히 살아있어요. 엄마를 그렇게 혼자 두는 것은 위험해요. 거긴 바람도 불고 추워요. 스키복으로 엄마를 덮어주기는 했어요. 하지만 제 옷은 엄마에겐 작아요. 무서워 마세요, 우리는 강도가 아니예요. 원하시면 저희 증명서를 보여드릴 수 있어요. 여기 이 배낭에 있어요. 저는 이 서류들을 들판에 두면 잃어버릴까봐 들고 왔어요."

"그럼 넌 왜 하필 우리 집에 온거냐?"

"저는 그냥 마을로, 사람들이 사는 곳으로 왔어요. 엄마가 말하길 사람들은 서로가 서로를 도와야 한다고 했어요. 마을로 들어왔는데 집들은 전혀 보이지 않고 진흙으로 만든 담만 보였어요. 그런데 할아버지네 집은 보였어요. 훌륭한 집이…… 그래서…… 도움을 청하려고 들어왔어요. 제가 갈 수 있는 곳은 더이상 없어요." 나는 기어들어가는 목소리로 덧붙여 말을 했다.

"더이상 갈 데가 없다고?"

"그러니까, 아마도, 어쩌면 엔카베데에는 갈 수 있을 거예요.

아르센티예프 서장에게요. 하지만 엄마를 어딘가로 데려갈까봐 무서워요. 아빠는 지금 마가단에 있어요. 콜리마강이 있는 곳이요. 엄마를 콜리마강으로 데려가면 안 돼요. 시베리아잖아요. 거긴 추워요. 그런데 엄마는 기침을 하잖아요. 그래서 저는 할아버지에게 온 거예요. 엄마를 데려와 주세요. 여긴 따뜻하잖아요. 페치카에 불도 있고요.”

　“다른 방법이 없으니 가서 엄마를 데려와야겠다. 내가 말을 맬 동안 넌 여기 앉아서 먹고 있거라.”

　“저는 괜찮아요. 엄마한테 빨리 가 주세요.” 내가 빠르게 말했다. 그는 바르말레이가 절대로 아닌 것 같다.

　“뭘 그렇게 걱정하는게냐? 우린 널 잡아 먹지 않아.”

　“제가 걱정하는 것은 제게 먹을 것을 준 뒤 엄마를 데리러 가지 않을까봐 그래요.”

　“걱정마라, 데려올거다, 데려올거야. 앉아서 먹어라, 걱정 말고. 반드시 데려올테니.”

　“사실 우리는 돈도, 물건도 하나도 없어요. 하지만 엄마가 아픈 동안 제가 할아버지네 집에서 일을 할게요.”

　“네가 할 줄 아는 게 뭐가 있는데?”

　나는 할말을 잃었다. 내가 뭘 할 수 있을까? 할아버지가 엄마를 데려오게 하기 위해서 내가 어떻게 대답을 해야 할까? 거짓말을 해서는 안 된다. 창피하기도 하지만 금방 알아챌 거다. 내가 거짓말을 한다는 것을. 하지만 지금 중요한 것은 할아버지가 엄마를 데리고 오게 하는 것이다. 여기는 따뜻하다. 페치카에 불도 있다. 나중에 할아버지가 우리를 길거리로 내쫓지는 않을 것이다. 그건 올바른 행동이 아니다. 하지만 거짓말을 하는 것도 바른 행동이 아니다. 나는 잠시 생각을 한 후 낙담하며 말했다.

"할 줄 아는 게 별로 없어요. 그릇을 닦을 줄 알아요. 어쩌면 마루를 청소할 수도 있을 거예요. 여러 가지 동화를 들려드릴 수도 있고요, 여러 가지 노래도 불러 줄 수 있어요. 물론 이런 것이 일은 아니겠죠, 그렇죠? 무슨 일을 해야 되는지 어떻게 해야 하는지 알려주면 뭐든지 잘 하도록 노력할게요."

목구멍에 무언가 걸린 것을 빼어내려고 노력하며 나는 거의 들리지 않는 목소리로 말했다.

"제발, 엄마를 도와주세요. 엄마는 너무 추워요. 게다가 아주 심하게 기침을 해요. 빨리 가야 해요." 코끝이 찡하였다.

'우는 사람이 지는거야.' 갑자기 생각이 났다. 깊게 숨을 들이마시고, 내쉬었다…….

"제가 할아버지께서 말을 매는 것을 도와드릴게요" 난 단호하게 말을 한 후 돌아보지도 않고 문쪽으로 향했다.

마당에는 젊은 남자가 수레에 말을 매고 있었다.

집주인 할아버지가 그에게 다가갔다. 그리고 이웃집 마당을 쳐다 본 후 커다란 목소리로 야단을 치기 시작했다. "뭐가 이렇게 지저분하냐" "내게 의지하지 말고" 같은 말이 들렸다. 그리고 전혀 알 수 없는 단어들이 들렸다.

주인 할머니가 문으로 달려 나와서 내게 작은 소리로 말했다. "겁먹지 말거라, 너를 야단친 것이 아니야." 그리고 커다란 털

목도리로 나를 감싼 뒤 그 끝을 내 등 뒤에서 묶었다. 바깥은 아주 추웠다. 특히 따뜻한 집 안에 있다가 나오니 더욱 추웠다.

수레에 밀짚더미들이 실렸다. 나를 밀짚 안에 허리가 잠기도록 묻은 후 할아버지는 큰 소리로 투덜거리며 마당에서 나갔다.

할아버지는 거리를 따라 말을 몰고 가는 동안 내내 큰 소리로 투덜거렸다. 마차가 마을을 둘러싼 담들을 지나자 그때서야 비로소 조용해졌다. 그는 어디로 가야 하는지 내게 물어본 후 초원을 따라서 말을 몰았다. 엄마가 누워있는 건초더미 앞에 도착을 하자 그는 수레에서 커다란 밝은 회색 빛의 천 같은 것(아마천이라고 하였다)을 꺼내서 부드럽게 어린아이처럼 엄마를 감쌌다. 그는 짚풀을 파헤친 후 수레 앞쪽에 나를 가로로 앉으라고 하였다. 그리고 엄마의 머리가 내 무릎에 오도록 하게 뉘였다. 그런 뒤 엄마의 얼굴을 아마천으로 덮은 후 밀짚으로 몸 전체를 덮었다. 마차는 곡물운반용이었다. 마차에는 높은 가림막이 있고 바퀴에 나무 거푸가 씌어져 있었다. 곡물운반용 마차는 옥수수와 곡식들을 알갱이와 씨앗 형태로 자루에 넣지 않은 채 운반할 수 있도록 만들어져 있었다. 나는 마차의 바닥에 앉았고, 가림막의 높이는 내 머리 보다도 높았다.

집으로 갈 때에는 가축떼를 모는 길로 가서 마을로 들어가기 위해서 우회로로 들어갔다. 길을 가는 동안 마차는 몇 번인가를 멈추어 섰고, 그때마다 마차 위로는 잡풀들이 잔뜩 실렸고, 그것은 끈으로 조여졌다. 나중에 나는 초원의 잡초라고 불리는 그 풀을 말려서 땔감으로 쓴다는 것을 알게 되었다.

7. 사벨리 할아버지

　마을 사람들 모두가 사벨리(이 집의 주인을 사람들은 그렇게 불렀다)가 초원에서 잡초들을 싣고 오는 것을 보았다. 그것은 아주 흔한 일이다. 짐수레는 마당을 지나서 뜨거운 김이 피어오르고 있는 바냐*앞에 섰다. 사벨리는 초원의 잡초와 함께 나를 바냐로 데리고 갔다. 바냐 안 벽쪽에는 장의자가 놓여 있었다. 사벨리는 내게서 목도리를 벗기고 작고 어두운 방에 놓여있는 장의자 한쪽에 나를 앉혔다. 이 방을 '탈의실'이라고 하였다. 사벨

*　러시아의 가정식 사우나-옮긴이.

리는 엄마를 데리고 왔다. 그 뒤를 따라서 손에 잡풀을 든 여자들이 들어왔다.

엄마를 장의자 위에 뉘였다. 내게 말하길 사우나 안의 온도가 올라올 때까지 엄마는 잠시 이곳에 누워있을 것이며, 다음에 엄마를 치료해 주겠다고 했다. 나보고는 씻고 옷을 빨아야 한다고 하였다. 나는 옷을 벗었다. 여자들이 나를 눈짓을 하면서 보았다.

"너 바냐를 오랫동안 안 했구나?" 제일 나이 많은 분이 물었다.

"저는 바냐에 들어가 본 적이 한 번도 없어요. 제가 살았던 모스크바에는 샤워시설이 있는 목욕탕이 있었어요."

"얼마 전에 네가 엄마와 있었던 곳에는 바냐가 없었어? 어디서 씻었냐?"

"일곱 개의 언덕에서 있었던 일을 절대로 이야기하지 말라고 했어요."

"그래 거기서 무슨 일이 있었는지 이야기할 필요 없다. 다만 네가 거기서 목욕을 했는지 안 했는지만 이야기해달라는 거야."

"안 했어요. 우리는 얼굴과 손만 간신히 씻을 수 있었어요. 처음엔 엄마가 젖은 수건으로 내 몸을 닦아주기도 했어요. 하지만 얼마전부터는 그러지 못했어요. 왜냐하면 수건들을 모두 엄마의 다친 손을 감싸는데 써야만 했거든요. 게다가 저는 채찍을 맞아서 등과 발이 너무 아팠어요. 하지만 저는 울지 않았어요. 대신 그 사람 손가락이 끊어져라하고 물어주었어요. 손가락 여기를 꽉 물었죠."

여자들은 아무 말 하지 않았다. 다만 내 이름이 뭐냐고 물었고, 자신들의 이름이 어떻게 되는지 알려주었다. 가장 젊은 여자의 이름은 마냐였다. 그녀는 주인 할머니의 막내 딸이었다. 큰딸의 이름은 레나였다. 그녀는 결혼도 했고 따로 살고 있었지만 그녀의 엄마가 도움을 요청해서 온 것이다.

"나랑 같이 가자. 레나는 네 엄마를 돌볼 거야 그리고 네 옷을 빨아 줄거야" 마냐가 말했다.

마냐는 바냐에서 오랫동안 철로 된 목욕통 안에서 내 몸을 닦아주었다. 처음엔 잿물로 닦아주었다. 다음엔 사포나리아뿌리*로 문질렀다. 다음에 안개가 자욱한 작은 방(바로 이곳이 한증막이었다)으로 데리고 가서 벤치에 나를 엎드리게 한 후 녹색의 빗자루로 몸을 때렸다. 아프지도 창피하지도 않았다. 나를 때린 것이 아니라 나를 증기로 목욕을 시키는 것이었다. 내가 완전히 깨끗해지도록, 내 몸에서 모든 병들을 쫓아내기 위해서, 내가 감기에 걸리지 않게 하기 위해서 그런 것이다.

몸에서 뽀드득 소리가 날 때까지 문지른 후 처음엔 따뜻한 물로 다음엔 시원한 물을 부어서 씻겨주었다. 그 다음 마냐의 셔츠, 외투 그리고 치마를 입혀주었다. 옷들은 너무 컸다.

"크구나, 대신 따뜻할거야." 레나가 말했다.

"이곳 겨울은 너 같이 이렇게 짧은 원피스를 입고 다니면 큰일나. 바로 얼어버릴 거야." 마냐가 말을 보탰다.

오른쪽 손으로 나를 잡아서 안은 후 머리에 아마천을 씌우고 마냐는 하타(그들은 집을 이렇게 불렀다)로 뛰어갔다. 나를 마루

---

* 사포닌이 포함되어 있어, 거담제 또는 피부병 등의 치료제로 사용하는 일련의 식물의 뿌리-옮긴이.

에 세운 후 창문의 커튼을 당겨서 쳤다. 페치카 옆에는 또 한 명의 여자가 서 있었다. 둘째인 베라였다.

"베라 언니, 바냐로 가서 도와줘." 마냐가 말했다.

"거기서 엄마를 씻겨줄거예요?" 내가 물었다. 대답으로 고개를 끄덕이는 것을 보고 베라에게 내가 말했다. "제발 조심해서 해 주세요, 엄마를 목욕통에 앉히면 안 돼요. 엄마의 왼쪽 다리는 구부러지지 않아요. 만약 억지로 구부린다면 다리가 부러질 수도 있어요. 그리고 엄마 손바닥의 굳은살이 아직 다 떨어지지 않았어요. 대패질 때문에 손을 다쳤어요. 굳은 살을 떼어내면 안 돼요, 저절로 떨어질 때까지 기다려야 해요."

"그래, 이야기 해줘서 고마워. 조심해서 할게. 난 갈테니 넌 저기서 뭐 좀 먹어라, 알았지? 마냐, 우선 아이에게 뭘 언제 마지막으로 먹었는지 물어봐. 탈이 안 생기게 말이야."

베라는 아마천을 집더니 나갔다. 마냐는 나를 페치카에 붙은 침대에 앉히고 자신은 옆에 앉은 후 물어 보았다.

"너 요 며칠 잘 못 먹었지?"

"아니요, 잘 먹었어요. 다만 먹을 게 많지 않았을 뿐이예요. 엄마가 일을 찾을 수 없었거든요. 가지고 있던 물건들은 모두 음식과 바꾸어 먹었어요. 더이상 우리에겐 아무것도 남아있지 않아요. 화물 영수증밖에 없어요. 게다가 우리 짐을 프룬제역의 화물 보관소에서 잘 보관하고 있는지도 잘 몰라요. 만약 카라-발티역까지 보내준다면 받을 수 있을 거예요. 그 가방에는 겨울 옷들뿐만 아니라 많은 것이 들어 있어요. 우리는 여름에 프룬제에 도착을 했거든요. 그런데 벌써 이렇게 추워졌어요."

내가 이 모든 것을 이야기하는 동안 마냐는 진흙으로 만든 그릇에 뜨겁게 끓인 우유를 따른 후 그곳에 빵 조각들을 넣었다. 마냐는 내게 나무로 된 숟가락을 주면서 천천히 이것들을 모두 먹으라고 하였다. 너무 맛있었다!

다음에 마냐는 내게 페치카 가까이 가라고 했다. 그곳은 따뜻했으며 아무도 볼 수 없을 거라고 했다. 날이 저물기 시작했다. 마냐가 이야기하길 날이 어두워지면 엄마를 집 안으로 데리고 온다고 하였다. 이곳은 해가 일찍 졌다. 그녀는 엄마의 자리를 봐주려고 응접실로 들어갔다.

응접실은 손님들을 맞이하는 방이다. 응접실에는 사람들이 자지 않는다. 그곳에는 다양한 장식 아래에 레이스 장식이 달린 침대가 놓여 있었다. 침대에는 레이스가 달린 커버가 씌어진 베개 몇 개가 놓여 있었다.

마냐는 램프에 불을 붙이고 장식 침대를 정리하였다. 그리고 바로 엄마를 데리고 왔다. 긴 하얀 셔츠를 입고 있는 엄마를 장식이 달린 침대에 뉘였다. 무언가를 마시게 한 후 숯이 담긴 물을 엄마에게 뿌렸다. 나는 따뜻함에 잠이 들었다. 얼마나 잤을까 잠이 깬 나는 페치카에서 내려왔다. 엄마는 자고 있었다. 숨을 가볍게 쉬고 있었다 엄마의 뺨은 발그레하였다. 그런데 엄마의 머리카락에 무슨 일이 있었던 것일까? 엄마의 머리카락은 언제나 아름다웠다. 살짝 웨이브가 있었으며 숱이 많고 어두운 갈색이었다. 엄마의 머릿결은 윤기가 나고 햇빛을 받으면 반짝이기까지 했다. 그런데 지금은 하얀 베개에 이상한 회색의 머리카락 더미가 놓여 있었다. 나는 다가가서 머리카락을 만졌다. 비단결 같았던 엄마의 머리카락이 하얗게 변해 있었다. 나는 이 순간까지 엄마의 머리카락이 하얗게 된 것을 모르고 있었다. 난 이제서야 그것을 보게 된 것이었다. 나는 엄마의 하얀 머리카락을 쓰다듬으며 이제 더이상 예전과 같이 그렇게 아름다운 머릿결이 되지 않을 것이라는 것과 이렇게 하얗게 되도록 내가 전혀 눈치를 채지 못했다는 것을 생각하며 슬프게 울었다. 그리고 이렇게 된 것이 다 내 잘못이 아닐까 하는 생각을 했다.

"네 잘못이 아니니 그렇게 엉엉 울 필요 없다! 엄마는 건강해질 거야. 암, 반드시 건강해질거다. 누가 잘못해서 엄마가 이렇게 된 게 아니란다. 머리카락? 엄마만 건강해진다면 머리카락이 무슨 걱정이겠냐! 엄마가 건강해지면 우리가 예쁜 색으로 염색해 주면 되지. 그러면 네 엄마는 세상에서 제일 아름다운 여자가 될 거야. 너 혹시 엄마 나이가 몇 살인지 알고 있어? 넌 몇 살이고?" 옆에 서 있던 주인 할머니가 부드러운 목소리로 차분하게 이야기를 해 주었다. 그리고 내 등을 투덕이며 따뜻하게 쓰다듬어 주었다. "저녁을 먹으러 가자, 아가. 엄마는 주무시게 하고. 울지 말거라. 네가 울면 엄마가 아파해. 엄마들은 자식이 울면 마음이 아픈 법이야. 엄마가 건강해질 수 있도록 엄마의 마음을 아프게 하지 말아야지. 나하고 같이 가자."

할머니는 커다란 러시아식 페치카가 있는 방으로 나를 데리고 갔다. 식탁에는 내가 처음 보았을 때와 마찬가지로 가족 모두가 앉아 있었다. 다른 것이 있다면 이제 저녁이 되었다는 것이다. 램프가 켜져 있었고 나도 더이상 겁을 먹지 않았다. 그리고 상석에 앉아 있는 주인 할아버지도 더이상 바르말레이처럼 느껴지지 않았다. 그의 옆에 두 명의 젊은 남자가 앉아 있었다. 둘은 완전히 똑같이 생겼다. 다만 한 명은 머리카락이 완전 검은색이지만 다른 사람은 조금 밝은색을 띠고 있었다. 두 형제 맞은 편에는 마냐가 앉아 있었다. 마냐의 아주아주 굵게 땋은 머리는 의자 밑까지 내려왔다. 나는 마냐 옆에 앉았다. 주인 할머니는 할아버지 맞은 편에 앉았다. 무엇 때문인지 나는 이 가족은 늘 이렇게 앉았을 것이라는 생각이 들었다. 각자에게 자신의 자리가 있는 것이다. 아들들은 아버지의 오른쪽, 딸들은 아버지의 왼쪽.

"자, 오늘 새 식구가 된 사람들의 이름은 뭐고 나이는 몇 살이지?" 주인 할아버지가 물었다.

"제 이름은 엘랴이고 엄마의 이름은 율리야예요. 저는 여섯 살이고요, 엄마는 지난 7월에 삼십오 살이 되었어요. 그래서 엄마 이름이 율리야*예요, 엄마가 7월에 태어났기 때문이죠. 저는 8월에 태어났어요. 원래 제 이름은 스텔라예요. 무엇때문인지 아브구스타**라고 하지 않았어요. 사람들은 저를 그냥 엘랴라고 불러요."

"엘랴, 엘리치카, 욜카***, 뾰족한 바늘." 머리카락이 좀더 밝은 아들이 큭큭거리며 웃었다.

"만약 내가 바늘이라면, 아저씨는 늑대야." 내가 화를 냈다.

* 러시아어로 7월은 '이율리'이다-옮긴이.
** 러시아어로 8월은 '아브구스타'이다-옮긴이.
*** 러시아어로 전나무-옮긴이.

"조용, 조용!" 주인 할아버지가 아들을 꾸짖었다. "애야, 엄마는 곧 몸이 좋아져서 식사를 같이 하게 될 거야, 이것봐, 할멈, 애 엄마는 몸을 회복하게 두고 우리끼리 식사를 하도록 하지. 마냐, 음식을 가져오거라."

마냐가 페치카에서 커다란 주철그릇의 손잡이를 잡고 꺼냈다. 뚜껑을 열더니 한쪽으로 비켜 섰다. 그러자 할머니가 나무로 만든 커다란 국자를 잡더니 옥수수로 만든 죽을 진흙으로 만든 그릇에 덜어 놓았다. 죽을 가득 넣은 후 그 위에 버터 한 쪽을 올려 놓았다. 그리고 그것을 딸에게 주었다. 첫 번째로 가득 채운 그릇을 마냐가 인사를 하며 자신의 아버지 앞에 놓았다. "드세요, 아버지." 다음에 검은 머리 오빠에게 주었다. "드세요, 표트르 오빠." 다음에 두 번째 오빠에게 주었다. "드세요, 파벨 오빠." 그때 이미 할머니는 자신의 자리에 앉아 있었다. 마냐는 할머니에게도 고개를 숙여 인사를 하고 그릇을 주었다. "드세요, 어머니."

하지만 아무도 움직이지 않고 앉아 있었다. 그들 앞에 있는 갈색 그릇에서는 김이 올라오고 있고, 그 안에는 황금빛 죽이 수북히 쌓여 있었으며, 죽 위에 놓여 있는 버터가 천천히 녹고 있었다. 맛있는 냄새가 올라왔다! 마냐는 그릇을 내 앞에도 놓았다. "먹어, 엘랴." 여전히 아무도 숟가락을 들지 않았다. 나도 가만히 앉아서 기다리며 다른 사람들이 어떤 행동을 하는지 쳐다보고만 있었다. 마냐가 재빠른 동작으로 우유가 담긴 컵들을 모두에게 하나씩 나누어 준 후 페치카에서 자신의 죽그릇과 우유컵을 들더니 탁자에 앉았다. "신께서 함께 하시길." 그때에서야 할아버지가 말하고 십자가를 그었다. 할아버지를 따라서 모두가 십자가를 그은 후 숟가락을 들었다. 내 그릇의 죽은 언뜻 보기에도 아주 적은 양이었다. 다만 죽 위에 있는 버터 조각은 커다란 것이 놓여 있었고, 그것은 천천히 녹고 있었다. 나는 내 앞에 놓여있는 컵을 보았다. 그곳의 우유도 컵의 반을 채우지 못하였다. 나는 주위를 돌아보며 머뭇거리며 숟가락을 들었다.

"나는 사벨리 할아버지라고 한다. 그리고 여기는 나스짜 할머니이고. 우리가 먹을 게 아까워서 너에게 그렇게 준 것이 아니란다. 지금 너는 갑자기 음식을 많이 먹으면 안 돼. 큰 일이 날 수 있다. 우선 조금씩 자주 먹고 버터를 많이 먹거라. 그러면 속이 괜찮아질 거다. 마냐, 죽을 좀 섞어주거라. 끓인 우유를 준 거지?"

"네, 아버지." 마냐가 내 그릇의 죽을 섞으며 대답했다.

목욕을 한 후 나는 페치카 위에서 잠을 잤고, 잠에서 깬 나는 마냐가 따라주는 따뜻한 우유 반 컵을 이미 마신 뒤였다. 그래서 나는 죽과 우유를 좀더 빠르게 먹고 마실 수 있게 되었다.

"엘랴, 빵껍질 좋아해? 가장 못생긴 것으로 집어." 파벨이 내게 노란 빛이 나는 분홍색의 빵껍질을 내밀었다. 빵 껍집에는 옥수수가루가 섞여 있었다. 그래서 빵 자체는 아주 희었지만 껍질은 노랬다.

"감사합니다." 우유와 함께 빵을 다 먹은 후 나는 사람들을 쳐다보았다. 모두가 이미 식사를 다 마친 상태였다. "감사합니다, 정말 맛있었어요." 나는 할아버지를 빤히 쳐다보았다. 할아버지가 고개를 끄덕였다. "사벨리 할아버지 왜 내 우유엔 노란색이 있는 거죠. 다른 사람들 우유는 푸른색이 보이는데?"

"눈이 아주 날카롭구나! 막 짠 우유는 분리기를 통과시킨단다. 손잡이가 달려있는 통 같이 생긴거야. 우유를 넣고 손잡이를 돌리면 두 갈래로 우유가 분리된다. 하나는 노란빛이 나는 우유인데 그 양은 아주 적어. 그것을 우리는 베르쇼크라고 부른다. 너희들은 그것을 크림이라고 하지. 그 크림은 어린 아기나 아픈 사람이 마신다. 바로 그것으로 버터를 만들지. 그리고 다른 쪽에서는 푸른 빛이 도는 우유가 많이 나온다. 이것을 탈지유라고 한다. 그건 어른들이 마신다. 그것으로도 마찬가지로 여러 가지 맛있는 것을 만든단다. 앞으로 네가 직접 그것들을 볼 수 있을 거야."

사벨리 할아버지가 말했다. 그리고 자리에서 일어났다. 그러자 나머지도 모두 일어났다.

이 가족은 식탁 앞에서 항상 엄격하게 예의를 지켰다. 가장이 첫 번째로 앉고 첫 번째로 일어났다. 아침은 가족이 함께 먹지 않는 경우도 있었다. 봄과 여름에는 남자들이 먼저 먹었다. 그들은 일을 하기 위해서 일찍 집에서 나가야 하기 때문이다. 한 해 농사가 끝난 후에는 모두가 함께 아침, 점심, 저녁을 먹었다. 아침과 점심은 탁자 위에 음식이 차려진 후 모두가 함께 자리에 앉아서 빠르게 먹었다. 일을 해야 하기 때문에 시간을 낭비해서는 안 된다. 하지만 저녁은 항상, 사계절 내내, '예의를 지켜' 먹었다. 막내 딸이 반드시 고개를 숙여 인사를 하며 음식을 가져왔다. 이것은 그들의 노동에 대한 존경을 표시하는 것이었다. 그들을 존경해야 할 이유가 있는 것이다. 그들은 훌륭한 일꾼들이기 때문이다!

8. 유자크 씨 가족

유자크 씨 가족사는 말 그대로 파란만장하였다. 사벨리와 그의 아내 나스쨔는 알렉산드르 2세 치하*에 쿠르스크 지방**에서 태어났다. 이들의 진짜 성은 유자코프이지만 이곳 사람들은 줄여서 그냥 유자크 씨 가족이라고 하였다. 우리가 그들을 알게 되었을 때 둘의 나이는 이미 60살을 넘긴 상태였다. 두 사람에게는 1907년에 다섯 명의 아이들이 있었다. 두 명은 열세 살, 열한 살

* 알렉산드르 2세의 재위 기간은 1855년~1881년이었다-옮긴이.
** 모스크바에서 남쪽으로 400km정도 떨어진 곳에 있는 지역-옮긴이.

의 남자아이들(야코프와 바샤)이었고, 세 명은 아홉 살, 여섯 살 그리고 두 살의 여자아이들(레나, 두냐, 프로샤)이었다. 사벨리와 나스쨔는 스톨리핀 개혁* 초기에 더 나은 삶을 찾아서 고향을 떠 났다. 볼가강을 건너서 카자흐스탄 지역 초원지대로 이주를 하게 되면 원하는 만큼 땅을 가질 수 있다고 하였기 때문이다. 말을 마 차에 매고, 마차에 생활용품과 아이들을 실었다. 뒤쪽에 젖소들 을 묶고 이른 봄에 길을 떠났다. 거의 일 년을 여행했다. 그 기간 동안 어린 프로샤와 여행 중에 낳은 남자 아이를 땅에 묻었다.

그들이 악튜빈스크**에 도착했을 때에는 겨울이었다. 이곳에서 그들은 많은 양의 토지를 분배 받았고 현지의 카자흐족 사람에 게서 산 텐트 안에서 추위를 이겨냈다. 고이 간직하고 있었던 씨 앗들을 이듬해 봄에 밭에 뿌렸다. 모두가 '허리가 휘도록 어두울 때부터 어두울 때까지 일을 했다.' 야코프와 바샤는 아버지와 똑 같이 땅을 파고, 씨를 뿌리고, 풀을 베고 도리깨로 탈곡까지 하 였다. 그리고 집도 지었다. 나스쨔와 두 딸 레나와 두냐는 집안 일을 하면서 채소밭에서 일을 하고 가축들을 돌봤으며, 실을 잣 고 뜨개질을 해서 천을 짠 뒤 가족 모두의 옷도 만들었다. 아이 들은 나이에 상관 없이 일을 했다. 만약 낫을 들고 일하기에 아 직 어리다면 괭이를 들게 했다. 나이는 일하는데 전혀 방해가 되 지 않았다. 유자크 씨 가족은 해마다 땅을 늘려나갔다. 가축들도 점점 늘어났다. 삼 년이 지난 후 단단하게 기반을 잡게 되었다.

---

* 1906년에 국무총리 스톨리핀에 의해서 이루어진 농업 개혁을 이르는 말이다. 이 개혁을 통해서 농 부들은 자신의 땅(특히 러시아 황실의 힘이 미치지 않는 지역의 땅)을 소유하는 것이 유리하게 되었다.
** 카자흐스탄 서부에 위치한 도시로 악튜빈스크주 주도이다. 현재는 악토베라고 불린다.

사벨리는 지역의 지주로부터 초원이 있는 땅을 사서 소, 말, 양 등 가축들을 키우기 시작했다. 양은 번식을 위해서 개량 메리노 종을 샀다. 사벨리가 손 대는 일은 모두가 잘 되었다. 그중에서 도 가축을 키우는 일은 더욱 잘 되었다.

1912년 무렵 사벨리는 이미 '일을 크게 벌리기' 시작했다. 가 축들을 키워서 소고기와 양고기를 러시아 군대에 공급하였다. 그리고 포대를 위해서 견인마를 키워 공급하였다. 가족에게는 세 개의 입이 더 생겼다. 쌍둥이인 미하일과 다닐 그리고 베라였 다. 야코프는 1915년에 결혼을 하고 분가를 하였다. 1917년 봄 에는 바실리가 결혼을 하고 자기 몫을 챙겨서 떠났다.

1918년 봄에 사벨리는 혁명으로부터 목숨을 부지하기 위해서 자신의 재산을 모두 판 뒤 마차에 싣고 순종적인 아내 그리고 다 섯 아이들(스무 살 레나, 열일곱 살 두나, 아홉 살 미하일과 다닐, 여섯 살 베라)과 함께 중앙아시아 전역을 돌아다니는 여행을 시 작하였다. 그들은 길이 있는 곳은 길을 따라서, 길이 없는 곳은 길을 만들며 갔다. 사벨리는 카자흐어를 잘 하였다. 그것이 여행 에 도움이 되었다. 그렇게 일 년 이상 여행을 했다. 가축들을 몰 면서 갔다. 양들, 젖소들. 쟁기, 써레, 탈곡기 그리고 다리가 있는 '징거' 재봉틀까지 싣고 움직였다. 나스쨔와 베라는 말 두 필이 끄는 포장마차를 타고 갔고, 아버지와 성장한 딸들 그리고 쌍둥 이는 말 위에 앉아서 갔다. 한 번은 강을 건너다 쌍둥이 중 한 명 인 다닐이 물에 빠져서 죽었다.

유자크 씨 가족은 1919년 중반에 카라-발티에 도착을 하였고 그곳에 정착하였다. 러시아 전체에 무시무시한 내전이 덮쳤다. 하지만 이곳, 키르기즈는 대체로 평온하였다. 가족은 집을 지었고, 이곳에서 쌍둥이 표트르와 파벨이 태어났다. 유자크 씨 가족은 밭을 갈면서 다시 쉬지 않고 일을 하여 기반을 다졌다. 1920년 가을에 훌륭한 결혼예물을 주고 두냐를 결혼시켰다.

1921~22년 겨울엔 대기근이 있었다. 이것은 농업개혁과 수자원 개혁으로 연결되었다. 지역 지주와 기반을 잡은 이주농민들로부터 땅과 물을 몰수하였다(그때 당시에는 가난하지 않은 농민들을 일컫는 쿨라크, 즉 부농이라는 말이 없었다). 땅과 물을 몰수하고 나누는 과정에서 제 때에 씨를 뿌리지 못하였을 뿐만 아니라 씨를 뿌렸던 사람도 추수할 것이 없었다. 왜냐하면 그곳은 물을 공급해 주지 않으면 아무것도 자랄 수 없는 땅이었기 때문이다. 물은 산에서부터 관개수로를 통해서 공급이 되었다. 관개수로는 누군가 모두에게 물이 충분할 수 있도록 관리를 해야만 했다. 그런데 이 관개수로의 주인이 주민 전체라고 하면서 아무도 거기에 대해서 책임을 지지 않았다. 수로에는 물이 흐르지 않았다. 왜냐하면 중앙아시아에서의 수로 관리자는 물을 관리할 줄 아는 아주 중요한 사람이었는데 그들도 모두 쫓겨났기 때문이다.

유자크 씨 가족도 매우 힘든 시간을 보내야만 했다. 비록 나이가 더 많은 자식들이 어린 자식들에게 먹을 것을 양보하여서 몸이 퉁퉁 부어오르긴 하였지만 희생자 한 명 없이 어려운 시기를 보낼 수 있었다.

배고픔에도 불구하고 사벨리와 나스쨔는 밀과 옥수수 종자들, 암소와 종자소, 세 마리의 양과 염소, 두 마리의 말(암수 망아지 각 한 마리씩)을 보존하였고, 나머지는 일 년 동안 모두 먹어 없앴다.

봄이 가깝게 다가온 어느 날 갑자기 미샤가 실종되었다. 이웃집 사정이 아주 안 좋은 상태였기에 미샤는 자주 이웃집에 가서 불쌍한 이웃집 아줌마를 도와주곤 하였다. 아줌마에게는 미샤보다 어린 (집안일에 도움이 전혀 안 되는) 아이들이 있었고, 남편이 있었지만 매일 술을 마셨으므로 도움이 안 되기는 마찬가지였다.

어느 날 미샤는 이웃 아줌마를 도와주러 갔다가 집으로 돌아오지 않았다. 가족이 미샤를 찾으러 가자 이웃집 남자는 눈도 마주치지 않은 채 미샤가 오지 않았다고 하였다. 일주일 정도 지난 후 유자코프 씨 개가 이웃집 개와 심하게 싸웠다. 유자코프 씨 개는 이웃집 개가 가지고 놀던 물건을 하나 집으로 가지고 와서 집 문지방에 놓은 후 슬프게 울부짖었다.

개는 자신의 주인에게 미샤의 머리 가죽을 가져 온 것이다. 모든 것이 분명해졌다. 아마도 이웃집 남자는 미샤를 잡아 먹은 것 같았다. 하지만 증거를 댈 수 있는 것이 없었다. 그리고 정부도 그것을 밝혀내려고 애쓰지 않았다.

나스쨔는 쓰러져서 오랫동안 의식불명 상태로 누워 있었다.

나스쨔가 앓는 동안 사벨리는 자신의 집을 두냐와 그의 남편에게 주고, 가족을 데리고 다른 마을, 즉 보즈네세노프코로 이사를 했다. 보즈네세노프코 마을 소비에트는 마을의 한쪽 끄트머리에 그에게 집과 식구 수에 따라 농경지를 주었다. 그리고 다시 그는 기반을 닦기 시작하였다. 하지만 이제 식구들 중 일을 할 수 있는 사람은 많지 않았다. 자신과 아내 그리고 큰 딸 레나뿐이었다. 베라는 열 살이었다. 그녀에게는 집안일을 맡겼다. 세 살짜리 표트르와 파벨에게는 오리를 돌보게 하였다.

1922년 가을 막내인 마냐가 태어났다.

1937년 가을 우리가 유자코프네 집에 나타났을 때 그들에게는 개인 소유의 농장이 있었다. 그들이 소속되어 있는 '블라고젠스트비예' 콜호스*에서는 유일한 경우이다. 사벨리 자신과 나스쨔, 열여덟 살의 표트르와 파벨 그리고 열다섯 살의 마냐 이렇게 다섯은 이전과 마찬가지로 농장에서 아침 일찍부터 저녁 늦게까지 일을 하였다. 레나와 베라는 결혼을 하여서 자신들의 집에서 따로 살았다. 사벨리는 못하는 것이 없어 보였다. 그는 밀밭과 채소밭에서의 일반적인 작업들 외에도 물레도 잘 돌렸다. 항아리, 접시, 컵 등을 직접 만들고 구웠으며, 바구니와 짚신도 직접 만들었다.

유자코프 씨 가족은 양을 키웠다. 개량 메리노종 양은 일 년에 한 번 봄에 털을 깎았다. 양 한 마리에서 보통 5~6킬로그램의 털이 나왔다. 지역 메리노종 양의 털은 봄과 가을에 두 번 깎는데 한번 깎을 때 3~4킬로그램의 털이 나온다. 깎은 털은 가공을 하여야 한다. 씻고, 펴고 실을 잣는다. 그리고 그 실로 겉옷, 숄, 양

---

* 콜호스는 '공동 경영'이라는 뜻이다. 반은 당이 반은 개인이 소유를 하고 있다고 볼 수 있다. 개인은 일부는 당에 판매를 하지만 일부는 개인이 판매를 할 수 있다. 농업 콜호스 이외에 어업 콜호스, 임업 콜호스가 있다-옮긴이.

말 등을 만들었다. 그렇게 만들고 남은 양털뭉치는 펠트천을 만드는데 사용하였다. 사벨리는 펠트천으로 장화를 만들었고, 양의 하얀 털을 굴려서 얇고 부드러운 나사(羅紗)를 만들었다. 그는 이 천으로 옷을 만들었다(그 옷은 여러 가지 색으로 염색을 하기도 하였다).

그것뿐만이 아니었다. 사벨리는 나무를 자르고 가공하여 여러 가지 가구도 만들었다. 그는 나무에 조각을 하기도 했는데 레이스 문양을 조각하기도 하였다! 그림도 직접 생각하고 그렸다. 그리고 그는 나무 숟가락과 그릇도 직접 만들었다.

만약에 어떤 것이 필요하다 싶으면 사벨리는 휴대용 풍로를 들고 나가서 못을 박고, 꺽쇠를 달고, 칼을 만들고, 물건을 고쳤고, 말의 편자를 박았다. 구두도 직접 고쳤고 고무로 만든 덧신도 직접 만들었다.

마을 사람들은 그를 매우 존경하면서도 한편으로는 두려워했다. 몇몇 사람들은 그가 마술사가 아닐까 의심하였다. 그럼에도 불구하고 만약 우물을 파야 할 일이 생기면 사벨리를 불렀다. 사벨리는 물이 어디서 나오는지 실수 없이 정확하게 장소를 찾아냈다. 만약 암소가 새끼를 낳지 못한다면 사벨리에게 도움을 청했다. 사벨리는 모든 것을 할 줄 알았다.

동네 집집마다 정원에 뽕나무가 자랐다. 뽕나무 열매는 산딸기처럼 생겼지만 조금 긴 모양의 아주 단 열매를 맺고, 밝은 노란색의 꽃을 피우는 커다란 나무이다. 러시아에서는 이 나무를 비단나무라고도 한다. 사벨리는 이웃하고 접한 울타리를 따라서 뽕나무를 쭉 심어놨다. 그래서 봄이 되어 잎사귀들이 달리게 되면 어딘가로 가서는 살아있는 굼벵이가 담겨있는 상자들을 가지고 왔다. 창고안 선반에서 이 굼벵이들에게 뽕나무 잎을 먹였다. 굼벵이들은 30~35일 정도 자라면 고치를 만들기 시작한다. 고치가 잘 만들어지게 하려고 선반에는 밀짚으로 만든 빗자루 모양의 고치틀을 만들어서 깔아 놓는다(겨울이 되어서 '아무것도 할 일이 없게 되면 유자코프 씨 가족은 모여 앉아서 그런 고치틀을 수천 개 만들어 놓는다). 삼 일 정도 지나면 굼벵이가 고치 만드는 것을 마치고 고치 안에 들어가서 번데기로 변한다. 그렇게 고치 안에서 14~18일 정도 지나면 번데기는 나비가 되는데, 그것보다 조금 일찍 9~10일 정도 지나면 고치들을 건조시키기 시작한다. 나비가 되어 날아가면 고치의 실을 풀 수 없기 때문에 고치를 보관할 필요도 없게 되기 때문이다. 유자크 씨 가족은 고치를 러시아식 페치카에 말렸다. 그렇게 건조된 고치들은 오랫동안 보관할 수 있다. 그리고 '시간이 날 때마다' 고치로부터 비단실을 뽑아냈다. 이 실을 가지고 비단을 만들거나 코바늘로 비단 제품을 만들었다.

고기를 먹기 위해서 양을 잡을 경우에도 사벨리는 직접 양가죽을 벗겼다. 그렇게 벗긴 가죽은 무두질을 해서 보관해 두었다. 그는 무두질을 한 가죽을 사용하여서 가족들을 위한 외투를 만들어주었다.

바로 이런 가족이 엄마와 나를 보살펴주고 도와주려고 하는 것이다. 엄마는 금방 건강해졌다. 유자코프 씨 가족은 엄마의 병을 치료해 주었고, 내가 실컷 먹을 수 있게 해 주었다. 그러는 동안 내가 본 것들 중에는 흥미로운 것이 너무 많았다! 밀을 어떻게 탈곡하는지, 나사천을 어떻게 만드는지, 천을 어떻게 짜는지 등등. 사벨리는 산에 갈 때 나를 데리고 가기도 했다. 진흙을 가지러 가는 것인데 그것으로 그릇을 만들기 위해서 이다. 그는 내 손에 꼭 맞는 작은 숟가락을 내게 만들어주기도 하였다.

사벨리는 웃는 일이 거의 없었으며 말을 하는 경우도 아주 드물었다. 엄마에게 어떠한 질문도 하지 않았다. 내가 '왜'라는 질문을 그에게 해대자 그는 얼굴을 찡그리고 천천히 대답을 해 주었다. 하지만 "가서 네 눈으로 직접 보자"라는 말을 더 자주 했다. 나는 할아버지를 졸졸 따라다니며 무엇을 어떻게 하는지 볼 수 있었다.

엄마는 이제 완쾌하였고, 다시 일을 찾기 시작했다. 나는 날씨가 좋을 때에만 엄마와 함께 다닐 수 있었다. 그리고 우리는 저녁이 되면 따뜻한 집으로 돌아왔다.

사벨리는 일을 하면서 틈틈이 내게 벙어리 장갑을 만들어 주었고, 안에 따뜻한 털을 넣은 가죽 장화인 이치기*라고 부르는 것을 만들어 주었다. 신발은 '내가 클 것을 대비하여' 크게 만들어주었다. 엄마와 나의 신발도 고쳐주었다. 그는 이것 저것을 재는 등 오랫동안 엄마의 왼쪽 신발을 고쳤다. 그는 엄마의 의료용 신발과 똑같은 모양으로 나무를 깎았다. 그리고 그렇게 엄마의 새로운 신발이 만들어졌다, 그것도 의료용 신발로!

* 얇은 장화의 일종으로 타타르인들의 전통신발로 중앙아시아인들 사이에서 애용 되었다-옮긴이.

저녁이 되면 모두 일을 하기 위해서 모여 앉았다. 마냐와 나스짜는 실을 잣고, 엄마는 마냐에게 예쁜 드레스와 블라우스를 만들어주었다(마냐는 이미 결혼할 나이가 되었기 때문에 혼수품을 준비하는 것이다). 엄마는 미싱을 아주 잘 하였다. 엄마가 만든 것은 상점에서 파는 것 같았다. 사벨리와 그의 아들들은 나무로 숟가락을 만들고, 신발을 고쳤다. 그리고 나는, 나는 커다란 목소리로 표현력을 더해서 오래된 두꺼운 책《성자전》을 일하는 사람들에게 읽어주었다. 가끔씩은 다른 책도 가져왔다. 그때는 엄마가 책을 읽었다. 엄마가 읽는 책은 성경책이었다. 나는 성경을 빨리 읽을 수가 없었다. 왜냐하면 성경은 교회슬라브어로 쓰여 있었기 때문이다. 엄마는 읽으면서 내가 전혀 이해하지 못할 것 같은 문장들은 러시아어로 번역을 해 주었다.

어느 날 저녁, 일자리를 찾아 다닌 후 돌아왔을 때 엄마가 말하길 비록 농학을 전공했지만 어쩌면 카프탈-아리코 콜호스에서 기사로 일하게 될 수도 있다고 하였다. 그곳에 러시아어를 아는 사무직 직원이 필요하다고 하였다. 문제는 그곳이 키르기즈 마을이고 그곳에는 아무도, 콜호스 운영사무실에도 러시아어를 할 줄 아는 사람이 아무도 없다는 것이다.

"너무 서둘러 일하겠다고 하지 말아요." 잠시 생각을 한 후 사벨리가 말했다. "당신은 그곳에서 키르기즈인 회계원들이 불러주는 것을 일일명령서에 적는 일을 하게 될거요. 실은 그 사람들 모두 러시아어를 이해하고 말을 할 줄도 알아요. 다만 발음을 제대로 하기 힘들어 할 뿐이지. 당신은 당신이 적은 명령서를 가지

고 콜호스의 일일보고서와 월간 보고서를 작성해야 해요. 그런
데 감찰이 나와서 당신의 손으로 직접 쓴 보고서가 잘못되었다
고 하면 명령서 작성 책임자들과 작업조는 '민 우루스차 벨메'*
라고 이야기를 할 거요. 그렇게 되면 당신은 거짓 보고를 한 죄
로 멀리 유배를 당하게 될거요. 그렇기 때문에 난 당신이 그 일
을 하는 것에 반대합니다. 그래도 당신이 해야 한다고 생각한다
면 할 수 없죠. 다만 엘랴는 데리고 가지 말아요. 우리 집에서 지
내도록 해요. 그곳으로 여자아이를 데려가는 것은 위험한 일이
요. 그들은 아이를 훔쳐서 산 속 자기들 고향으로 보낼 거요. 그
곳에서는 열 살, 열두 살이 되면 시집을 보내는데, 백인 아이는
칼름**을 많이 받을 수 있거든요. 여기는 모스크바가 아니예요.
여긴 여기만의 삶의 규칙이 있죠. 그런 면에서 여기는 별로 좋지
않아요. 안 그래, 할멈?"

"난 둘 다 보낼 수 없어요. 봄이 되면 아들들을 군대에 보내야
하는데, 그렇게 되면 집이 텅 비게 될 거요. 이곳 콜호스의 사무
소에서 일을 알아보도록 하죠. 영감이 아들들을 군대에 보내게
되면 콜호스로 가서 소를 키울 거라고 했어요. 남자들이 없으면
농장일을 할 수 없거든요."

"그러면 농장일은 어떻게 하실 건대요?" 엄마가 물었다.

"그러니까 콜호스로 가서 일을 할 거요. 외양간 일은 하루 일
을 하루 반의 일 양***으로 쳐주거든, 그것도 일년 내내 말이요.

---

* 난 러시아를 이해하지 못합니다.
** 중앙아시아에서 신부를 맞이하기 위해서 지급하는 돈.
*** 1930년부터 1966년까지 콜호스 농장원에게는 월급을 주지 않았다. 다만 일정한 시간의 공동 작

사벨리는 그곳 종우를 보살필 거요, 우리의 소였거든. 우리가 직접 그것들을 콜호스에 주었죠. 그전에도 그랬지만 우리 종우로 암소들에게 새끼를 배게 하였거든요. 그렇게 했기 때문에 우리는 재산을 몰수 당하지 않을 수 있었죠. 우리는 사람들을 써본 적이 없어요. 우리는 모두 직접 했어요. 그리고 남는 것은 모두 콜호스에 주었거든요. 조금 시간이 지나자 당에서는 우리 집의 경제적인 여유가 얼마인지에 관심을 갖기 시작했죠. 그걸 안 영감은 직접 가축들을 콜호스에 기부를 했어요. 그래서 우리를 안 건드린 거지요. 우리 집에 계속 있어요, 함께 살도록 해요."

"우리는 이 집에 오래 머물 수 없어요." 엄마가 슬픈 목소리로 대답했다. "우리는 따로 판자집에서라도 사는 것이 더 나아요. 두 분께 피해를 줄 수 있거든요. 누가 알겠어요, 불똥이 또 어떻게 튈지. 저는 계속해서 일자리를 찾아 볼거예요. 두 분 말씀대로 카프탈-아르크 콜호스로는 가지 않겠어요. 학교들을 한번 알아봐야 겠어요. 어쩌면 어떤 학교에서 화학, 생물학 또는 외국어 선생님이 필요할 수도 있으니까요. 아니면 음악이나 노래 선생이라도. 이렇게 배려해 주셔서 정말 감사드려요."

사벨리는 얼굴을 찡그렸다. 그리고 나스쨔와 마냐는 무엇때문인지 울기 시작했다.

업을 해야만 하였다. 작업 시간은 하루 일의 양으로 계산을 하였고, 그 일한 만큼 콜호스의 수익을 배분하였다. 실제로 이것은 공평하지 않은 시스템이었다 왜냐하면 육체적으로 힘든 일에 대해서 상대적으로 일의 양을 적게 계산하였기 때문이다.

9. 칸트 발라 - 설탕 아이

    일을 찾는 일은 계속되었다. 어느 날 우리가 좁고 먼지가 나는 길을 걸어가고 있는데 '가지크'* 한 대가 지나갔다. 차는 갑자기 멈추어 섰고 차에서 한 사람이 내리더니 소리를 지르며 엄마에게 달려왔다.

    "누돌스카야, 당신이군요? 어떻게 여기에?"

    타체프라는 사람이었다. 그는 모스크바에서 엄마와 일 때문에 서로 알고 지내는 사이였다. 아빠가 체포되기 전까지 두 사람은

---

* 1953년~1956년 사이에 고리키 자동차 공장에서 생산되는 지프와 비슷한 소형 화물차-옮긴이.

자주 볼 기회가 있었다. 지금 타체프는 키르기즈의 공장형 숍호스* '에피로노스'의 책임자로 일을 하고 있다. 이 콜호스는 마침 우리가 갇혀 지냈던 곳과 같은 지역에 있는 것이었다.

타체프는 불가리아에서 온 공산주의자인 게오르기 디미트로프와 함께 소련으로 망명을 하였다. 1937년에 불가리아에서 온 정치적 망명자들 몇몇이 체포되었고 처형당했지만 타체프는 모스크바에서 쫓겨나긴 했어도 키르기즈 지방의 지역 책임자로 보내졌다. 나중에 1941년 초에 그는 어딘가로 발령이 나서 떠나면서 엄마에게 작별인사를 하였다. 그때 그는 타체프가 자신의 진짜 이름이 아니라고 하였다. 자신의 진짜 이름을 알려주기에는 아직 시간이 이르다고 하였다. 그렇게 우리는 지금까지도 그의 진짜 이름을 알지 못하였다.

타체프는 상부 지역의 농학 기사로 엄마를 임명하였다. 숍호스 에피로노스는 두 지역으로 분리되어 있었다. 중앙 지역에는 방향유를 만드는 공장이 있었고, 상부 지역에는 방향유의 원료가 되는 박하와 샐비어 그리고 사탕무가 심어져 있었다. 카라-발티에는 설탕공장이 있었다. 주변의 모든 콜호스와 숍호스는 자신의 주요 작물과 함께 설탕 공장을 위한 사탕무를 재배했다.

상부 지역에는 러시아인** 일곱 가족과 키르기즈인 삼백 가족이 살면서 일을 하였다.

엄마에게는 일만 준 것이 아니다. 작은 방도 하나 마련해 주었

---

*   숍호스는 소비에트 농장이라는 뜻으로 당에서 생산과 수매 모두 책임을 지는 농장이다.
**   여기서 말하는 러시아인은 민족으로서 러시아인을 일컫는다-옮긴이.

다. 그곳에는 작은 철제 침대 하나, 탁자 하나 그리고 등받이가 없는 나무 의자 하나와 페치카가 있었다. 타일이 붙어있는 진짜 페치카였다. 타체프는 중앙 지역에 일자리가 나오면 바로 엄마를 그쪽으로 옮겨주겠다고 약속하였다. 하지만 지금은 일정하게 거리를 두고 가만히 있는 것이 좋다고 하였다.

엄마의 성공을 들은 나스쨔는 엉엉 울었고, 사벨리는 인상을 쓰며 말했다.

"내일 마침 그쪽으로 갈 일이 있는데, 데려다 주겠소. 이곳 보즈네세노프코에서 에피로노스 콜호스의 상부 지역까지는 15킬로미터는 족히 될 거요."

아침에 커다란 짐마차에 두 마리의 황소를 맸다, 자루들을 몇 개 실었고, 커다란 궤짝도 실었다. 그리고 나와 엄마를 앉혔다. 그리고 "쬽-쪼베!"라고 외치며 출발하였다. 황소들은 고삐로 조종하는 것이 아니라 소리를 질러서 조종을 하였다. '쬽'은 오른쪽, '쪼베'는 왼쪽을 뜻하였다.

목적지에 도착을 한 후 사벨리는 아무 말없이 궤짝과 자루들을 방으로 들고 들어갔다. 그리고 "잘 사쇼."라고 거칠게 말한 후 떠났다.

싣고 온 자루들은 밀 한 자루, 옥수수 알갱이 한 자루, 그리고 호박 두 자루 였으며, 궤짝에는 침구와 우리 둘을 위한 옷, 주철 솥, 프라이팬, 식기들 그리고 두 개의 양동이가 들어 있었다.

그 무렵 모스크바에서 가져온 물건들 중에서 우리에게 남아있던 것은 우리가 입고 있는 옷과 내가 가지고 있는 플라스틱으로 만든 작은 흑인소년 톰, 그리고 엄마가 가지고 있는 문고판《러시아의 시인들》(표트르 베인베르그 편집, A. S. 수보린 출판, 상트페테르부르크)이라는 책뿐이었다. 이 두 가지는 오랫동안 나의 유일한 친구였다.

우리가 짐을 다 풀기도 전에 문이 열리더니 아주 나이 많은 할머니 한 명이 문지방을 넘어 왔다. 햇볕에 새까맣게 탄 얼굴에는 깊디깊은 주름이 파여 있었고, 밝은 색의 선명한 눈을 가지고 있었다.

그녀는 조심스럽지만 빠르게 주위를 살펴보더니 말했다. "양동이 있어? 내게 줘 봐." 그리고 오전 작업을 시작하기 전에 먹을 수 있는 물을 담아 오겠다고 설명하였다. 그러면서 저수지 물은 마시면 안 된다. 그곳에서 가축들을 풀어 키우고, 말들을 씻기기 때문이다. 세탁을 할 물은 만약 비누가 있다면 수로에서 길러와야 한다, 그곳에 물이 있다면. 수로에 물이 있는 경우는 두 가지인데, 하나는 산에 비가 올 때이고 다른 하나는 눈이 녹을 때이다라고 설명해 주었다.

그래서 우리가 방금 도착하였기 때문에 우리에게는 마실 물이 없을 것이라고 하였다. 잠시 후에 할머니는 반 양동이의 물을 가지고 돌아왔다. 내일까지 충분할 것이라고 하였다. 그리고 "저녁때 올게."라고 말을 한 뒤 갔다.

방은 깨끗하였다. 하지만 습기가 많았다. 아마도 오랫동안 사람이 살지 않았던 것 같았다. 마찬가지로 페치카도 오랫동안 불을 때지 않았던 것 같았다. 벽은 새하얗지만 천장은 회색빛을 띤 녹색이었다. 천장에는 비로드로 만든 꼬리 같은 것이 갈색을 띠고 가끔씩 늘어져 있었다.

"엄마, 여기 봐, 천장을 보라고! 나 이런 것을 어디서 본 적이
있는데…… 맞아 갈대야! 두본키 마을에 이것들이 아주 많았어.
마치 정글 같이! 우리 천장이 이 갈대로 덮여 있어. 그래서 이렇
게 이상하게 보이는거야?"

"그래, 얘야. 하지만 이 식물은 부들이라고 하는 거야."

"유모는 갈대라고 이야기했어."

"무엇 때문인지 많은 사람들이 그렇게 부른다. 하지만 진짜 이
름은 부들이야. 진짜 갈대는 키가 아주 커. 그리고 잎사귀도 이
렇게 벨벳 같은 꼬리 모양이 아니야. 갈대의 끝에는 보다 크고
부드러운 빗자루같이 생긴 꽃이 피지."

"바닥은 아주 좋아……."

바닥은 진흙으로 얼마전에 바른 것 같았다. 나중에 우리는 진
흙으로 만든 바닥은 걸레질을 하지 않고 빗질만 해야 한다는 것
을 알았다. 우리는 진흙을 어떻게 발라야 하는지도 배우게 되었
다. 진흙을 바르는 작업은 일 년에 몇 차례씩 해야 한다. 진흙에
물을 넣어서 묽은 밀가루 반죽처럼 만든 후 그곳에 신선한 소똥
을 넣고 아주 잘 섞은 뒤 그것을 (밀납 칠을 하듯이) 바닥에 얇게
바른다. 그렇게 바른 것이 마르게 되면 오랫동안 먼지가 나지 않
으며 그곳에 앉아도 옷이 더럽혀지지 않는다.

이렇게 우리가 살게 된 집은 아주 이상하게 생겼다. 단층으로
만들어진 기다란 건물이며 평평한 지붕을 가지고 있다. 방문 앞
에는 계단이 없었으며 방문은 복도쪽으로 나 있었다. 이 복도를

향해서 열 개 정도의 문이 있는데 그 중의 하나가 우리 집이다. 이렇게 생긴 집을 바라크라고 한다. 바라크는 두 부분으로 나뉘어져 있었다. 한쪽은 방들이 있어서 러시아와 우크라이나에서 온 가족들이 살고 있었다. 다른 쪽은 기다란 벤치가 두 개 놓여 있는 빈 공간이 있었다. 그곳에서는 회의를 하였다. 이곳을 사람들은 레드 코너라고 불렀다. 회의가 있을 때면 러시아아인들은 벤치에 앉았고, 키르기즈인들은 다리를 꼬고 바닥에 앉았다. 키르기즈인들은 의자에 앉는 것을 좋아하지 않았다. 그들은 "난 엉덩이만 걸치고 앉는 개가 아니야"라고 말하였다. 마을에는 두 채의 건물만이 있었다. 하나는 우리가 살고 있는 바라크이고 다른 하나는 기와지붕을 가진 사무소이다. 사무실 건물에는 이곳 책임자가 사는 방이 한쪽에 있었다. 조금 떨어진 곳에는 수많은 유르트*들이 서 있다. 그곳에는 키르기즈인들이 살고 있었다. 한 곳에 정주하며 살게 된 키르기즈의 한 종족이 살고 있는 곳이다. 이들의 작업반장은 종족의 족장이었던 소손바이라는 사람이었다.

조금 익숙해진 엄마는 바로 사무실로 갔다. 그리고 나는 집으로부터 멀리 가지 않으며, 엄마가 일하는 사무실에 가지 않는다는 조건으로 마음대로 주위를 돌아다녀도 된다는 허락을 받았다. 아무것도 무서워할 필요가 없었다. 무섭고 힘든 일들은 이제 모두 지나갔다. 엄마는 일과 시간이 끝나면 저녁에 집으로 올 것이다.

난 바라크를 돌아 다닌 후 들판으로 나갔다. 그곳의 풍경은 나

* 중앙아시아 유목민들의 천막-옮긴이.

를 놀라게 하였다. 손바닥처럼 평평한 붉은 색 초원, 이 초원에 두 개의 건물과 유르트들이 뿌려져 있다. 그리고 남쪽에 아주 가까이 산들이 있었다. 산들은 매우 높았고, 나무들이 빽빽하였으며 그 꼭대기에는 하얀색 눈이 덮여 있었다. 어두운 녹색 또는 붉은 회색을 띠는 경사가 가파른 절벽들이 서있었다. 절벽의 색깔은 태양의 위치에 따라서 변하였다. 물론 계절에 따라서도 변하였다. 그리고 어디에도 마을은 하나도 보이지 않았다. 다만 남측(산 쪽)에서 북측(중앙 지역)으로 연결되어 있는 수로 주변에 피라미드처럼 미루나무가 쌓여 있었다.

우리가 생각하는 길은 초원에는 없었다. 가고 싶은 곳으로 그냥 가면 되었다. 다만 가끔씩 자동차가 수로 왼쪽으로 지나갔다. 지름길인 것이다. 사람은 거의 보이지 않았다. 아무도 없었다.

"난 무섭지 않아. 안 무서워. 난 무섭지 않아." 나는 큰소리로 말을 하였다.

나는 무서워하지 않았다. 하지만 무엇 때문인지 등쪽이 서늘하였고, 배가 몹시 간지러웠다.

나는 천천히 유르트가 있는 쪽으로 걸어갔다. 갑자기 내 주위에 꼬질꼬질하고, 눈이 작고, 검은 머리를 한 목소리가 큰 아이들이 둘러섰다. 그들은 나를 손가락으로 가리키며 무어라고 소리를 질렀다. 그리고 옷을 잡아 당겼다. "키즈, 키즈 발라, 키즈 발라." 나는 그들이 어떤 단어를 이야기하고 있다는 것을 간신히 알 수 있었다.

"놀리는거야."(내가 어떻게 아이들이 키르기즈어로 한 말이

"여자얘다, 작은 여자얘야."라는 의미라는 것을 알 수 있었겠는 가?) 나는 살짝 눈을 깜빡였다. 하지만 울어서는 안 된다. 싸워야 하면 어떻게 하지? ("싸움을 할 때에는 먼저 우는 사람이 지는 거야" 아빠가 내게 한 말이 기억났다.) 난 주먹을 꽉 쥐었다. 그 리고 가슴을 꼿꼿하게 폈다. 그런데 갑자기 커다란 목소리가 들 렸다. 아이들이 흩어졌다. 그러자 옆에서 붉은 색 말을 탄 키르 기즈인 한 명이 나타났다. 자신을 존중하는 키르기즈인은 걸어 서 다니지 않고 항상 말을 타고 다닌다.

미소를 보인 후 "아크 발라, 칸트 발라(백인 아이, 설탕 아이) 라고 이야기를 하면서 나를 들어올려서 자기 앞에 앉혔다. 그리 고 사무실로 데려갔다. 아마도 사십 걸음쯤 되는 것 같다. 땅에 내려 놓은 후 유르트들이 서 있는 쪽으로 갔다.

그렇게 그가 내게 한 말 때문에 나중에 키르기즈인들은 나를 칸트 발라, 즉 설탕 아이라고 불렀다.

태양은 이미 많이 기울어져 있었다. 산은 어두운 보라색이 되 었지만 엄마는 아직 돌아오지 않았다.

바라크 앞으로 사람들이 지나갔고, 어떤 사람들은 소떼를 몰 았으며, 여자들은 양동이를 들고 어딘가로 갔다. 초원쪽에서부 터 우리 집 옆으로 몇몇 오리떼가 지나갔다. 오리들은 바라크 뒤 쪽으로 방향을 바꾸었고 이내 보이지 않게 되었다.

모두가 무언가를 하고 있었다. 하지만 엄마는 아직 돌아오지 않았다.

'칸트 발라!'라고 말한 바로 그 키르기즈인이 사무실로 다가가

더니 내게 손을 흔든 후 안으로 들어갔다.

어쩌면 저리로 가서 엄마를 찾아야 하는 것은 아닐까?

바라크 안쪽에서 아주 멋지게 생긴 사람이 나왔다. 얼굴에 함박웃음을 짓고 있었고, 눈은 푸르디 푸르렀다.

"안녕, 난 크라프첸코라고 한다. 엄마를 기다리니? 엄마는 저녁 의식 후에 올거야. 집에 가서 기다리도록 해라. 네가 기다리고 있다고 전해줄게." 그리고 사무실로 갔다.

이상하였다. 엄마에게는 의상이 전혀 없었다. 그리고 내가 본 두 사람도 아주 평범하게 옷을 입고 있었다. 음악도 들리지 않았다. 가면무도회는 아닌 것 같다. 이곳의 저녁 의식은 아주 이상한 것이었다.

굴뚝들에서 연기가 나기 시작했다. 나는 바라크의 문을 열었다. 복도에는 방들로부터 흘러나오는 목소리들이 가득 들어차 있었다. 대부분의 문들은 조금씩 열려 있었다. 그리고 맛있는 냄새가 났다. 너무 배가 고팠다. 우리는 사벨리 할아버지 집에서 아침 일찍 아침을 먹었고 그 다음에 아무것도 먹지 못했다. 주위를 보지 않으려고 고개를 숙이고 우리 집까지 걸어 갔다. 탁자 위에는 아침에 가져온 두 개의 리표쉬카가 천으로 싸여 있었다.

엄마는 일을 하러 가면서 하나를 저녁에 먹자고 하였다. 천을 살짝 들어서 리표쉬카의 냄새를 맡아보았다. 그리고 끝쪽을 혀로 살짝 핥았다. 너무나 먹고 싶었다.

우리 두 사람의 식량을 혼자서 먹는 것은 창피한 일이다. 옥수수알이 들어있는 자루 안을 보았다. 먹어보려고 했지만 너무 딱딱해서 먹을 수가 없었다.

그곳엔 늙은 호박도 있었다. 즙이 가득 들어있어서 너무도 맛있을 것 같은! 다른 자루를 열어보았다. 그곳에도 틀림없이 맛있을 커다란 늙은 호박들이 들어 있었다. 하지만 호박을 자루에서 꺼내는 것은 불가능 하였다. 너무 무거웠기 때문이다. 자루의 입구를 더 넓게 벌린 후 이빨로 호박의 옆쪽을 살짝 물었다. 이빨이 미끄러졌다. 아마도 입을 더 크게 벌려야 했을 것이다. 그러면 씹을 수 있었을 것이다. 입을 더 크게 벌려서 씹어보지만 호박을 씹을 수 없었다. 이빨은 호박 표면을 미끄러졌고, 그 껍질에는 아주 작은 이빨 자국만을 남겼다.

나는 엄마가 들어오는 소리를 듣지 못했다. 나는 호박 위에 엎드려서 씹어 보려고 애쓰고 있었다. "오, 하느님 맙소사, 불쌍한 것, 배가 너무 고팠구나……." 공기 중에 소리가 작게 울렸다.

엄마는 바로 옆에 서 있었다. 여기 엄마가 왔다. 내 엄마가. 엄마가 왔다. 엄마가 집에 있다. 아무도 엄마를 어딘가로 데려가지 않았다! 난 아직 엄마가 있다, 나의 훌륭한 엄마가 옆에 있어!

"엄마!" 엄마의 손을 잡은 후 나는 눈물을 삼키며 소리쳤다. "난 무서워하지 않았어. 아이들이 나를 키즈 발라라고 욕을 했지만 말이야. 난 이 리표쉬카도 먹지 않았어. 그냥 조금 핥기만 했어. 호박은 먹을 수 없었어. 그리고 난 울지도 않았어……. 난 겁쟁이가 아니야……. 난 불평하는 게 아니야. 난 난……."

엄마는 내 머리에 손을 얹은 후 갑자기 등을 쓰다듬더니 미소를 지었다.

"그래 아주 잘 했어. 우리 뭔가를 좀 생각해야겠다." 엄마의 침착한 목소리가 들렸다. 엄마는 항상 그렇듯이 미소를 지었다. 하지만 엄마의 입술은 무엇 때문인지 떨고 있었다. "너도 알겠지만 여기에는 가게가 없어. 가장 가까운 가게는 카라-발티에 있어. 그래서 먹을 것을 살 곳이 없어. 그리고 우리에겐 아직 페치카에 불을 붙일 장작도 없어. 하지만 우리에게는 이렇게 완전한 두 개의 리표쉬카가 있어. 그리고 내가 지금 이 호박을 잘라 줄게. 자, 호박을 꺼내는 걸 도와줄래? 빨리 빨리, 어서 꼬마야!"

"빨리 빨리."

"숨을 깊게 들이마시고, 참아. 다 잘 될 거야."

"안녕하쇼, 두 사람과 집 모두. 우리는 쿠프라노프 가 사람들입니다."

낮에 알게 되었던 페도시야 그리고리예브나 할머니와 함께 그녀의 아들들, 딸 그리고 며느리까지 우리 집으로 들어왔다.

"잠시 실례할게요." 우크라이나어로 할머니가 말했다.

순식간에 자루들이 페치카 주변으로 자리를 옮겼고, 벽에는 몇 개의 못이 박혔으며, 창문에는 하얀 커튼이 늘어졌다. 두 개의 끈과 판자, 못을 이용해서 선반이 만들어졌다. 선반 아래에는 궤짝이 자리를 잡았고, 탁자 옆에는 장의자가 놓여졌다. 페도시야 그리고리예브나 할머니가 가장 젊은 여자를 가리키며 말했다.

"익숙해질 때까지 울랴샤가 너를 도와줄거야. 낮에 와서 아이를 돌봐 줄거예요. 우리를 무서워 할 필요 없어요. 우리 모두는 조금씩 오점이 있는 사람들이거든요."

집 안으로 차례로 필리펜코와 크라프첸코가 들어왔다 그리고 그 뒤로 이곳 바라크에 사는 사람들 거의 모두가 몰려왔다. 아마도 놀란 나의 울음소리가 전체 바라크에 울려퍼졌던 것 같다. 그리고 난 어느 누구도 내게 욕을 한 것이 아니라는 것을 알게 되었다. 단순히 키르기즈 아이들은 나와 같은 금발의 아이를 난생처음 봤기 때문이었다는 것을 알게 되었다.

"쉬세요, 그릇들은 그냥 쓰세요. 필요할 거예요."

마지막으로 울랴샤가 떠났을 때 방 안은 따뜻했다(누군가 페치카에 불을 붙였 놓았다) 그리고 밝았다(누군가 등유 램프를 가져 왔다).

탁자 위에는 진흙으로 만든 그릇들이 놓여 있었다. 커다란 그릇이 있었으며 그 안에서는 김이 모락모락 나는 국수가 담겨 있었다. 다른 그릇에는 맛있는 옥수수 가루로 만든 뜨거운 옥수수죽이 담겨 있었으며, 우유가 담긴 유리병, 소금이 담긴 접시, 당밀이 담긴 그릇, 계란과 카라바이*가 담긴 채반이 놓여 있었다. 궤짝 위에는 깨끗한 행주가 놓여 있으며 구석에는 빗자루와 부지깽이가 있었다. 누가 무엇을 언제 가져왔는지 우리는 전혀 눈치 채지 못했다. 우리는 끝까지 그것을 알 수 없었다.

"지나간 일은 다 잊고, 살아요." 우리의 이웃들이 말해 주었다.

이곳에서의 생활은 그렇게 특별한 일 없이 조용히 흘러갔다. 엄마는 일찍 일하러 가서 늦게 집으로 돌아왔다. 우리는 둘다 많

---

* 슬라브인들이 결혼식 등에 만드는 둥글고 커다란 장식용 빵-옮긴이.

은 것을 배웠다. 엄마는 말을 다루는 법을 배웠고(농학 기사는 교통수단 없이 밭으로 다닐 수 없었다), 나는 연료로 쓸 쇠똥을 모았다. 옥수수대에서 알갱이를 떼어내어 맷돌로 옥수수 가루를 만들기도 하였다. 물론 알갱이를 손으로 돌려서 가루로 만드는 것은 힘이 아주 많이 드는 일이었다.

엄마와 나는 페치카에 불을 붙이는 방법을 배우고, 옥수수죽을 끓이는 법, 키르기즈어와 우크라이나어를 함께 배웠다. 엄마는 함께 사는 민족의 언어를 모른다는 것은 창피한 일이라고 하였다. 원하지 않으면 그들의 언어를 안 배워도 되지만 그렇게 되면 어려움에 처할 수 있을 것이라 했다. 나도 그것을 아주 정확하게 알고 있었다. 난 내가 겪었던 그런 상황에 다시는 처하고 싶지 않았다. 저녁이 되면 우리는 낮에 알게 된 것들에 대해서 서로에게 이야기를 해 주었다. 엄마는 다른 어른들한테서, 나는 새로운 키르기즈인 친구들로부터 들은 이야기들을 해 주었다. 새로운 키르기즈인 친구들하고는 함께 알치키*를 하거나, 말을 타고 다니거나(모든 유르트에는 말이 한 마리씩 있었다) 소리를 지르며 숨이 턱밑에까지 차도록 주위를 뛰어 다니기도 하였다.

아무 유르트에 들어가도 늘 마실 수 있는 카이마크**와 바레네쯔***가 있었다. 이것들 중 어느 것이 더 맛있는지 이야기하기는 쉽지 않다.

그리고 매일 저녁 엄마는 책에서 읽은 시들과 관련이 있는 이야기들을 다시 내게 들려주었다.

---

* 양뼈를 가지고 하는 키르기즈 전통 게임
** 중앙아시아 지방에서 먹는 치즈와 요거트의 중간쯤 되는 음료.
*** 우유를 오랫동안 끓여서 만든 음료.

10. 모두를 위한 책읽기

어떻게 하다보니 울랴샤가 저녁때에도 우리 집에 남아서 엄마가 들려주는 이야기를 듣게 되었다. 엄마는 우리에게 시를 조금씩 읽어주었고, 싯구와 얽힌 이야기 중 자신이 알고 있는 이야기를 모두 이야기해 주었다.

예를 들어서 1812년 나폴레옹이 러시아를 침략했던 전쟁과 관련있는 시, 노래, 동화들을 우리는 하룻밤에 모두 들을 수 있었다!

엄마는 어떤 때는 하나의 시를 며칠 동안 나누어서 읽어 주기도 하였다. 예를 들어서 푸시킨의 서사시 〈청동 기마상〉에 나오는 싯구 중 상트페테르부르크를 노래한 72줄의 경우 엄마는 일주일 동안 읽었다. 엄마는 시를 읽는 동안 황제 표트르 1세의 이야기를 해 주기도 하였고, 당시의 해군함대에 대해서, 스웨덴과의 전쟁에 대해서 그리고 상트페테르부르크에 실제로 있는 동상에 대해서 이야기를 해 주었다. 엄마는 그릴 수 있는 것들은 모두 내게 그림으로 그려주었다.

나는 푸시킨의 시 〈장군〉을 지금까지도 기억할 뿐만 아니라 좋아한다. 나는 수많은 밤을 숨죽여가면서 겨울 궁전이 어떻게 건설이 되었는지, 그리고 세계에서 가장 훌륭한 미술관과 그곳에서 볼 수 있는 훌륭한 작품들에 대한 이야기를 들었다. 군주주의를 끝내고 나폴레옹 1세의 출현을 이끈 위대한 프랑스 혁명(어쩌면 이것이 모든 혁명의 법칙이 아닐까?), 그리고 그가 벌인 전쟁과 프랑스 군대의 러시아 침공에 대한 이야기를 들었다. 당시에 러시아에서는 아무도 그가 러시아를 공격할 것이라고 믿지 않았다. 왜냐하면 궁전 안 모든 사람들은 프랑스어로 이야기를 하였기 때문이다. 바그라티온, 라예프스키와 데니스 다비도프, 쿠투조프, 보로디노 전투, 모스크바 화재, 러시아의 눈밭에서 속절없이 죽어가는 프랑스 군인들, 파리 점령 그리고 그때부터 전해서 내려오는 단어 '비스트로'*의 유래에 대해서 이야기를 들었다.

더불어 나는 러시아의 건축물들에 대해서 자세히 알게 되었

---

* 비스트로는 원래 러시아어로 '빨리'라는 뜻이다. 1814년에 러시아 군대가 파리를 점령했을 때 시간을 낭비할 수 없었던 러시아 코사크들이 음식을 빨리 빨리 달라고 해서 유래하였다고 전해지고 있다. 현재는 자그마한 식당이나 카페를 의미한다- 옮긴이.

다. 겨울 궁전을 리모델링 하면서 〈1812년 전시실〉을 만들었으며 그곳에는 영국 화가 도우가 그린 1812년 나폴레옹과의 전투에 참여했던 모든 영웅들의 초상화가 걸려 있다는 것을 알게 되었다.

데카브리스트의 봉기에 대해서 알게 되었고, 〈1812년 전시실〉에 걸려 있었던 초상화 중 데카브리스트였던 사람들의 초상화는 소실되었기 때문에 지금까지도 걸려 있지 않고 자리가 빈 채로 있다는 사실을 알게 되었다.

그리고 그곳에 비극적인 운명을 가진 프랑스 성을 가진 스코틀랜드인의 피가 흐르는 유능한 러시아 장군인 미하일 보그다노비치 바르클라이 드 톨리의 초상화가 걸려 있다는 이야기를 알게 되었다. 그는 용병이 아니었다. 바르클라이 집안은 러시아에서 이백 년 동안 살고 있었다. 그는 자신의 조국 러시아를 그루지아인 바그라티온이나 러시아인 데니스 다비도프보다도 더 사랑하면 했지 못하지 않았다. 다음 공격을 위해서 그리고 군대를 보존하기 위해서 그에게는 작전상 후퇴가 필요하였다. 그런데 모든 사람들이 그것을 창피하다고 하였고, 많은 사람들이 바르클라이 드 톨리 장군을 겁쟁이이며 배신자라고 하였다. 게다가 그의 성이 러시아식 성이 아니라는데 의문을 제시했다.

차르는 바르클라이를 직위 해제 하고 대신 위대한 미하일 쿠투조프 장군을 그 자리에 앉혔다. 바르클라이 드 톨리의 지휘를 인계받으면서 쿠투조프는 그의 훌륭한 지휘에 대해서 경의를 표했다. 그리고 바보 같은 유언비어에 마음 상하지 말 것을 부탁했다.

"그래서 지금까지도 우리는 쿠투조프 장군의 계략인 모스크바 철수를 위대하다고 이야기를 한다. 그것은 군대를 보존하고 나중에 나폴레옹에게 반격을 가할 수 있도록 한 것이라고. 하지만 바르클라이 드 톨리에 대해서는 잊고 있다. 이러한 것을 우리는 '공정하지 못한 역사'라고 이야기한다." 엄마가 말하였다.

아주 나중에 교과서에 나온 이름 블류헤르와 투하체프스키의 초상화를 검은 색으로 칠하라고 하였을 때 나는 바르클라이 드 톨리가 생각이 났다.

그러는 사이 겨울이 왔다. 아주 긴 겨울 밤이 시작되었기 때문에 아이들은 늦게까지 바깥을 돌아다닐 수 없었다. 어느 날 엄마가 사무실에서 고골의 소설책 《지칸카 근교 농가에서의 저녁》을 가지고 왔다. 책임기사 폴리고보이가 어딘가에서 빌려온 책이었고, 마침내 우리의 순서까지 오게 된 것이었다.

엄마가 막 내게 〈소로친스크 시장〉을 읽어주기 시작하였을 때 울랴샤가 조용히 방에서 나갔다가 바로 돌아왔다. 엄마는 계속해서 읽었고, 그러는 와중에 우리의 조그마한 집은 청중들로 가득찼다. 더이상 원하는 사람들 모두가 들어오지 못하게 되었고, 들어오지 못한 사람들은 문을 열고 바깥에서 들었다.

엄마는 내가 잠자리에 들 때까지 반 정도도 제대로 읽어주지 못하였다. 하지만 아침이 되어서 바라크 안 사람들의 대화는 작가 고골과 주인공 히브랴에 관한 이야기 뿐이었다.

건물에는 우리 말고 적게는 넷, 많게는 여섯 명이 한 가족인 일곱 가족이 더 살았다. 그렇기 때문에 우리 집 문 앞에 다 모이는 것은 불가능했다. 그리고 각각의 가족에게는 다른 일들도 많이 있었다. 특히 일과 시간 끝난 후에는 더더욱 그렇다. 대부분의 사람들은 저녁 9~10시 사이에 볼일들이 다 끝났다. 그래서 아홉시 삼십 분에 레드 코너에 모이기로 결정하였다. 등유를 똑같이 사용하기 위해서 램프는 돌아가면서 가져오기로 하였고, 엄마는 와서 사람들에게 고골의 작품을 읽어주기로 하였다. 모두, 정말로 나이든 사람들까지 합쳐서 모두가 엄마가 책을 읽어주는 것을 듣고 싶어 했다.

나중에 엄마가 내게 설명해 주길 이것은 단순히 책을 읽는 일이 아니라고 하였다. 왜냐하면 우리와 함께 사는 이웃들 중 많은 수가 우크라이나에서 왔기 때문이다. 집단화 과정에서 이들은 모두 사유재산을 압수당하고 키르기즈에 오게 된 것이다. 바로 그렇기 때문에 '우리를 무서워 할 필요 없어. 우리 모두는 조금씩 오점이 있는 사람들이야.'라고 한 것이다. 우리 이웃들의 일부는 우크라이나에서 1929년에 이곳 키르기즈로 오게 된 사람들(이들은 자신들에 대해 이야기할 때 '우리 우크라이나인들은'이라고 말하였다)이었으며, 일부는 스톨리핀 농업 개혁 때 스스로 고향을 떠나서 새로운 지역 – 카자흐스탄과 시베리아 남부 – 을 찾아 혁명 이전에 온 사람들이다(이들은 자신을 〈우리 호흘리*〉라고 불렀다). 지금은 똑같이 모든 것을 잃고 이곳으로 이주를 당한 사람들이라는 공통점을 가지고 있다.

모두를 위한 책읽기가 시작되었다. 첫날 저녁에는 러시아인

---

* 우크라이나인들을 낮추어 부르는 말-옮긴이.

들 모두가 왔으며, 다음 날에는 몇몇 키르기즈인들이 왔다. 그리고 하루가 더 지난 다음에는 키르기즈인 남자들도 거의 모두 와서 들었다.

처음부터 다시 읽기로 하였다. 엄마는 러시아어로 읽었고, 트랙터 운전사인 크라프첸코가 그것을 키르기즈어로 번역해 주었다. 모두가 함께 들으며 (번역에 걸리는 시간 만큼 차이를 두고) 탄성을 지르기도 하고, 숨을 죽이기도 하고 깔깔거리고 웃기도 하였다. 깔깔거릴 때는 두 번 웃었다. 처음에는 키르기즈인들이 러시아인들과 함께, 한번 웃음이 지나고 난 다음 크라브첸코가 번역을 해 주면 러시아인들이 키르기즈인들과 함께 웃었다. 겨울 동안 처음에는 고골 작품을 읽고 다음에는 푸시킨의 《폴타바》를 읽었다.

겨울이 끝나갈 무렵 키르기즈인들에게 마나스치*가 《마나스》를 낭송해 주러 왔다.

《마나스》는 키르기즈의 민족 서사시이다. 이 시는 영웅 마나스에 대한 다양한 일화와 그의 영웅담을 운문으로 나타낸 것이다. 키르기즈인들에게는 문자가 없었기 때문에 이 서사시는 구전된 것이 전부이다. 마나스치는 《마나스》를 외우고 있어서 복잡하지 않은 리듬으로 마나스를 읊어주는 사람이다. 그래서 모두가 다 함께 탄성을 지르고 기뻐하며 즐거워 했다.

엄마가 다른 사람들을 위해서 책을 읽어주는 동안 나는 무엇을 했을까?

* 마나스를 외워서 읽어주는 사람-옮긴이

엄마가 책을 읽을 수 있는 시간을 가질 수 있도록 하기 위해서 엄마가 해야 할 집안일을 이웃사람들이 도와주었다. 우선, 일터에서 돌아온 사람들은 맨 처음 내게 들려서 페치카에 불을 붙였고, 그 위에 주전자를 올려 놓았다. 가끔씩은 방 안을 그냥 들여다 보기도 하였다. 그리고 땔깜을 페치카 안에 던져 놓기도 하였다. 왜냐하면 내게는 페치카의 아궁이 뚜껑을 여는 것이 금지되었기 때문이다. 만약 엄마가 사무실에서 늦어지면 울랴샤가 옥수수죽을 끓여주었다. 그래서 엄마가 집에 오기 전에 대부분 저녁은 준비되어 있었다. 우리는 뜨거운 옥수수죽을 우유를 넣은 차와 함께 먹었다. 그곳 사람들은 벚나무 잎사귀로 만든 맛있는 차를 자주 마셨다. 잎사귀들은 빨갛게 되는 가을에 모았다. 그것들을 말린 후 차처럼 뜨거운 물에 우려서 먹었다. 우유와 함께 마시면 정말 맛있다.

사람들이 집안일을 도와주는 동안 엄마는 나와 울랴샤에게 책을 읽어주었다. 그러고 나서 엄마는 모두에게 책을 읽어주기 위해서 집에서 나갔다. 울랴샤는 나를 재우며 엄마가 올 동안 두 시간 가량 나와 함께 있어 주었다. 울랴샤와 내게는 이 시간이 마치 마법의 저녁 시간처럼 느껴졌다. 첫째로, 우리에게 읽어주는 것은 다른 사람들에게 읽어주는 것 보다 더 빨리 진행이 되었다. 그래서 우리는 비밀스럽게 미소를 지으며 다른 사람들에게 그 다음에 어떻게 되는지 이야기를 해 주지 않았다. 우리는 그것을 자랑스러워 했다. 특히 울랴샤는 더더욱 그랬다. 둘째로, 나와 울랴샤는 엄마가 읽어준 내용에 대해서 토론을 하였다. 누가 어떻게 했으며, 누구에게 어떻게 했으며 누구는 어떤 행동을 했는지 등에 대해서. 그리고 고골의 〈오월 밤〉과 다른 중편소설들을 구연하면서 읽었다. 엄마는 소설을 읽어주면서 이 소설들과 관계된 오페라의 아리아를 우리에게 불러 주기도 했고, 우리는 그것을 기억하며 같이 불렀다. 셋째로, 울랴샤는 내게 아름다운 우크라이나 민요들을 불러주었다. 우크라이나인들은 민요를 부를 때 두 가지 목소리를 내서 노래를 하는데 그것을 어떻게 하는지 울랴샤가 알려주었다. 처음에는 어려웠지만 나는 열심히 노력을 하였고, 마침내 해내었다! 나는 울랴샤에게 레르몬토프의 자장가와 〈조용한 저녁 우리에게 날아오렴〉을 알려 주었다. 우리는 이것들도 마찬가지로 두 가지 목소리로 불렀다. 내가 선창하면("네 목소리가 가늘잖아" 울랴샤가 말했다.) 그녀가 반복 했다.

어느 날 대화를 하는 도중에 울랴샤는 학교를 전혀 다니지 않았고 책을 읽을 수 없다는 것을 알게 되었다. 몇몇 알파벳은 알지만 어떻게 단어가 만들어지는지 모른다고 하였다. 그녀는 인쇄체로 자신의 이름만을 간신히 쓸 수 있었다. "안 그러면 월급을 주지 않아." 그래서 나는 울랴샤가 읽고 쓸 수 있도록 가르치기 시작했다. 울랴샤는 알파벳을 아주 빠르게 습득했다. 다음에 우리는 노래로 단어를 공부했다. 난 엄마에게 노트에 인쇄체로 〈조용한 저녁 우리에게 날아오렴〉 노래 가사를 써달라고 부탁했다. 이 '교재'를 가지고 울랴샤는 빠르게 읽기를 익힐 수 있었다.

하루는 울랴샤가 우리 배낭의 솔기를 틀고 잿물에 담가서 빨았다. 결과적으로 훌륭한 아마포 조각이 만들어졌다. 울랴샤는 나와 이야기를 하고 노래를 하면서 자수바늘로 수레국화꽃을 만들었다. 파란색 수레국화꽃은 밝은 회색 바탕에 특별히 예쁘게 보였다. 그리고 이것은 나를 위한 아름다운 드레스로 만들어졌다.

울랴샤는 어디에선가 흰색의 커다란 천과 아주 작은 천조각들을 구했다. 이것들은 거즈 같았지만 좀더 촘촘하였다. 이것을 매트라고 하였다. 이 천 조각들을 가지고 울랴샤는 내게 자수와 십자수를 가르쳐주었다. 그렇게 해서 울랴샤가 만든 것 같은 진짜 우크라이나식 블라우스를 만들었다!

난 정말 행복했다.

"크리스마스 때 캐롤 부르러 갈 때 입자." 울랴샤가 말했다.

그리고 내게 캐롤을 가르쳐주기 시작했다. 이 노래들은 상대에게 좋은 일이 있기를 바라는 노래들이었다.

엄마의 도움으로 우리는 크리스마스 별을 붙였다. 크리스마스날은 울랴샤와 함께 전체 일곱 개의 방을 돌았다.

우크라이나식 상의를 걸치고 문 앞에 서 있는 것만으로도 특별한 기쁨을 주었다. 나는 노래를 했다.

성스러운 저녁이예요

만두를 주세요.

죽 한 사발,

소시지 한 묶음.*

* 이 노래는 우크라이나 구전 노래를 니콜라이 레온토비치가 재구성하여 음을 입혀 만들어서 <Carol of the Bells> 라는 제목으로 전세계에 알려져 있다-옮긴이.

그러면 우리에게 리표쉬카와 맛있는 것들을 주었다.

다음에 두꺼운 아마포를 이용해서 바라크의 출입구를 튼튼하게 막았다. 바람에도 날리지 않게 하기 위해서이다. 그리고 복도로 탁자들을 가지고 나왔다. 건물 안에서 무슨 일이 일어나는지 외부에서는 보이지 않게 방의 창문들에 커튼을 쳤다. 그리고 모두가 앉아서 크리스마스를 축하했다. 국수요리인 우크라이나식 베쉬바르마크(실제로 베쉬바르마크는 카자흐인들의 국수 요리이다. 하지만 우리 바라크에서는 양고기를 넣고 만든 만둣국을 그렇게 불렀다), 당밀 시럽을 넣어 만든 옥수수죽(아무도 설탕을 가지고 있지 않았다. 하지만 가끔씩 설탕 공장에서 설탕 찌꺼기들이 생기곤 하였다) 그리고 샤네쉬카라고 하는 따뜻한 파이를 먹었다.

콘서트도 있었다. 엄마가 크리스마스 캐럴 몇 곡을 불렀고, 나와 울랴샤가 함께 〈조용한 저녁〉을 불렀으며, 다음에 울랴샤가 엄마가 가지고 있는 시집을 들더니 읽었다(직접 읽었다!) 알렉세이 톨스토이의 〈현자 일리야〉와 니콜라이 오가료프의 〈시골 파수꾼〉을 커다란 목소리로 그리고 아주 풍성한 표현력으로 읽었다. 모두가 울랴샤에게 커다란 박수를 보냈다. 하지만 그녀는 자신에게 아주 훌륭한 선생님이 있었다고 이야기를 했고, 내게도 박수를 보내주었다.

페도시야 그리고리예브나 할머니는 내가 "아주 똑똑한 아이"라고 하면서 "아주 예쁘다"라고도 하였다. 하지만 "양말은 만들지 못한다"고 하였다.

울랴샤는 내게 양말을 만드는 방법을 가르쳐주겠다고 약속했다. 크라프첸코 가족은 내게 다섯 개의 뜨개 바늘을 선물했으며, 필리펜코 가족은 흰색과 검은색 두 개의 실타래를 선물했다.

하지만 난 그 겨울 뜨개질을 제대로 배울 수 없었다.

11. 살얼음

키르기즈의 초원에는 눈이 거의 내리지 않았다. 그렇지만 겨울은 아주 매서웠다. 특히 일월 중순엔 추위가 최고조였다. 진흙을 캐내기 위해서 파놓은 웅덩이에 고인 물이 얼기 시작하였다. 처음에 가장자리 끝부분만이 얼었는데 나중에는 웅덩이 한 복판까지 얼음으로 뒤덮였다.

웅덩이는 우리가 살고 있는 마을에서부터 2킬로미터 정도 떨어진 곳에 있었다. 상부 지역에 있는 마을과 중앙 지역에 있는 마굿간 사이의 중간 쯤에 있었다. 얼음이 생기자 중앙 지역의 아이들이 웅덩이로 모여들었다. 그리고 물론 우리 상부 지역 마을의 꼬마들도 그곳으로 다가갔다.

우리는 무리를 지어서 움직였다. 맨 앞쪽에서 우리들을 이끈 아이는 사프코스(〈솝호스〉라는 단어를 키르기즈인들은 그렇게 불렀다)라고 하는 이상한 이름을 가지고 있는 나보다 한두 살 많은 남자 아이였다. 그 아이는 바로 족장 소손바이의 아들이었다. 소손바이가 자신의 아들의 이름을 그렇게 지었던 것이다. 1920년대 말에서 30년대 초까지 지도자의 이름과 성을 따거나(레나나, 스탈리나, 블라드렌), 정치적인 표어를 따거나(혁명, 전력보급, 평화의 이니셜을 딴 렘(Rem) 그리고 혁명, 인터내셔널, 평화의 이니셜을 딴 림(Rim)) 또는 단순하게 부모들의 희망을 담은 단어(포병 아카데미를 뜻하는 아르타카, 솝호스를 뜻하는 사프코스) 등 전통적이지 않은 새로운 이름들이 많이 생겼다.

사프코스는 러시아어를 아주 잘 할 줄 아는 유일한 키르기즈 아이였다. 게다가 그의 아버지 소손바이가 족장이었기 때문에 아이들도 거기에 맞게 모두 그를 대우해 주었다. 상부 지역에는 학교를 다니는 아이들이 없었다. 학교는 우리 마을에서 5킬로미터 떨어진 중앙 지역에 있었다. 그래서 가족 중에 아이가 여덟 살이 되어서 학교를 가야 하는 경우가 생기면 가족을 중앙 지역에서 일을 할 수 있게 하였다. 학교를 가기 전에는 러시아어를 알고 있어야 한다. 왜냐하면 학교에서는 러시아어로 가르쳤기 때문이다. 지금 우리 친구들은 6~7살이었다. 그래서 러시아어를 조금씩은 하고 있었다.

우리가 도착하였을 때에는 얼어붙은 웅덩이 근처에 이미 스무 명 정도의 아이들이 모여 있었다. 모두가 우리보다 나이가 많은 초등학교 학생들이었다. 얼마 동안 우리는 서로가 서로를 마주보고 서 있었다, 다섯 명의 상부 지역 마을의 여섯 살 아래 아이들과 여덟 살부터 열두 살까지의 이십여 명의 중앙 지역 아이들이.

"잘 됐네. 실험대상자들이 왔어! 이리로 와봐!" 큰 아이들 쪽 아이 중 한 명이 소리쳤다.

우리는 다가갔다.

"야 너, 가장 가벼운 아이, 너 스케이트 탈 줄 알아?" 나에게 한 말이었다.

"응, 하지만 스케이트가 없어. 전에는 〈스네구로치카〉라는 스케이트가 있었어. 하지만 지금은 없어."

"우리는 아무도 스케이트를 가지고 있지 않아. 우리는 신발을 신고 그냥 타. 탈 수 있겠어?"

"몰라, 한번 해 볼게."

나는 얼음 위로 내려갔다. 그리고 스케이트를 타듯 미끄러졌다. 스케이트를 신었을 때보다 더 잘 미끄러졌다.

"뛰어봐, 얼음에 금이 안 가?"

"괜찮아."

"꺼지지도 않고?"

"괜찮아."

"자, 얘들아! 안으로 깊이 들어가지만 말아. 안쪽은 꺼질 수 있으니."

요란하게 환호성을 울리면서 모두 얼음 위로 뛰어 들었다. 크지는 않지만 아주 재미있는 다툼이 있었다. 다음에 모두가 흩어져서는 주위를 따라서 돌기 시작했다. 아주 재미있었다. 즐거운 모임이 만들어졌다. 나도 모르는 사이 나는 점점 땅으로부터 멀어져 갔다. 그곳의 얼음은 평평하고 더 미끄러웠다. 키가 작은 아이들 몇 명이 더 내게로 왔다. 얼음은 깨지지 않았지만 조금씩 조금씩 꺼져갔다. 우리는 얼음판을 타면서 있는 힘껏 노래를 불렀다. "얼음이 꺼지고 있는데 그는 얼음을 타고 있네!" 그런데 갑자기 금이 하나도 없던 얼음판이 내 발 밑에서 깨졌고 나는 머리부터 물 속으로 들어갔다. 물을 먹은 뒤 나는 물 위로 올라 왔다. 물은 내 턱 깊이였다. 그렇기 때문에 물 속으로 빠지는 것이 불가능하였다. 하지만 물은 너무 차가웠으며 맛도 너무 없었다.

나이 많은 남자아이들이 빠르게 판단을 하였다. 얼음 위로 줄을 던졌고, 나에게 그것을 아주 세게 잡으라고 하였다. 그리고 셋을 세면서 가능한한 최대로 높이 뛰어오르라고 하였다.

"넌 뛰어 올라, 그러면 우리가 당겨서 널 꺼내줄게. 줄을 꼭 잡아야만 해."

몇 번을 시도한 끝에 그들은 나를 꺼낼 수 있었다.

"있는 힘을 다해서 집까지 뛰어가. 절대로 멈추어 서지 말고 뛰어야 해. 안 그러면 감기에 걸릴거야."

그래서 난 있는 힘을 다해서 뛰어 갔다. 2킬로미터를 쉬지 않고 뛰었다. 아이들은 얼음 위에서 계속해서 놀기 시작하였다.

머리끝에서 발끝까지 다 젖었고, 신발에서 철썩철썩 소리가 나고, 젖은 옷이 기분 나쁘게 몸에 달라 붙고, 옷에서 물이 뚝뚝 떨어지는 사람이라면 어디로 뛰어가야 할까? 당신 같으면 어디로 뛰어가겠는가? 그렇다. 나도 바로 엄마에게 뛰어갔다.

노크도 없이 나는 엄마가 일하는 사무실로 뛰어 들어갔다. 사무실의 큰 방 안에는 엄마가 없었다. 나는 당황스러워하며 멈추어 섰다. 그러자 입고 있는 외투에서 바닥으로 물이 심하게 떨어졌다.

"너 여기서 뭘 하는게냐?" 날카롭게 외치는 소리가 들렸다.

'아 참, 아이들은 사무실로 오면 안 되지.'하는 생각이 퍼뜩 들었다. 하지만 난 움직이지 않았다. 움직일 수가 없었다.

"너 왜 여기에 온 거야? 엄마는 바빠."

"난…… 난…… 난 완전히 젖었어요."

숍호스 위원장의 얼굴이 하얘졌다.

"웅덩이에 빠진거야? 누가 더 빠졌냐?"

"나 혼자요. 얘들은 거기서 놀고 있어요."

"거기 세 명, 당장 웅덩이로 가봐! 빨리 뛰어가!" 위원장이 사무실 바깥쪽에 대고 소리를 쳤다. "노끈을 가져가, 혹시 모르니 있는 것을 다 가져가. 누돌스카야를 당장 집으로 오라고 해!"

그리고 자신의 어깨에 걸치고 있던 외투로 나를 머리부터 감싸더니 안고 뛰어갔다. 자신의 집의 문(집이 건물에 같이 있었다. 다만 사무실과 반대 편에 있었다)을 연 후 문에 대고 무어라고 소리친 뒤 계속해서 뛰어서 우리 바라크가 있는 쪽으로 뛰어갔다.

엄마가 열쇠를 가지고 달려오는 동안 계속해서 물이 떨어졌다. 방 한 가운데 젖은 엄마의 보물을 세워두고 위원장은 나에게서 외투를 벗긴 후 재빨리 나갔다. 엄마는 한숨 소리를 내었다.

"괜찮을 거야." 나는 엄마가 자주 말하는 것을 그대로 따라서 말했다. "얼음이 깨졌어. 하지만 난 물 속에 빠지지 않았어. 거기 물이 내 귀까지 밖에 안 왔거든." 나는 너무 추워 이를 제대로 못 다물면서도 엄마를 진정시키려고 애썼다.

엄마가 젖은 옷을 내게서 다 벗기지도 못했는데 위원장의 부인인 니나 쿠지미니츠나가 들어와서는 페치카의 불을 키우기 위해서 장작을 넣었다. 두 사람의 네 손이 나를 문질렀다. 처음에는 아주 냄새가 지독한 물로 나를 닦았다. 그것을 무엇때문인지 보드카라고 하였다. 그 다음에 테레빈유로 나를 닦았다. 그것의 냄새는 그런대로 괜찮았다. 뜨거운 차를 마시게 한 후 이불 속에 가만히 누워 있으라고 지시를 하고 둘은 나갔다, 니나 쿠지미니츠나는 자신의 집으로 엄마는 사무실로.

당시에는 아이가 아프더라도 엄마는 반드시 일을 해야만 하였다. 일을 하지 않아도 되는 경우는 두 경우 뿐이었다. 하나는 일하는 사람이 아픈 경우(의사의 진단서를 제출해야 한다) 또는 죽었을 경우이다. 우리나라는 (라디오와 학교 그리고 집회때마다 이야기를 하듯이)적들에 둘러싸여 있지 않은가! 인류의 오랜 꿈인 사회주의 국가를 건설하지 않았는가! 그렇기 때문에 어떤 일이 있어도 모두가 일을 해야만 한다. 그러므로 이것을 방해하는 모든 것은 사보타주와 태업일 뿐이다. 그런 행동에 대해서는 아주 엄하게 벌을 받게 된다. 만약 직장에 15분 이상 늦게 된다면 감옥에 가거나 수용소로 갈 수 있다. 그곳에서 일을 하면서 계몽 되어야만 한다. 그렇기 때문에 아마도 위원장이 그렇게 놀란 것 같다. 만약 아이들이 물에 빠져 죽는다면 상부에서 태업을 하였 다고 책임을 물을 수 있기 때문이다.

다행히 모든 것이 잘 되었다. 나만 물에 빠져서 더러운 물을 배가 터지도록 마셨을 뿐이었다. 자칭 스케이트 선수들은 모두 집으로 보내졌고 회초리로 교육을 단단히 받았다. 그러니까 내 겐 두 번의 행운이 있었던 것이다. 나는 맞지도 않았으며 다만 몸을 세게 닦아주기만 했기 때문이다.

나는 며칠 동안 기침을 하고 재채기를 하고 콧물이 났다. 체온 은 빠르게 정상으로 돌아왔고, 마침내 바깥으로 나가 놀아도 된 다는 허락을 받을 수 있었다. 무엇을 할 것인지는 사프코스와 함 께 생각을 할 예정이었다.

그런데 다음에 어떤 일이 있었는지 나는 전혀 기억하지 못한 다. 나는 엄마의 이야기를 통해서만 알 뿐이다.

내가 웅덩이에 빠져 물을 마신 후 9~10일이 지난 후 엄마는 내가 이제 완전히 건강해졌다고 생각을 했다. 그런데 나는 다시 병이 들었다. 처음 이틀 동안 체온이 37.3도로 올라갔고, 나는 창백해졌고 칭얼거리며 까탈스럽게 굴었다. 그 이후로 천천히 하지만 계속해서 체온이 올라갔다. 체온계의 수은이 38도를 넘 어서고, 다음에 39도를 넘었다. 그리고 사흘 동안 40도를 유지 하였다. 나는 백지장처럼 하얗게 되었고, 체온은 다시 천천히 올라가더니 40.5도, 41도, 41.3도까지 올라가서 멈추었다.

엄마는 완전히 절망감에 빠졌다. 지역에는 청소년과 의사가 전혀 없었을 뿐 아니라 어른들을 돌보는 간호사도 한 명 없었다! 카라-발티에는 얼마전에 성인 병원과 어린이 병원 건물 두 개가 모두 세워졌다. 하지만 카라-발티 병원에서는 아직 성인 환자만 받았다. 게다가 한겨울에 20킬로미터 떨어진 곳으로 나를 데려 가겠다고 아무도 나서지 않았다. 저절로 낫기를 기다리는 수 밖에 없었다.

내 옆에서 밤새 앉아 있던 엄마는 아침이 되면 일터로 나가야 만 했다. 엄마의 일은 중요한 일이었다. 엄마는 복잡한 프로젝 트를 준비하고 있었다. 시간이 없었다. 공장형 솝호스의 위원장 과 책임기사는 이 프로젝트를 지키기 위해서 프룬제로 곧 가야 만 했다. 일을 집으로 가져 오는 것도 허락되지 않았다. 직장에 서 엄마가 올 수 있는 것은 화장실에 갈 때 뿐이었다. 엄마는 화 장실에 가면서 내가 어떤지 보기 위해 잠시 집에 들렀다. 엄마는 점심 시간에도 들렀다. 체온을 재고 나를 뭔가 먹이려고 애썼다.

엄마는 사무실에서 두 개의 의자를 빌렸다. 엄마는 이 의자들 을 내 침대에 붙여서 세워 놓았다. 내가 이불을 떨어뜨리거나 침 대에서 떨어지지 않게 하기 위해서였다.

일주일이 넘었지만 나는 계속해서 앓았다. 나는 아무것도 먹 지 못했다. 나는 절인 과일 시럽 몇 모금만을 간신히 마실 뿐이 었다. 사흘 동안 41.3도를 유지하였다. 엄마는 공포스러워하면 서 오늘이나 내일 다시 체온이 오르지 않을까 걱정을 하였다. 아침에 책임기사 폴리고보이가 와서 엄마에게 공장에 관련된 질문을 하였다. 하지만 엄마는 그가 무엇을 물어보는지 바로 알아채지 못했다.

"벌써 삼일 째 사십일점 삼. 벌써 일주일째 저러고 있어요." 엄마가 대답했다.

폴리고보이는 아무 말없이 나가서 중앙 지역으로 갔다.

저녁때 우리 집으로 의사가 한 명 들어왔다. 그는 의사 체호프*와 아주 비슷하게 생겼지만 나이가 아주 많아 보였다. 그는 거의 평생 동안 중앙아시아에서 살면서 다양한 환자들을 봐 왔지만 이제는 현역에 있지 않았다. 다만 아주 특별한 경우에만 카라-발티 병원에서 자문을 해줄 뿐이었다.

"안녕하세요, 저는 의사 K입니다." 그는 모든 사람이 잘 알고 있는 자신의 이름을 말했다. 엄마는 키르기즈인들을 포함해서 다른 사람들로부터 "여기 예전에는 K라는 의사가 있었는데."라는 식으로 그 이름을 익히 들었다.

"어떻게 병이 났나요? 체온계를 꽂고 이야기해 주세요."

그는 외투를 벗어서 못에 걸었다. 왕진가방에서 풀을 먹여 빳빳한 눈처럼 하얀 가운을 꺼냈다. 그리고 그것을 의자 등받이에 걸쳐 놓았다. 의자를 불타고 있는 페치카 가까이로 옮긴 후 손을 씻고 오랫동안 페치카에서 손을 따뜻하게 했다.

하얀 눈썹 밑으로 엄마를 바라보면서 웅얼거리는 목소리로 말을 하였다.

* 「벚꽃 동산」을 쓴 러시아의 작가 체호프는 원래 의사였다-옮긴이.

"엄마들은 마치 알을 품은 암탉처럼 문지방을 후다닥 넘어와서 자신의 아이에게 달려들어요. 하지만 아픈 아이들은 엄마에게서 따뜻함을 느껴야만 해요. 마음의 따뜻함이 아니라 흔히 이야기하는 육체적인 따뜻함이요. 이리 와서 몸을 따뜻하게 녹이세요. 그리고 미소를 지으며 다가가세요. 그것도 약이예요."

엄마는 페도시야 할머니가 울고 있는 울랴샤를 우리 집에서 쫓아내면서 했던 말이 기억났다. "저리 가거라, 죽지도 않았는데 웬 통곡이야. 아예 집에서 나가라. 여기서 울지 말고!"

따뜻하게 데워진 가운을 입고 의사는 침대로 다가왔다.

"자, 어디 보자, 우리 환자 상태가 어떤지."

이불을 걷어내고 옆에 앉아서 무언가 조용하고 부드럽게 이야기를 하였다. 내 몸을 부드럽게 어루만지면서 그는 중얼거렸다.

"자, 이제 눈을 한번 보자."

그리고 눈을 몇 초 동안 열어서 쳐다보았다.

"잘 했어. 이제 혀를 좀 보자."

손가락들이 아래턱을 잡았다. 의사는 긴장한 모습이었다. 빠르게 턱을 만지더니 한 번 더 왼쪽으로 손을 움직였다. 그의 얼굴은 그의 손이 코를 만지고 이마를 만지고 할 때마다 잔뜩 인상을 썼다. 웃옷을 걷어 올린 후 그는 내 몸을 가볍게 들어 엎드리게 하면서 옷을 벗겼다. 피아니스트의 손처럼 아주 고운 손이 머리를 조심스럽게 살핀 후 마치 엑스레이 사진을 찍듯 갈비뼈를 살폈고 등을 부드럽게 만졌다.

"이건 뭐죠?" 피부에 하얀 선이 보이는 것을 가리키면서 화가 난 목소리이지만 작은 소리로 의사가 물었다. "지금 묻고 있잖아요, 여사님, 사랑하는 어머니. 이건 뭐죠?"

"그거요? 일곱 개의 산에서 있었던 거는 비밀을 유지해야 한다고 맹세했어요 의사는 이해하실 거라고 믿어요." 엄마가 대답했다.

"크게 소리질렀어요? 오랫 동안 울었나요?"

"손가락을 물어뜯으려고 했죠. 손가락에서 입을 떼었을 때에는 바로 잠이 들었어요. 일곱 시간 동안요. 울지 않았어요. 얘는 우는 경우가 거의 없어요."

"만약 당신이 바보 같은 행동을 해서 이 아이를 죽이지 않는다면 아 아이는 병을 이기고 살아날 거예요. 제가 하는 말씀을 잘 듣고 기억하세요, 주기도문처럼 말이예요. 우선 이 아이의 병은 장티푸스예요. 체온은 앞으로도 4~5일 동안 더 유지 될 겁니다. 그때가 가장 위험한 때입니다. 둘째 더이상 체온이 오르게 하면 안됩니다. 그렇게 되면 아이는 죽습니다. 30분마다 물에 젖은 차가운 수건으로 3분 정도씩 감싸주세요. 그리고 숨소리를 들으세요. 보리수 꽃을 달인 물을 마시게 하세요. 여기 한 병이 있어요. 이건 말린 보리수 꽃이예요, 나중을 위해서. 마실 때 꿀을 함께 넣어 주세요. 꿀은 여기 있어요. 기침을 하면 여기 압박용 파라핀 종이가 있어요. 하지만 가슴을 압박해 주는 것은 병이 한 고비를 넘긴 다음 3~4일 뒤부터 가능합니다. 그 전에는 안 됩니다." 그는 가방에서 병과 꾸러미 하나를 꺼내서 탁자 위에 올려 놓았다.

"세번째이면서 가장 중요한 것입니다. 이 아이의 창자는 현재

젖은 파피루스 종이로 만든 것 같아요. 그래서 아주 쉽게 찢어질 수 있어요. 병의 정점이 지나기 전까지는 과일 시럽을 면 보자기로 짜낸 후 희석시켜서 너무 달지 않게 해서 마시게 하세요. 만약 사과 껍질 하나라도 잘못해서 들어가게 되면 불행한 일이 생길 수 있어요. 그리고 한 번에 차 스푼으로 두 번 이상, 하루에 한 컵 이상 마시게 하면 안 돼요. 지금 제가 앞으로 5주 동안 어떻게 먹여야 하는지 써드릴게요. 기억해두세요. 병이 정점에 이르기까지는 이 아이의 목숨은 신에게 달려 있어요, 하지만 그 고비를 넘긴 후에는 당신에게 달려 있어요. 아주 천천히 몸이 나아질 거예요. 고비를 넘기고 6주가 지나게 되면 비로소 평범한 식사를 할 수 있어요. 하지만 그 전엔 절대 안됩니다. 특히 고비를 넘긴 후 두 번째와 세 번째 주가 아주 위험할 수 있어요. 체온은 내려가고 입맛이 돌아옵니다. 하지만 먹는 것은 아주 조금씩 조심해서 먹어야 해요. 절대로 아이의 손에 물이 든 컵을 주지 마세요. 물을 벌컥벌컥 마시게 되면 바로 죽을 수도 있어요. 알겠어요?"

그는 가방에 가운을 집어 넣은 후 외투를 입고 출구쪽으로 가더니 문 앞에서 멈추어 섰다. 엄마는 놀라서 그에게 돈을 내밀었다.

그는 미소를 띠었다.

"왕진료는 이미 받았어요."

복도로 나가면서 문 앞에 서 있는 여자들을 바라보더니 꾸짖듯 말했다.

"엄마가 일을 하러 간 사이에 아이에게 따뜻한 핫케익, 빵 같은 것을 줄 생각 절대로 하지 마세요. 여러분들이 가슴 아파하는 것을 잘 알고 있어요. 하지만 그렇게 하면 이 소녀가 죽을 수 있어요, 알겠어요? 모든 선물은 엄마를 통해서만 주세요, 알겠죠? 사실 지금 중요한 것은 엄마가 기운내게 해야 한다는 거예요. 엄마가 먼저 쓰러질 것 같아요. 여기 혹시 일요일에 카라-발티에서 열리는 시장에 가는 사람 있나요? 그러면 시장 옆에 있는 상점에 가면 아이들 변기가 있을 거예요. 그걸 사다 주세요. 아마도 아이는 당분간 화장실을 다닐 수 없을 것이니 말예요 가서 제가 아픈 여자 아이를 위해서 변기를 사라고 했다고 하면 거기서 알아서 줄거예요."

그리고 그는 나갔다. 거리에서 차소리가 요란하게 들렸다. 위원장의 차 가지크가 의사 K를 댁으로 모셔다 주었다. 사람들이 이야기하길 숍호스는 의사 K에게 왕진료로 건초를 가져다 주었다고 한다. 폴리고보이에게 고맙다고 했지만 그는 손을 내저을 뿐이었다.

12. 착한 사람은 항상 더 많다

엄마는 일을 다녔고, 내 곁에는 위원장 부인인 니나 쿠지미니츠나와 나이든 페도시야 할머니가 번갈아 가면서 있어 주었다. 실제로 차가운 수건으로 몸을 감싸는 것이 체온을 낮추는 데 도움을 주었다. 내 체온은 나흘 정도 고온을 유지한 후 천천히 아래로 내려가기 시작했다. 그리고 일주일이 더 지난 후에 나는 정신이 어느정도 들었고, 배고프다고 하였다. 건강을 회복하고 있는 아이에게 무엇을 먹여야 하지 않을까? 하지만 24시간 동안 한 컵 반의 음식만을 먹을 수 있었다. 그렇다면 어떤 음식을 먹여야 할까? 당연히 칼로리가 높은 음식이다. 하지만 겨울이었다. 이곳의 겨울엔 먹을 것이 충분하지 않았다. 젖소는 젖을 더이상 내지 않았다. 빙하가 녹기 전까지 앞으로 두세 달 동안은 젖을 짜지 못한다. 왜냐하면 암소들이 3~4월에 새끼를 낳기 때문이다. 그렇기 때문에 2월에는 우유를 가지고 있는 집이 없었다. 만약 우유가 없다면 버터도 없다는 말이다. 시장에도 없다. 계란도 없다. 닭들도 마찬가지로 봄이 되어야 알을 낳는다. 닭고기로 국물을 내면 아주 유용할 것이지만 이미 여유있는 닭들은 긴 겨울 동안 다 잡아 먹었다. 집안에는 보통 이맘때가 되면 산란계와 장닭만이 남아 있을 뿐이다. 그것들을 잡는다는 것은 계란도 병아리도 없이 한 해를 보내야 한다는 것을 의미한다. 쇠고기를 산다는 것은 거의 불가능한 일이었다. 봄이 가까이 오고 있는데 자신의 가축을 도축할 사람은 아무도 없기 때문이다. 여유분의 가축들은 가을 또는 크리스마스 때에 잡는다. 만약 당신이 겨울 내내 가축을 보살폈다면 봄의 문턱에서 그것을 잡는다는 것은 당연히 어리석은 일이다.

만약에 우리를 보러 나스쨔와 마냐가 오지 않았다면 엄마는 이런 상황을 극복하지 못했을 것이다. 둘은 나를 보고 엉엉 울기 시작했고 의사가 지시한 사항을 모두 들었다. 다음 날 사벨리가 계란 한 꾸러미, 밀가루, 닭 다섯 마리를 가지고 왔다. 닭들은 하얀 것도 있고, 얼룩무늬도 있었다. 이곳의 닭들과는 달랐다. 왜 사벨리에게는 달걀과 닭들이 있는데 여기에는 없는 것일까? 나중에 내가 알게 된 것은 그것은 품종 때문이었다. 이 지역의 닭들은 대부분 붉은색의 로드 아일랜드종과 검은 줄무늬의 프리모 드록종의 닭들이었다. 이것들은 몸집이 커다란 닭들이다. 하지만 이 닭들은 알을 늦게 낳기 시작하고 사벨리가 키우는 닭들보다 알을 적게 낳는다. 그는 '일반적으로' 키우는 종의 닭을 키우는 것이 별로 이득이 없을 것이라고 생각하였다. 그가 키우는 닭은 5월에 알을 까고 나와서 9월부터 겨울 내내 알을 낳았다. 바로 그러한 알을 낳는 레그혼 종의 닭 두 마리와 수프를 끓이는데 사용할 세 마리의 점박이 닭을 사벨리가 가져온 것이다. 엄마와 나는 이 살아있는 닭을 어떻게 잡을지 조금 당황스러워하며 당분간 이 다섯 마리의 닭이 꼬꼬거리며 집 안을 돌아다니게 하였다. 그리고 다음에 울랴샤의 조언에 따라서 엄마는 물감으로 닭의 목과 등에 칠을 하였다. 그리고 그것들을 쿠프라노프 씨네 닭장에 넣었다.

나는 아주 오랫동안 어렵게 건강을 되찾았다. 나는 처음에는 너무 말라서 의자에 앉아 있을 수 조차 없었다. 나무로 되어있는 의자에 엉덩이가 아팠기 때문이다. 엄마는 의자에 놓을 방석을 만들어 주었다, 그리고 변기용 방석도 만들어 주었다. 몇 주가 지난 뒤 내가 침대에서 일어서기 시작했을 때 나는 내가 걸을 수도 없다는 것을 알게 되었다. 다리가 지탱해 주지 못했다. 저녁 때마다 엄마와 함께 나는 걷는 연습을 하였다.

엄마는 하루종일 일터에 있었다. 우리의 작은 방 안의 좁고 딱딱한 침대에 나는 혼자 누워 있었다. 나는 외로웠고 항상 배가 고팠다. 하지만 많이 먹어서는 안 되었다. 내가 필요 이상으로 먹지 못하도록 모든 음식은 궤짝 안에 넣고 자물쇠로 잠갔다. 그리고 열쇠는 내게 없었다. 때때로 누군가가 들렸고 내게 한 숟가락 양만큼만 먹을 것을 주었다.

혼자 누워서 생각을 하였다. 조용하였다. 이곳에는 라디오도 전기도 없었다. 지루하였다. 내가 좋아하는 인형들과 책들은 출입금지된 모스크바의 집에 있었다. 해가 진다. 머릿속에는 슬픈 생각들이 떠올랐다. 울고 싶었다. 나는 지금 얼마나 힘들게 살고 있는지 생각하였다. 아빠가 어디에 있는지 알 수 없다. 우리가 이렇게 멀리 와 있는데 어떻게 아빠가 우리를 찾는단 말인가? 무엇 때문에 우리한테 이런 힘든 생활이 시작된 것일까? 엄마는 항상 주변에 좋은 사람들이 나쁜 사람들보다 많다고 이야기를 하면서, 자신이 잘못한 것을 다른 사람에게 덮어 씌우지 말라고 하였다. 어떻게 좋은 사람이 더 많다고 하는지? 그런데 왜 우리는 이렇게 되었을까? 까마득해진 행복한 삶에서부터 남은 것이 하나도 없었다. 눈물이 계속해서 흘렀다.

왜 아무것도 없어? 가장 중요한 엄마가 있잖아. 금방 엄마가 일터에서 돌아올거야. 웃을 거고, 장난도 칠거야. 오늘 있었던 재미있는 이야기도 해 줄 거고. 페치카에 불을 붙일거야. 그리고 집안일을 하는 동안 노래를 할거야, 내가 듣고 싶어하는 노래 모두를 불러줄거야.

병이 얼마나 오래 지속될지는 모르지만 언젠가는 지나갈거야. 그러면 나는 건강해질 거야. 나는 병을 앓으면서 새로운 삶의 법칙을 알게 되었다. 우리의 현재의 열망이 우리를 매우 위험하게 만들고 바보 같은 행동을 하게 만든다는 것을 알게 된 것이다. 난 그후부터는 항상 행동하기 전에, 아주 너무너무 하고 싶어도 생각을 먼저 하려고 노력하였다. 이미 오랜 시간을 산 지금도 나는 이 어려운 시기에 얻은 원칙을 지키고 있다.

예를 들어서 나는 병의 고비를 넘기자 계속해서 무언가가 먹고 싶어졌다. 닥치는대로 무언가를 마구 먹고 싶었다. 식탁에 있는 것 전부를 먹을 수도 있을 것 같았다. 하지만 동시에 나는 두 숟가락 이상 먹으면 안 된다는 것을 알고 있었다. 먹고 싶은 것을 다 먹으면 위가 꼬이고 죽게 될 것이기 때문이다.

한번은 이런 경우도 있었다. 나의 삶을 내가 선택할 수 있었던 순간 말이다. 엄마는 일을 하러 가면서 궤짝 위의 음식이 든 냄비를 치우는 것을 깜빡했다. 나는 오랫동안 고통스러워하다가 복도를 지나가는 누군가에게 소리를 질렀다. 그리고 음식을 궤짝에 넣고 열쇠를 가져가 달라고 부탁했다.

엄마가 한 일은 잘 되었다. 엄마의 프로젝트는 프룬제에서 인정을 받았다. 우리가 속한 솝호스의 모든 지도자들과 엄마에게 상을 주었다. 그리고 모스크바에서 부쳤던 우리 화물은 프룬제에서 카라-발티역으로 보내졌다. 엄마는 마침내 모스크바에서 우리가 가지고 왔던 커다란 여행용가방을 받게 되었다.

이웃집 암소들이 새끼를 낳기 시작하고, 바라크 안에는 송아지들과 함께 내가 먹을 수 있는 우유도 있었다! 3월은 아직 추웠기 때문에 새로 태어난 송아지들은 따뜻한 곳에서 주인과 함께 살았다. 송아지들은 한 달 정도가 지난 후 엄마 소들이 있는 우리로 데리고 갔다. 그리고 나도 건강해지고 키도 컸다. 송아지들과 함께 힘을 키웠고 봄 햇볕을 반갑게 맞이했다.

솝호스의 농장원들은 엄마를 좋아했다. 왜냐하면 엄마는 누구에게나 친절하게 대하였고, 남을 위해서 자신의 시간을 아끼지 않았기 때문이다. 일이 끝난 후 일주일에 3일 동안 엄마는 '수업'을 하였다. 원하는 모든 사람들에게 읽기와 쓰기를 가르쳤다. 그리고 나머지 4일 저녁은 사람들에게 고골과 푸시킨의 작품들을 읽어 주었다.

여름이 가까워질 무렵 나는 예전처럼 뛰어다니고 말을 타고 다닐만큼 건강해졌다. 그리고 삶은 그렇게 평화롭고 단조롭게 흐를 것만 같았다. 엄마는 예전과 마찬가지로 카라-발티의 엔카베데로 보고를 하러 다녔지만 모든 것이 다 잘 진행되었다. 우리는 점점 일상에 익숙해졌다. 엄마에게는 일이 있었으며 주위에는 많은 사람들이 있었고 그들은 항상 좋은 사람들이었다. 실제로 나쁜 사람들이 적은 것인지 아니면 이곳에 특히 그런 사람들이 적은 것인지 잘 모르겠지만 나는 우리를 해코지하려는 나쁜 사람들을 전혀 기억하지 못한다. ……하지만 그해 가을에 유배를 온 사람들은 행정업무를 보지 못하게 하는 명령이 내려왔다. 엄마는 농업기사 일을 그만두고 제초 작업부로 옮겼다. 하루 작업량은 몇 킬로미터 되는 긴 세 개의 이랑의 풀을 제거하는 것이었다.

엄마는 잘 굽혀지지 않는 다리로 자신의 하루 작업량을 다 채우지 못하였다. 하지만 엄마의 좌우측으로 매일 여자들이 바뀌어 가면서 자신의 세 이랑과 함께 엄마의 이랑 하나의 풀을 더 베어주었다. 엄마가 그러지 않아도 된다고 말하려고 하자 사람들은 엄마에게 "에브게니예브나*, 아무 말 말아요. 우리는 당신의 선행을 기억해요. 우리는 감독관이 아니에요. 당신이 힘들어서 죽게 하고 싶지 않아요. 아무 말 말아요. 안 그러면 다들 힘들게 돼요."라고 말하였다. 누구의 생각이었는지, 왜 어느 누구도 이러한 규칙 위반에 대해서 간부들에게 이야기를 안 했는지 여전히 우리에게 의문으로 남아있다. 그때부터 나는 어려운 시절을 보낸 사람들은 서로가 서로를 돕고 예기치 않은 선행을 베푼다는 것을 알게 되었다.

어느 날 갑자기 솝호스의 중앙 지역에 왔던 의사보가 엄마에게 와서는 휴일에 카라-발티의 장애등급 판정소로 가라고 하였는데 엄마는 왜 갑자기 의사보가 찾아오게 되었는지 이유를 전혀 알지 못하였다. 의사보는 그곳으로 필요한 서류를 모두 전달하였다고 하였다. 어떻게 그녀에 대해서 알게 되었을까? 누가 그를 부른 것일까? 장애등급 판정소에서는 엄마가 어린시절부터 장애인임을 인정하였다. 그리고 그녀에게 육체적으로 힘든 일을 시키면 안 되는 2급으로 분류하였다. 농업기사로 일을 해서도 안 되었다. 그래서 결국 그녀는 업무 접수원으로 일을 하게 되었다. 엄마는 더이상 풀을 베지 않아도 되었다.

---

* 엄마 율리야의 부칭이다. 부칭의 의미는 '~딸'이다. 즉 여기서는 예브게니의 딸이라는 뜻을 가지고 있다. 러시아에서는 부칭만 부르는 경우가 있는데 이때는 극존칭이 아니라 어느정도 존경의 의미를 나타낼 때 사용한다-옮긴이.

13. 말썽쟁이 칸트 발라

1939년 봄에 엄마는 중앙 지역으로 일터를 옮겼다. 내가 곧 여덟 살이 되고 학교를 가야하기 때문이었다. 전에는 나를 제 나이로 보지 않았다, 비록 내가 글도 빨리 읽고, 인쇄체로 글씨를 쓰고, 수를 셀 수 있었으며 동시에 3~4개국 언어로 이야기를 하는데도 말이다. 독일어와 프랑스어는 내가 아기였을 때부터 엄마가 가르쳐주었고, 키르기즈어와 우크라이나어는 또래의 키르기즈인 아이들과 바라크에서 함께 사는 우크라이나인 아이들과 함께 어울리면서 상부 지역 마을에서 자연스럽게 배웠다.

나는 봄이 오는 것을 온 몸으로 기뻐했다. 활짝 핀 꽃들이 가득한 초원, 난 그 아름다움을 평생 기억하고 있다. 게다가 내겐 새로운 친구들도 재미있는 일들도 많이 생겼다. 나는 또래 아이들이 알지 못하는 많은 것을 알고 있었지만 한편으로 키르기즈 친구들로부터도 많은 것을 배웠다. 더 많이 배우면 배울수록 삶은 더욱 재미있어 졌다. 상부 지역의 친구들 몇몇이 나와 함께 학교를 가게 되었다. 나는 그것도 너무 기뻤다.

아마도 아이들은 도시에 살건 시골마을에 살건 상관없이 대부분 중앙 지역의 아이들처럼 마을 안에서 몰려다니며 이런 저런 말썽을 부릴 것이다. 나도 아이들과 함께 국경수비대 놀이, 전쟁 놀이. 강도 카자크 놀이, 내전 영웅 놀이 등을 하며 놀았다. 당시에는 내전 영웅들의 위대한 행동을 칭송하는 시와 노래들이 많이 있었다. 하지만 이들 영웅들을 우리 모두가 좋아했던 것은 아니다. 나는 이들 영웅들을 좋아하지 않는 사람 중의 한 명이다. 아직 여덟 살도 채 되지 않은 나는 내전을 제대로 이해하지도 못했다. 하지만 나는 내가 읽고 노래하고 외웠던 내용들과 이들 영웅들에 대한 시와 노래가 다른 것을 발견하였다. 그렇기 때문에 막연하게 좋아할 수 없었다. 유명한 노래 해군 빨치산 젤레즈냐크에 대한 노래의 가사는 다음과 같은 내용을 가지고 있었다.

그는 오뎃사를 통과해서 헤르손으로 갔다,

부대가 복병들을 만났다······.

왼쪽에도 복병, 앞쪽에도 복병

수류탄은 열 개만 남았다.

어느 날 나는 친구의 집에서 지도책을 보았고 그곳에서 오뎃사와 헤르손을 찾아보고는 너무 놀랐다. 젤레즈냐크가 해군이라면 지도없이 초원에서 별을 보면서 방향을 잡을 줄 알아야 한다. 어떻게 그는 부대를 다른 방향으로 데리고 갔을까? 그러니까 그가 자신의 부대를 복병들 쪽으로 몰았다면 영웅이 아니다. 어느 날 나는 해군 젤레즈냐크와 빨치산 놀이를 하자고 부르는 친구들에게 그렇게 말했다.

아이들은 잠시 생각을 하였고, 그 중의 한 명이 말했다.

"그래 그렇다면 쇼르스 놀이를 하자. 그도 적군 장교이었잖아."

"아니야, 무슨 장교야. 자기 부대에 위생병도 한 명 데리고 다니지 않는데." 내가 반대했다.

"네가 어떻게 알아, 어쩌면 자신이 위생병일수도 있잖아."

"무슨 말이야! 노래 기억해? '머리를 붕대로 감았다, 피가 소매로 흐르고, 마른 풀 위로 피가 흘렀다.' 이게 무슨 부대야, 만약 대장이 붕대를 제대로 감을 줄 모른다면? 만약 풀 위에 피가 있다면 다친 상태로 멀리 갔다는 말이야."

길지 않은 토론 뒤에 강도 카자크 놀이를 하기로 했다 그리고 우리가 이야기했던 것은 잊고 있었다.

저녁에 엄마가 일터에서 돌아왔다. 우리는 수다를 떨면서 저녁을 먹었다. 엄마는 저녁 식사 후에 이웃들과 이야기를 하기 위해서 나갔고, 나는 책을 읽으려고 앉았다. 엄마는 얼굴이 창백해져서 돌아왔다. 입술을 벌벌 떨면서 엄마는 책을 한 쪽에 놓으라고 명령했다.

"너 오늘 마당에서 친구들하고 무슨 이야기를 한 거야?"

"뭐, 특별한 것 없어……. 우리는 강도 카자크 놀이를 했어."

"그걸 하기 전에 어떤 놀이를 하려고 했어?"

"아마도 쇼르스 놀이일거야. 아 엄마가 그 노래에 대해서 이야기해줬잖아. 정말로 노래 가사가 그랬어……. 그리고 젤레즈냐크에 대해서도 마찬가지였고, 그러니까 그는 나쁜 대장이었어. 안 그래?"

갑자기 참고 있던 엄마가 내 어깨를 잡은 후 흔들었다.

"너 엄마가 한 말 이해를 못하는거야? 그렇게 사람들이 듣게 이야기를 해도 된다고 했어? 너 우리가 얼마 전에 어디에 있었는지 잊어버린거야? 너 다시 거기, 일곱 언덕으로 가고 싶은거야?"

난 불현듯 내가 한 말 때문에 무슨 일이 일어날 수 있는지 이해하게 되었고, 놀라서 아무 말 못했다.

"절대로, 잘 들어, 절대로 그런 말을 들리게 이야기해서는 안돼. 특히 다른 사람들 앞에서 말이야." 엄마가 내 어깨를 흔들며 또박또박 강조하며 말했다. 내 머리가 세차게 흔들렸고, 난 공포스러워하며 엄마를 쳐다보았다. 엄마는 계속해서 나를 흔들면서 반복해서 말하였다. "기억해 둬. 우리가 어디에 있는지……. 기억해둬, 우리가 누구인지……. 한 번의 말 실수로 우리가 큰 댓가를 지불하게 된다는 것을……."

"엄마, 엄마, 그만 해, 나 이해했어!"

엄마는 갑자기 동작을 멈추었다.

"엄마, 이해했어……. 더이상 그런 일이 없을 거야. 더이상 내가 생각하고 있는 것을 절대로 이야기하지 않을거야."

나는 울려고 하지 않았다. 그런데 눈물이 자동으로 눈에서 흘러내렸다. 그리고 난 엉엉 울기 시작했고, 엄마는 침착하게 내 머리를 쓰다듬어 주었다.

머리에 떠오른 질문이 갑자기 나의 눈물을 마르게 했다.

"엄마, 왜 엄마의 증명서에 〈조국을 배반한 가족의 일원〉이라고 써 있어? 우리가 정말 조국을 배반한 사람들이야?"

엄마는 잠시 아무말 하지 않았다. 시간이 조금 지난 후 엄마가 대답을 하였다.

"아니. 얘야, 우리 중 어느 누구도 조국을 배반하지 않았어. 넌 이제 많이 컸으니 네게 설명을 해줄 수 있을 것 같구나. 하지만 지금부터 내가 이야기하는 것을 어느 누구에게도 이야기해서는 안 된다는 것을 기억해야 한다. 친구들에게도 이웃사람들에게도 어느 누구에게도 말이야, 알겠지?"

나는 고개를 끄덕였다. 나는 그걸 이제는 잘 이해했다. 엄마가 계속해서 말했다.

"네가 아주 어렸을 때 아빠가 어딘가로 간 것을 기억하니? 그때 아빠는 아빠가 원해서 간 것이 아니란다. 아빠를 민중의 적이라는 죄명으로 체포했고 마가단에 있는 유형소로 보냈다. 우리는 지도에서 그걸 찾은 적이 있어, 기억하지?"

어떻게 내가 기억하지 못할 수 있겠는가! 생각건대, 나는 어른들의 대화를 통해서 그 당시에 많은 것을 추측할 수 있었던 것 같다. 나는 엄마가 아빠가 오랫동안 오지 않을 것이지만 끝까지 아빠를 기다리자고 내게 말했던 것을 기억했다. 그리고 '그들'이 엄마마저 데려가서 마가단으로 보낼까 봐 무서워했던 것을 기억했다.

"아빠는 민중의 적이 아니잖아, 안 그래?"

"그럼! 아빠는 아무 잘못이 없어. 누군가가 아빠를 모함했던 것 같아. 어쩌면 아빠는 아빠보다 먼저 잡혀간 사람들을 도와주기 위해서 윗사람들에게 갔기 때문일 수도 있어. 그 사람들도 간첩도 적도 아니었거든. 아빠는 그걸 증명하려고 애썼어. 지금 유형소와 유배지에 그렇게 죄없는 사람들이 아주 많단다."

"우리도 그런 사람이야? 민중의 적? 그래서 그것을 소리내어 이야기해서 안 되는거야?"

엄마가 입술을 꼭 깨물고 고개를 끄덕였다. 엄마는 이런 이야기를 시작한 것을 후회하는 듯하였다. 하지만 난 거기서 멈출 수 없었다.

"그럼 페도시야 할머니 가족은 무슨 죄로 유배를 당한거야?"

"그런 것을 '사유재산 몰수'라고 하는 거야. 가족이 재산을 많이 가지고 있었어. 자신의 재산을 공동으로 사용할 수 있게 콜호스에 스스로 내놓지 않거나 이 어려운 시기에 일을 하지 않으려고 하는 돈 많은 농부들이 있는데. 그런 사람들의 재산을 모두 몰수하고 먼 장소로 가족을 함께 보내기도 해. 이들을 나쁜 의미의 말로 '쿨라크', 즉 부농이라고 해, 사실은 그들이 다른 사람들보다 농장을 더 잘 경영하였던 것 뿐이야, 마치 사벨리 할아버지처럼 말이야. 일하는 것을 두려워하지 않은 결과로 재산을 모을 수 있었지. 그런데 누군가가 한 사람의 재산을 몰수해서 다른 사람에게 주는 것이 좋겠다고 결정했어."

"하지만 페도시야 할머니 가족들도, 다른 사람들도 좋은 사람들이잖아. 그들은 우리가 적이라고 믿지 않잖아. 적이라면 아무도 친하게 지내려고 하지 않을 거 아니야? 그런데 이렇게 우리를 전부 도와줬잖아."

"물론이야, 엘랴. 똑똑하고 좋은 사람들은 모든 것을 이해해. 하지만 너도 느꼈을 거야, 그걸 그 사람들이 이야기하지 않는다는 것을 말이야. 그걸 반드시 기억하도록 해. 아마도 이야기할 수 있을 때가 올 거야. 하지만 지금은 주의하지 않는다면 엄청난 불행에 빠질 수 있어. 자신만이 아니라, 그 주변 사람들까지도. 기억할거지?"

나는 말없이 고개를 끄덕였다. 나는 그것을 평생동안 기억했다. 하지만 어쨌든 이것이 불공평하고 부정한 것이며 화가 나는 것이라는 생각은 오랫동안 나를 괴롭혔다. 난 정확하게 기억했다. 결코 아무에게도 이야기하지 않을 것이며, 모든 질문은 엄마에게만, 그것도 아무도 듣지 않을 때에만 할 것이라는 것을.

가을에 나는 학교에 입학했다. 대부분의 아이들이 알파벳을 공부하게 되는 일 학년 수업이 내게 아주 재미있었다고 이야기할 수는 없다. 〈읽기 연습을 위한 책〉의 단순한 문장의 단어 하나하나를 읽어가는 것은 전혀 재미없는 일이었다. 우리는 이 책을 가지고 해가 바뀌고 나서도 계속해서 공부했다. 자연과 사회 시간도 마찬가지로 나는 많은 것을 알고 있는 상태였다. 나는 이미 빠르게 책을 읽을 수 있었으며 수학 문제들도 쉽게 풀었다. 다 알고 있는 것을 다른 친구들처럼 오랫동안 두세 번의 절차를 밟아서 쓰는 것이 너무 지루하였다. 하지만 나는 가정교육의 습관에 따라서 노트 필기를 정확하게 잘 하려고 노력하였으며, 수업 시간에 선생님의 질문에 정확하게 대답을 하려고 애썼다.

나를 가장 힘들게 한 것은 글쓰기였다. 물론 노트의 사선에 맞추어 연필로 글씨를 쓰는 것은 누구나 할 수 있는 쉬운 일이다. 하지만 학교에서는 우리에게 깃털이 달린 펜촉과 잉크를 주었으며 그것으로 노트에 글자를 쓰는 것은 쉬운 일이 아니었다. 펜은 무슨 이유에서인지 종이에 계속 걸렸고, 노트에는 커다란 반점이 생기기 일쑤였다. 알파벳은 삐뚤빼뚤하였다. 나는 흥분하였고 그것 때문에 펜은 더욱 말을 안 들었다.

어느 날 엄마가 오리깃털 한 묶음을 가지고 와서 옛날에 그런 것처럼 펜나이프를 이용해서 한쪽을 뾰족하게 만들면서 왜 칼을 넣을 홈이 있어 접어 넣을 수 있는 작은 칼을 펜나이프라고 하는지 설명해 주었다. 엄마는 19세기에 사람들이 그랬듯이 내게 오리깃털 펜으로 글을 쓰고 그림을 그리는 방법을 가르쳐주었다. 하지만 오리깃털 펜으로 쓰는 것은 쇠로 된 펜촉으로 글을 쓰는 것보다 더 어려웠다. 절대로 힘을 주어서는 안 된다. 힘을 주면 펜이 망가져서 새로운 깃털을 필요로 하게 된다. 하지만 깃털은 많지도 않고 그걸 뾰족하게 만드는 것도 쉬운 일이 아니었다.

난 단순하게 아무런 의미없는 글자들만 쓰지 않았다. 나는 시베리아로 가는 편지를 쓰고 있었다! 엄마가 가지고 있는 시집에서 마음에 드는 시를 골라야 했다. 그리고 시베리아에 보내진 데카브리스트들에게 편지를 쓴다고 상상하였다. 첫째로, 모든 편지는 아주 정확하게 쓰여 있어야만 한다. 동시에 쓰는 동안 외우고 있어야 한다. 둘째로, 그곳에는 푸시킨이나 레르몬토프의 육필원고처럼 빈 곳에 펜으로 그림이 그려져 있어야 한다. 아름다운 시를 줄과 연을 맞추어 쓰는 것은 '우리 조국은 소비에트' 또는 '다샤는 훌륭한 낙농업자' 같은 문장을 쓰는 것보다 재미있는 일이다. 쉽게 미끄러지게 하면서 펜으로 시에 맞는 그림을 그리는 것은 더욱 재미있는 일이었다. 그래서 이 펜이 잘 쓰여지지 않는다는 것을 잊어버리곤 하였다.

나는 〈데카브리스트에게 보내는 편지〉를 많이 모았다. 이런 경험 뒤에 나는 쇠로 만든 펜촉을 사용해서 글씨를 쓸 때에도 아주 강하게 누르기 때문에 펜촉이 종이에 걸리게 하거나 얼룩을 만들게 하는 행동을 더이상 하지 않게 되었다. 한 학년이 끝나갈 무렵 글쓰기와 나는 친해졌을 뿐만 아니라 펜으로 그림 그리는 것을 오랫동안 좋아하게 되었다. 비록 내가 그림을 엄마만큼 아주 썩 잘 그리지는 못했지만 이 수업은 내게 아주 커다란 만족감을 주었다.

일 년 동안의 학교 생활은 나에게 새로운 세계를 열어 주었다. 정치에 대한 이야기와 가을에 유럽에서 시작된 전쟁에 대한 이야기를 하는 어른들의 대화가 내 귀로 들어왔다. 사실 이미 '히틀러', '불가침 조약', '파시즘' 같은 단어들이 다양한 모습으로 우리 생활 속에 들어와 있었다. 비록 어른들이 목소리를 낮추어서 아이들이 듣지 못하도록 노력을 하며 정치에 대한 대화를 하였지만 그 이야기들은 우리에게까지 전달되었다. 어른들은 학교에서 우리에게 이야기해주는 것만으로도 충분하다고 생각하였던 것 같다.

라디오는 어른들에게 정보의 가장 중요한 원천이었다. 벽에 고정되어 있는 검은색 접시 모양의 확성기는 중앙 지역의 모든 집에 있었던 것은 아니었다. 예를 들어서 우리 집에는 그것이 없었다. 그래서 집에 라디오가 없는 모든 어른들은 최소한 하루에 한 번씩은 공장 사무실에 들렀고, 그곳에는 뉴스 시간에 확성기가 늘 켜져 있었다.

우리 아이들은 나라에서 무슨 일이 일어나고 있는지 전혀 몰랐다. 하지만 학교에서는 〈만약 내일 전쟁이 일어난다면〉 또는 〈소총〉 같은 노래를 가르쳐주었다. 〈소총〉 노래의 후렴구에는 '난 너에게, 나의 총이여! 날카로운 검이 되어 도와줄게'라는 것이 있었다. 이것은 나를 아주 놀라게 하였다. 소총이라는 것은 멀리서 쏘는 것이다. 그리고 칼은 적이 가까이 있을 때 사용하는 것이다. 그런데 어떻게 둘을 같이 사용할 수 있을까? 그리고 총을 가지고 있는 군인들에게 왜 칼이 필요할까? 하지만 경험의 결과로 나는 질문을 하지 않았다. 선생님에게 질문해서는 안 된다는 것은 분명한 것이다. 하지만 집에서는 〈소총〉 노래보다 더 재미있는 것들에 대해서 엄마와 이야기하고 싶었기 때문에 다음 음악시간 수업 때까지 까맣게 잊고 있었다. 게다가 나는 우리 나라의 적에 대한 노래들과 〈행군을 떠날 준비를 하자〉와 같은 군가들의 노래 가사에 대해서 아주 진지하게 고민하지 않기로 했다. 우리 아이들의 삶에는 다른 모든 것을 잊게 해 주는 재미있는 것들이 너무 많기 때문이다.

14. 전쟁

　곧 전쟁이 시작될 것이라는 이야기를 나는 2학년이 끝나갈 무렵인 1941년 봄에 처음 듣게 되었다. 어른들은 저녁때 비밀 회의를 가졌다. 그곳에서 모스크바에서 온 어떤 편지들을 읽었는데 그 편지에는 긴장을 조성하고 혼란에 빠뜨리는 대화를 차단하고, 전쟁은 없을 것이라는 확신을 가져야 한다고 하였다. 왜냐하면 독일은 우리의 친구이기 때문에.

　마당에서 밤늦게까지 사람들은 이 편지에 대해서 토론을 하고 곧 전쟁이 시작될 것이라는 결론에 모두가 동의하였다. 사람들은 어쩌면 올해에 시작될지도 모른다고 생각하였다. 그리고 소금, 성냥, 비누 등을 모으기 시작했다.

그리고 6월에 전쟁이 시작되었다. 타체프 대신 새로 온 솝호스 위원장은 엄마를 '경고의 의미'로 해고하였다. 왜냐하면 유배를 당한 조국을 배신한 사람의 가족은 사회적으로 위험한 인물이기 때문이다! 사실 엄마에게 위험한 요소는 매우 많았다. 고등교육을 받았고, 다섯 개의 외국어를 할 줄 알며, 피아노를 칠 줄 알고, 그림을 잘 그리며, 혁명이 있기 전까지는 스몰느이 전문학교에서 교사를 하였고, 엄마의 어머니는 폴란드 여자이고, 엄마의 할머니는 스웨덴 여자이며, 엄마의 아버지는 러시아의 뼈대있는 귀족집안 출신으로 툴라의 무기공장에서 기술자로 일을 했다. 아마도 백군에서 복무를 하려고 했지만 그렇게 하지 못했을 것이다. 왜냐하면 그런 집안 출신의 남자들은(아버지 말고 할아버지도) 모두가 포병부대의 장교로 복무할 수 있었기 때문이다. 게다가 유배지로 보내진 발틱해 연안의 유대인에게 시집을 갔으니…….

엄마의 아버지는 이미 오래전인 1923년에 돌아가셨다. 즉, 소비에트 정권에 위험한 행동을 전혀 할 수 없었다. 엄마는 농업기사였지 군인이 아니었다. 게다가 어릴 때부터 뼈결핵으로 다리를 절고 있었다…….

하지만 그게 무슨 의미가 있을까! 경고는 해야만 했다. 큰 일을 하는 데에는 사소한 일들이 있기 마련이다. 그래서 우리는 다시 어딘가로 이사를 가야만 하였다.

난 같은 반 친구들과 헤어져서 알 수 없는 어딘가로 가야 한다는 것이 몹시 서운했다.

엄마를 위한 일자리는 우리가 있는 솝호스에서 거의 50킬로미터 떨어진 곳에 있는 찰도바르라는 곳에 있었다. 그곳에는 커다란 육가공공장 솝호스와 7학년제의 학교가 있었다. 젊은 남자들은 모두 전쟁터로 나갔고, 찰도바르의 학교에는 화학, 생물, 독일어를 가르칠 선생님이 없었다. 그래서 엄마는 농업기술을 전공하였지만 선생님으로 일을 하게 되었다.

우리는 찰도바르까지 황소들이 끄는 짐수레를 빌려서 밤 세워 갔다. 하지만 이번에는 빈손이 아니었다. 가구, 그릇, 다섯 마리의 암탉과 수탉 그리고 열 마리의 오리와 오리새끼들을 실었다. 이제는 완연한 이삿짐이었다!

우리가 도착하자 그곳에서는 교사용 관사와 동물들을 위한 헛간을 우리에게 배정해 주었다. 날씨가 따뜻했으므로 동물들은 밤에 잠만 헛간에서 잤다. 오리들이 놀 곳은 넓었다. 그곳에는 오리들이 수영할 수 있는 호수도 저수지도 없었지만 아침부터 오리들은 초원으로 산책을 하러 다녔다. 초원에는 다양한 메뚜기들이 어마어마하게 살고 있었다. 오리들은 메뚜기들을 먹었다. 저녁이 되면 오리들은 잔뜩 먹어서 앞쪽으로 튀어나온 모래주머니를 앞에 내세우고 집으로 돌아와서 물통으로 가서 물을 마신 후 헛간으로 자러 들어갔다. 오리들은 초원에서 실컷 먹이를 먹었기 때문에 오리들에게 따로 먹이를 줄 필요가 없었다.

너무나 다행이었다. 전쟁 중이라서 곡식을 사는 것은 불가능하였기 때문이다. 우리가 가져온 얼마 되지 않는 곡식은 닭들이 먹었다. 그리고 닭들이 곡식을 먹는 동안 우리는 이 닭들을 먹었다. 가을이 되었을 때 우리에게는 곡식도 닭도 남아있지 않았다.

9월 중순 무렵 볼가강 연안의 독일인 정착지로 솝호스의 일부를 옮긴다는 소문이 돌았다.

찰도바르에는 스피커에 연결되어 있는 라디오도 없었고, 신문도 오지 않았다. 라디오를 가지고 있던 사람들은 전쟁이 시작되었을 때 '특별한 장소'에 보관하기 위해 라디오를 내놔야만 했다. 그렇기 때문에 전쟁터에서 무슨 일이 벌어지고 있는지 아무도 알지 못했다. 전쟁터와 러시아 중앙 정부의 상황에 대한 소식을 간간히 들을 수 있었는데 그것은 누군가가 이 지역 중심지인 칼리닌스코예 마을이나 카라-발티역에 일이 있어서 갈 때 뿐이었다. 그것도 전쟁터에서부터 온 소식이 있을 때 뿐이었다. 그런 소식을 전해줄 기차는 한 달에 한 번도 다니지 않았다. 그렇기 때문에 독일군들의 움직임은 '갑자기' 많이씩 진행되었다. 다른 장소에서 계속해서 수집되던 소식들을 우리는 하루에 한꺼번에 알게 되기 때문이었다. 8월에 가져온 소식에서 우리는 우리의 군대가 거의 동시에 로스라블, 노보피르고로드, 키로보그라드, 코토프스크, 스타라야 루시, 스몰렌스크, 노브고로드, 킨기세프, 나르부, 니콜라예프, 크리보이 로그, 고멜 그리고 헤르손에서 철수했다는 것을 알게 되었다. 그건 무시무시한 소식이었다. 만약 이것들을 지도에 표시를 한다면 전선이 한 번에 안쪽으로 수

십 킬로미터를 움직였다는 것을 의미한다. 찰도바르에도 벌써 '전사통지서'와 병원에서의 편지가 오기 시작했다.

우리 학년에 새로운 학생 엘랴 베르그가 왔다. 엘랴는 전쟁이 일어나기 전에는 볼가강 연안 독일인자치공화국*의 수도 엥겔스 시에서 살고 있었다. 하지만 전쟁이 시작되면서 독일인자치공화국은 해체되었고, 모든 독일계 사람들은 중앙아시아와 시베리아로 강제 이주 당했다. 이 이주에 대해서 이야기할 때는 귓속말로 하였다. 마찬가지로 볼가강 연안, 크림, 카프카즈, 극동 지방에서 독일계 사람들뿐만 아니라 다른 민족의 사람들도 모두 강제 이주를 당하였다.

나는 엘랴와 금방 친해졌다. 반에서는 우리 둘을 한꺼번에 엘랴들이라고 불렀다. 엘랴는 내가 독일어를 할 줄 알고, 이 언어를 아주 좋아한다는 것을 알고는 기회가 될 때마다 그녀의 모국어로 나와 수다를 떨기 시작했다. 하루는 엄마가 우리 두 사람에게 학교에서 독일어로 수다를 떨지 말아야 하며 독일어를 잘 알고 있다는 것도 보여줘서는 안 된다고 이야기 하였다. 우리는 우리가 독일어로 이야기하는 것을 모두가 좋아하지 않을 것이라는 사실을 알게 되었고, 자신에게도 새로운 나쁜 일이 생기질 않기를 바랬다. 엄마는 동시에 내게 프랑스어로도 이야기할 줄 안다는 것을 보여줘서는 안 된다고 하였다.

우리는 엘랴가 하는 독일어와 내가 엄마와 함께 하는 독일어가 다르다는 것을 금방 알게 되었다. 볼가강 연안의 독일계 사람들

---

* 1918년에서 1941년까지 존재했다-옮긴이.

의 언어는 러시아가 아직 예카테리나 2세 치하에 있을 때인 150년 전에 첫 번째로 이주한 독일인들이 가져 온 것이다. 그렇기 때문에 엄마가 젊었을 때 배운 표준 독일어와는 다른 것이었다. 우리는 곧 표준 독일어와 볼가강의 사투리를 비교하는데 관심을 가졌고, 엘랴는 우리를 도와주었다. 저녁때마다 엘랴 선생님은 기쁜 마음으로 우리에게 왔고 우리는 독일어로 많은 이야기를 하였다. 엄마는 다양한 독일 동화와 역사에 대해서 이야기를 해 주었다. 엘랴는 자기가 살고 있던 지역의 이야기를 해 주었다.

엘랴는 나와 마찬가지로 공부를 잘하고 재미있어 하였다 그렇기 때문에 숙제를 하는데 그렇게 많은 시간이 필요하지 않았다. 그래서 우리는 다른 여러 가지 관심있는 일들을 함께 할 수 있었다.

9월 말에는 벌써 먹을 것에 문제가 생기기 시작했다. 처음엔 상점에서 공산품과 빵이 사라졌으며 다음엔 찰도바르 시장에서도 사라졌다. 우리는 다른 사람들과는 다르게 재배하는 채소가 없었다. 우리가 봄에 심었던 것은 '에피로노스'에 남아 있었고, 아마도 누군가가 우리가 심어 놓은 옥수수와 호박을 이미 땄을 것이다. 키르기즈에는 양배추와 감자가 자라지 않았다, 너무 더웠기 때문이다. 채소밭에는 옥수수, 호박, 양파, 마늘, 사탕무우, 가지, 고추, 메론, 수박이 자랐다. 하지만 물을 줄 수 있는 곳에서만 그것들이 자랐다. 물 문제가 심각하였다. 수로 관리자들이 군에 입대를 하였고 산에서 수로를 따라 내려오는 물을 관리할 사람이 없었기 때문이다.

전쟁이 있던 첫 여름 - 일반적으로 가장 건조한 기간 - 에 온 몇 번의 비가 생명을 지켜주었다. 그로 인해서 건지에서 이루어진 농업의 수확량은 꽤 좋은 편이었다.

9월에 밀을 추수하였다. 당시에는 콤바인이 아직 없었다. 그래서 반은 사람들이 직접 손으로 추수를 하였다. 낫으로 베어내거나 수확기로 베어낸 것들을 그 뒤를 쫓아가면서 사람들이 단을 묶었다. 밀단은 지붕이 있는 탈곡장으로 옮겨졌고 전기가 들어오는 곳에서는 탈곡기로 탈곡을 하였고, 그렇지 않은 곳에서는 도리깨로 탈곡을 하였다.

추수를 할 때에는 학생들도 모두 참여하였다. 고학년들 - 5~7학년 아이들 - 은 어른들을 도왔다. 여자아이들은 단을 묶는 것을 도와주었고, 남자 아이들은 그것들을 말을 이용해서 탈곡장으로 옮겼다.

밀단들을 다 옮기고 나면 밭에 어린 아이들이 나왔다. 우리, 1~4학년 아이들은 학교에서 수업이 끝난 후 알곡들을 주우러 다녔다. 아이들에게 빈자루가 주어졌고, 아이들은 수확을 할 때 떨어뜨린 알곡들을 빈자루에 채우기 시작하였다. 한 사람이 한 자루씩 채워야 했다. 자루를 채울 때까지 집에 가서는 안 되었다. 일은 별로 어렵지 않았다. 그냥 허리를 굽히고 모으기만 하면 되었다. 다만 자루의 반을 채우고 난 뒤 우리는 무릎을 꿇고 무릎으로 걸어 가거나 손을 짚고 가기 시작한다. 허리가 끊어질 것 같기 때문이다. 그리고 늘 배가 고팠다. 그 당시 학교에는 식당이 없었다, 아이들은 집에서 아침을 먹은 후 학교에 왔고, 학교가 끝나고 집에 가서 점심을 먹었다. 하지만 가을 추수기에는 수업이 끝난 후에 바로 집에 갈 수 없었다, 알곡들을 주으라는 지시가 내려오거나 우리를 아예 그곳으로 싣고 가기도 하였다. 한 자루를 채우기 위해서는 4~6시간이 필요하였다. 밭에서 집까지는 걸어가야만 하였는데(밭에 갈때만 차를 태워 주었다) 최소한 30분이 걸렸다. 대부분의 아이들에게 부모들은 먹을 것을 챙겨주지 않았을 뿐만 아니라 챙겨줄 수 있는 것도 없었다. 하지만 우리는 우리 나름대로 배고픔을 견디는 방법을 배웠다. 주위에 아무도 없을 때 몸을 구부리고 앉아서 재빨리 손바닥 위에 알곡을 놓고 두 손을 비빈 뒤 후 하고 껍질을 불어 날린 후 입 안으로 알곡들을 넣었다. 알곡이 든 자루를 받아들면서 어른들은 우리의 주머니를 검사하였다, 우리가 집으로 알곡들을 가져가는지, 우리가 공동재산을 훔치지 않는지.

만약 우리에게 오리들이 없었다면 전쟁이 있었던 첫 해의 겨울을 날 수 없었을 것이다. 엄마는 무엇이든 항상 잘 하였다. 우리 집은 가금류가 아주 잘 자랐다. 마을 사람들은 엄마가 마녀가 아닐까 하고 생각할 정도였다. 여름과 가을 동안 우리 집 오리들은 한 마리도 도망가지 않았으며, 잃어버린 오리들도 없었다. 10월이 되었을 때 그 수가 100마리에 달했고, 크기도 컸으며, 살도 찌고 튼튼하였다.

카라-발티에 있는 종합병원에 야전병원이 설치되었다. 그래서 카라-발티에서 유일하게 전 지역의 주민들을 치료하였다. 그리고 소아청소년 병원 하나가 전쟁이 시작 되기 바로 직전에 개

원을 하였다. 하지만 모든 마을에는 가축병원들이 있었다. 몇몇 커다란 동물병원에는 사람들을 위한 간호사들도 있었다. 키르기 즈에는 수의사가 일반 의사보다도 많았다. 왜냐하면 이곳 키르기즈에는 소, 양, 낙타, 당나귀들이 사람들보다 훨씬 더 많았기 때문이다.

10월 중순에 병원과 군대를 위해서 가금류와 송아지들을 매수하기 시작하였다. 살아있는 동물의 무게에 따라서 곡물 또는 돈으로 주었다. 엄마는 오리들을 전부 팔았고, 우리는 두 자루의 밀과 한 자루의 옥수수 그리고 얼마간의 돈을 받았다. 엄마는 돈을 쓰지 않고 두었다가 1월에 암소를 살 것이라고 하였다. 우리는 나중에 암소를 샀다. 하지만 완전히 성장한 암소를 사기에는 돈이 부족하였기 때문에 암소 뱃속에 있는 새끼 암소를 샀다(우리가 어떻게 뱃속에 있는 새끼 암소를 샀는가에 대한 이야기는 재미있는 이야기가 있지만 여기서는 이야기를 하지 않겠다). 상인들은 3월이면 새끼가 나올 것이라고 도시인들인 우리를 속였다. 송아지 코쟈프카는 상인이 말한것처럼 3월이 아니라 5월 말에 태어났다.

하지만 아직은 늦은 가을이었다. 11월에 이곳은 아주 추웠다. 바람도 많이 불고 비도 많이 왔다. 눈은 12월에 왔으며 그것도 매년 오지는 않는다. 그리고 1941년 11월 중순에 찰도바르에 몇 대의 짐수레가 여자들과 아이들을 싣고 왔다. 우리는 '피난민'이라는 새로운 단어를 알게 되었다.

처음에 도착한 짐수레에는 눈을 뗄 수 없을 만큼 아름다운 검은 눈의 여인이 보였다. 그녀는 날씬하였으며, 우아하였으며 하얀 꽃이 그려져 있는 노란 드레스에 하얀 샌들을 신고 있었다. 그녀에 기대서 여자아이가 하나 앉아 있었는데 엄마와 꼭 닮았다. 샌들을 신고 있는 아이의 두 발은 추위로 시퍼렇게 얼어있었다. 위에는 분홍색 드레스를 입고 있었는데 드레스 아래쪽은 치마 대신 통이 넓고 발목을 조여주는 바지가 붙어 있었다. 여자아이의 머리는 오래된 낡은 손수건으로 묶여 있었다. 비를 피하기 위해서 엄마와 딸은 자루를 머리에 썼다. 가져온 물건은 아무것도 없어 보였다. 이들은 벨로루시에 있는 보브루이스크에서 왔다고 하였다. 이들은 파시스트를 피해서 왔다. 군대가 한 쪽에서 도시로 들어왔을 때 이곳 사람들은 다른쪽으로 도망을 나왔다. 그리고 네 달 반이 걸려서 키르기즈에 도착을 하였다.

찰도바르 사람들은 그들을 위해서 각자 조금씩 물건을 가져왔다. 며칠이 지난 후 여자 아이는 - 아이의 이름은 가비(가브리엘라)였다 - 우리 3학년 반으로 들어왔다. 가비는 많이 뒤쳐졌고, 나는 엘랴 베르그와 함께 그녀의 공부를 도와 주었다. 그런데 가비의 엄마가 병이 들어서 늘 기침을 하였다. 감기를 계속 앓았다. 봄이 되었을 때 그녀는 피를 토하며 기침을 하기 시작했고, 그녀가 폐결핵에 걸렸다는 것이 모두에게 알려졌다.

가비의 아빠는 전쟁터에 갔고 일정 기간 동안 그들이 어디에 있는지 알지 못하였다. 하지만 나중에 이들은 서로가 어디에 있는지 알게 되었고, 아빠는 전쟁터에서 그리고 나중에는 병원에서 그들에게 편지를 쓰기 시작하였다. 5월에 아빠가 찰도바르에

왔다. 그는 손가락 두 개를 절단하는 부상을 당하고 군에서 제대를 하였다. 하지만 외모는 완전히 건강한 모습이었다. 가비의 엄마는 남편이 돌아온 지 일주일 만에 세상을 떠났다. 사람들이 말하길 딸을 맡길 사람이 있다는 것에 안심하고 죽었다고 하였다.

아내의 장례를 치르고 3일이 지난 후 아빠는 가비를 고아원으로 데리고 갔다. 우리 마을의 여자들은 이러한 행동을 잘했다고 칭찬하였다. "어떻게 남자 혼자서 아이를 키울 수 있겠어?" 하지만 가비와 함께 공부를 하던 우리 3학년 아이들은 이것이 마음에 들지 않아서 투덜거렸다. 우리는 그가 비록 부상을 당하고 훈장을 받은 장교라고 하여도 그는 파시스트와 같이 나쁜 사람이라고 하였다. 우리는 길에서 마주친 그에게 그렇게 말했고, 깨끗하게 닦은 그의 구두를 더럽히려고 그에게 침을 뱉었다. 그는 3학년 아이들이 장교를 못살게 군다고 교장 선생님에게 일렀다.

처음엔 소년단 지도부에서 우리를 비판하였고 나중에는 담임 선생님이 야단을 쳤다. 우리는 그렇게 하면 안 되는 것에 수긍을 하였지만 그는 아주 나쁜 사람이라는 생각은 버리지 않았다. 그래서 학부모 회의가 시작되었다. 부모님들은 책상에 앉아 있었고, 우리는 벽쪽에 서 있었다. 우리를 다시 야단 쳤다. 이제는 부모들이 야단을 쳤다. 하지만 엄마가 우리 편을 들어주었다. 엄마는 처음에 거의 옷을 입지 않고 있는 두 사람을 짐마차에서 보았던 충격적인 장면을 떠올렸다. 그리고 사람들이 그들을 위해서 옷을 모았던 것, 먹을 것을 잔뜩 모아 주었던 것을 기억했다. 장교의 가족에게 음식을 제공하라는 증명서가 아직 오지 않았기 때문이었다. 그런데 이렇게 아빠가 살아있는데도 불구하고 딸을 고아로 만들어 고아원에 보낸다니. 엄마는 어쩌면 그는 훌륭한 군인일지 모르겠지만 일상생활에서 자신의 책임에 대해서 겁을 먹은 것이다라고 하였다.

"그의 행동은 나쁩니다. 아이들은 우리 어른들보다 먼저 그것을 느낀 것입니다." 엄마가 말했다.

우리는 학교에서 쫓겨나지 않고 다니게 되었다. 하지만 엄마는 자신의 행동에 대해서 책임을 져야 했다. 며칠 뒤에 지역교육위원회에서 학교로 감사위원들이 왔다. 엄마가 하는 화학 수업을 참관하였다. 수업 주제는 〈일산화탄소〉였다. 엄마는 '화학 시간에 사회주의적 행동의 열정이 없다'는 죄목으로 퇴직당했다.

엄마는 사회주의적 행동과 일산화탄소가 어떤 연관이 있는지 알지 못하였다. 그럼에도 불구하고 집을 비워주어야 했고, 찰도바르에서 이사를 가야만 했다.

15. 마나스치

어디로 가야하고 어떻게 살아야 할까?

하지만 이번이 처음이 아니었다. 우리는 짐마차를 빌려서 물건들을 실었고, 거기에 암소를 맸다. 그리고 '에피로노스'로 떠났다. 어쩌면 전에 알던 사람들 중 누군가가 우리를 잠시 동안은 챙겨주지 않을까?

우리가 살았던 상부 지역 마을 사람들이 학교에 가지 않아도 되는 방학 동안 살 수 있는 곳을 마련해 주었다. 우리 암소는 전과 마찬가지로 쿠프라노프 씨네 집 가축들과 함께 두었다. 우리는 살림살이와 함께 비어있는 창고에 자리를 잡았다. 바라크에는 비어있는 집은 없었다.

나는 찰도바르에서 이미 학년을 끝냈고, 3학년 성적표를 받아든 상태였다.

엄마는 중앙 지역에서 일자리를 얻게 되거나 거기서 멀지 않은 곳에서 일을 얻는다면 내가 1학년을 다녔던 학교에 가을부터 다닐 수 있을 것이라고 하였다. 하지만 지금은 방학이었다. 엄마는 일자리를 찾기 위하여 지역의 여러 기관들을 돌아다녔으며 생계를 위해서는 바느질을 하였다. 엄마는 몸의 치수를 재고 본을 뜬 후 재단을 하고 외투, 셔츠 또는 드레스를 만들었다. 미싱이 없었기 때문에 직접 손으로 바느질해서 만들었다. 나는 엄마를 도와서 바느질을 했다. 네 살때부터 어마는 내게 바느질을 가르쳐 주었다. 처음에는 조심스럽게 한땀 한땀 하는 것을 배우고 다음에 울랴샤가 바느질 하는 것을 가르쳐 주었고 감치기를 알려주었다. 1942년 8월에 나는 열한 번째 생일을 맞이하였다. 그러므로 나는 바느질을 나쁘지 않게 하였다. 엄마는 항상 일을 많이 하였다. 그래서 우리가 입는 옷을 깁거나 감치기를 하는 것은 오래전부터 나의 일이었다.

암소 코쟈프카를 풀밭으로 내 보낸 후 엄마는 나갔다 저녁때 돌아오면서 리표쉬카를 가져오거나, 구운 비트 몇 개를 가져 오는 등 먹을 것을 조금씩 가져왔다. 엄마는 지역위원회에 가서 자신의 장애인 증명서를 보여주었고, 일이 없는 동안 장애인에게 주는 적은 금액의 연금을 받을 수 있었다. 하지만 아주 적은 돈이었다.

엄마는 일을 찾는 것을 멈추지 않았고, 나는 엄마를 도와서 어딘가에서 아르바이트를 할 수 없을까 고민을 하였다. 마을을 돌아다니면서 구걸을 하는 것은 너무 창피한 일이었다. 아직 우리는 굶어죽을 정도는 아니지 않은가! 무엇을 할 수 있을까? 우리가 찰도바르로 떠난 후에 나는 키르기즈어로 이야기할 기회가 없었다. 엄마는 언어를 잊어버리지 않게 하기 위해서 키르기즈어로 되어 있는 몇 권의 책을 샀는데 그 중에 구전되던 것을 정리하여 인쇄한《마나스》가 있었다.

내가 맨처음 마나스치가 하는 이야기를 들었을 때에는 키르기즈어를 그렇게 잘 알고 있지 못했다. 하지만 그 다음에 여러차례 들으면서 이해를 하려고 노력하였다. 멜로디를 기억했다.《마나스》의 내용을 책을 통해서 외우게 되면 내가 마나스치가 될 수 있을 것이라 생각했다.

나는 오랫동안 준비를 하였다.

그러던 어느 날, 엄마가 일을 찾으러 나갔을 때 나는 책을 들고(외우고 있었지만 만약을 대비해서!) 키르기즈인들로 구성된 콜호스 카프탈-아리크로 갔다. 그곳은 산쪽으로 10킬로미터 정도 떨어져 있는 곳이었다.

나는 여정의 일부는 같은 방향으로 가는 짐수레를 얻어 타고 갔다. 점심 때 무렵 나는 키르기즈인 마을에 도착하였다. 거리를 따라서 높은 담인 두발이 줄지어 있었다. 집도 보이지 않았고 사람도 보이지 않았다. 내 옆을 키르기즈인 한 명이 말을 타고 지나가고 있었다. 나는 큰 소리로 물었다. "아따, 아이뚜 가이다 믄다 콘토라?(아버님, 여기 사무실이 어디 있나요?)" 그가 대답했다. "칸트 발라, 이렇게 컸구나!" 그리고 나를 들어서 자신의 안장에 앉혔다. 맙소사, 소손바이였다. 이 지역 키르기즈족 족장이며 상부 지역 마을에 살았던! 바로 이 사람 덕분에 모든 키르기즈인들이 나를 '칸트 발라'라고 불렀던 것이다! 바로 이 소손바이가 우리가 이곳 상부 지역에 처음 왔을 때 엄마에게 "딸 아이는 걱정 말아요, 모든 유르트에서 아이를 돌봐줄거예요. 원하는 곳을 다니게 해요, 아무도 못되게 굴지 않을 거예요."라고 이야기를 했었다. 말을 타고 가는 동안 나는 그에게 우리가 '에피로노스'로 돌아왔으며, 엄마는 지금 일을 하지 않고 있으며, 나는 사람들에게 《마나스》를 들려주고 싶다고 하였다.

소손바이는 나를 사무실로 데리고 갔다 그곳에는 몇 명의 남자들이 있었다. 그는 나를 소개해 주었다. "얘가 칸트 발라야, 전에 내가 이야기했잖아. 지금은 어린 마나스치지. 저쪽으로 가서 한번 들어보자고."

반대편에는 찻집이 있었다. 그곳에는 나이 많은 사람들이 앉아서 차를 마시며 이야기들을 하고 있었다. 내게 말하길 《마나스》의 첫 번째 장을 노인들과 사무실 근무자들 앞에서 불러야 한다고 하였다. 그러면 대중 앞에서 부를 수 있을지 결정을 할 것이라고 하였다.

무릎이 덜덜 떨렸다. 시험이네! 첫 장은 가장 짧지만 한 시간 반 정도 불러야 한다. 갑자기 목소리가 잠기면? 이들 마음에 안

들면 어떻게 하지? 소손바이는 내 머리를 쓰다듬으며 조용히 말했다.

"걱정마, 아무도 네게 못되게 굴지 않을거야."

우리는 찻집으로 들어갔다. 그리고 거기에 있는 사람들에게 인사를 하였다.

가장 나이든 어르신이 소손바이에게 물었다. "우리가 뭘 도와줘야 하지, 족장?"

"어르신들 들어봐주세요, 이 작은 마나스치가 하는 노래를. 제 생각에 아주 잘 하는 것 같아요." 그리고 나를 앞쪽으로 밀었다.

나는 할아버지들에게 고개를 숙여 인사를 하고 미리 준비한 말들을 하기 시작했다.

"저를 용서하세요, 어르신들. 진짜 마나스치가 노래를 하는 것을 저는 4년 전에 들었어요. 그리고 내용은 이 책을 통해서 외웠어요. 들어봐주시고요, 제대로 했는지 말씀해 주세요."

손과 다리가 덜덜 떨렸지만 목소리가 떨리지 않도록 깊게 숨을 들이 마신 후 숨을 내쉬면서 첫 번째 문장을 노래하기 시작했다. 소손바이를 쳐다보았다. 그는 격려하듯 미소를 띠었다. 두 번째 문장은 조금 쉽게 시작하였다. 낯선 사람들의 엄격한 눈을 보고 놀라지 않기 위해서 눈을 감았다. 그리고 《마나스》에 대해서만, 그 역동적이고 아름다운 문장들만을 생각하려고 노력하였다. 복잡하지 않은 멜로디가 이야기를 이끌어 나갔다. 마치 내 몸 깊숙한 곳 어딘가에 있다가 나오듯이 문장들이 하나씩 생각났다. 나는 마치 아무도 의식하지 못하는 듯 그렇게 노래를 하고 있었다.

　내가 눈을 떴을 때 소손바이가 내게 멈추라는 신호를 하였다. 하지만 난 문장을 중간에 끊는게 아쉬웠다. 나는 한 연을 끝까지 부른 후 멈추었다. 거의 한 시간 동안 나는 노래를 불렀다. 이 시간 동안 모두 내 노래를 들었단 말인가?!

　"넌《마나스》를 아주 잘 아는구나. 어디에서 왔다고?" 중앙에 앉아있던 엄하게 생긴 할아버지가 말했다.

　"지금은 '에피로노스'에서 왔어요. 전에는 모스크바에서 살았어요. 벌써 오래전부터 이곳에 살고 있어요……." 그리고 나도 모르게 말을 덧붙였다. "얼마나 더 살지 모르겠어요."

　"왜 마나스치가 되려고 결심했냐?"

　"제가 할 수 있는 것이 거의 없어요. 그냥 엄마를 도와서 돈을 벌고 싶었어요. 그래서 이렇게《마나스》를 불러 볼까 하고 생각을 한 거예요. 저도 마나스치는 보통 남자가 한다는 것을 알고 있어요. 하지만 지금은 전쟁 중이잖아요. 모든 남자들은 전쟁터로 갔잖아요……." 난 갑자기 말을 하다가 멈추었다. 내가 한 말이 여기에 앉아있는 남자들에게 기분 나쁘게 하지 않았을까? 하지만 그들은 나를 정확하게 이해를 하였고, 화를 내지도 않았다.

　"그래, 네 말이 맞다. 건장한 사람들은 모두 전쟁터로 갔지. 우리는 요즘 아이들의 교육에 대해서 생각을 해야 한다. 만약 그 아이들이《마나스》를 듣지 못한다면 그 아이들은 소비에트 정권과 전쟁에 관한 노래만 듣고 자랄 것이다. 그게 올바른 것은 아니지. 그 아이들에게 네가《마나스》를 들려주면 좋을 것 같다."

노인들 중 한 명이 말했다.

　"이 아이는 학교를 가야해요. 그러니까 마나스치처럼 마을을 다니면서 노래를 해줄 수 없다는 거죠. 한 마을에서 다른 마을까지는 수 킬로미터를 가야 해요. 아이는 학교에 다니며 수업을 해야만 해요." 사무실 직원이 대화에 끼어들었다.

　난 절망에 빠졌다. 그러니까 난 돈을 벌수 없고 그래서 엄마를 도울 수 없다는 것이다.

　소손바이가 내게 미소를 보이며 말했다.

　"걱정 말거라. 우리가 방법을 생각해 볼게. 너는 잠시 저쪽에 앉아 있거라. 네게 차와 리표쉬카를 줄거야."

　나는 바로 마음이 놓였다. 소손바이는 빈말을 하지 않는 사람이었다. 나는 멀리에 있는 탁자로 가서 기쁜 마음으로 차를 마시고 옥수수가루로 만든 리표쉬카를 먹었다. 남자들은 차분한 목소리로 대화를 나누었다. 그리고 그중 한 명이 일어나더니 어딘가로 갔다. 나갔던 그 사람은 금방 돌아와서는 나를 탁자 쪽으로 부르는 신호를 하였다.

　"《마나스》를 아주 잘 불렀어." 내가 다가갔을 때 노인이 내게 말했다. "하지만 넌 여자야, 게다가 아직 어리고. 우리는 너 혼자서 마을을 다니게 할 수 없어. 하지만 우리 아이들 대부분은《마나스》를 전혀 들어보지 못했거나 알아도 아주 조금밖에 몰라, 너처럼 그렇게 잘 알지 못한다. 그래서 우리는 다음과 같이 결정을 하였다. 너는《마나스》를 부를 수 있다. 하지만 진짜 마나스치처럼 그렇게 마을에서 마을로 다니면서 노래를 할 수 없다. 너는 네가 살고 있는 숍호스에서 살고, 학교를 다닌다. 대신 각 마을에서 한 달에 한 번 사람들이 이곳으로 올 것이다. 그리고 너를 부를 것이야. 그들의 아이들이 《마나스》를 들을 수 있도록 말이야. 어쩌면 네가 그 아이들을 책으로 가르치거나 러시아어로 번역을 해줘야 할 지도 모르겠다. 지금 여기에는 아주 많은 러시아인들이 살고 있다. 우리는 그들도 우리의 《마나스》를 알고 이해하기를 원하거든. 네가 무엇을 할 것인지는 각 마을에서 스스로 결정을 할거다. 그리고 네가 일한 것에 대한 보상도 그들이 스스로 결정을 해서 지불할 거다. 넌 아침에 갔다가 그날 반드시 집으로 돌아오게 될거야."

"네 엄마가 걱정을 하지 않도록 말이다." 소손바이가 덧붙였다. "그리고 너는 혼자 가는 것이 아니라 우리들 중 누가 너와 함께 할 거야. 그렇게 하면 너를 아무도 건드리지 못할 거야. 이제 하나만 남았다 네 엄마가 반대를 하는지 안 하는지 말이다."

나는 그 부분에 대해서 걱정을 많이 하였고 아무 말 못했다. 어쩌면 소손바이가 엄마를 설득해 주지 않을까?

한편 소손바이가 일어서더니 다른 사람에게 고개를 숙여 인사를 한 후 내가 한 일에 대해서 좋은 평가를 해준 것에 대해서 고맙다고 인사를 했다. 나는 이제 인사를 해야 한다는 것을 알았다. 그래서 나도 고개를 숙여 인사를 하며 모든 사람들에게 감사를 드렸다.

우리는 밖으로 나왔다. 소손바이는 자신의 말 안장 위로 나를 앉혔다. 그리고 마을을 지나갔다. 누군가의 마당 앞에서 멈추어 섰다. 항상 그렇듯이 진흙으로 만든 담 뒤로는 아무 것도 보이지 않았다. 소손바이는 나를 말 위에 남겨 둔 채 어딘가로 서둘러 갔다. 그는 마당 안으로 들어갔다 잠시 뒤 크지 않은 자루를 가지고 나왔다. 그것을 안장에 얹었다. 그리고 우리는 지금 '에피로노스'로 간다고 간단히 말하고 말을 몰았다.

우리는 금방 도착하였다. 엄마는 어떤 아줌마와 함께 우리를 맞아주었다. 그 아줌마에게 엄마는 방금 만든 원피스를 주었다. 엄마는 소손바이와 기쁘게 인사를 하였다. 내가 그의 안장에 앉아있는 것에 놀라지도 않았다. 소손바이는 여러 숍호스의 키르기즈 작업조의 일들을 책임지고 있었고 그를 '에피로노스' 숍호스의 상부 지역, 카프탈-아리크 그리고 중앙 지역에서 보는 게 어려운 일이 아니었던 것 같다.

소손바이는 서둘러 나를 안장에서 내려주었다. 그리고 공손하게 엄마에게 고개를 숙여 인사를 했다.

"여기 당신의 딸을 데리고 왔어요. 훌륭한 마나스치예요. 훌륭해요. 그리고 여기 일당이예요."

엄마는 이해할 수 없다는 듯 나를 쳐다봤다가 소손바이가 엄마에게 내민 자루를 쳐다봤다가 했다.

"받아요, 다른 뜻 없어요. 칸트 발라가 정직하게 일한 거예요. 쉬도록 해 주세요. 저녁이네요. 내일 와서 이야기를 해드릴게요."

소손바이는 안장에 뛰어 오르더니 우리가 무어라 말하기도 전에 쏜살같이 멀어져갔다.

엄마는 나한테서 자루로 자루에서 나한테로 시선을 계속 옮겼다. 마침내 엄마는 자신이 말할 수 있다는 것을 알게 되었다.

"엘랴, 이게 뭐냐?"

"나도 몰라. 소손바이 아저씨가 준거야."

"나도 모른다는게 무슨 말이냐? 너 어디서 그를 만난거냐?"

"엄마, 제발 흥분하지 말아." 나는 이야기를 시작하였고 엄마는 가슴을 부여잡았다.

"또 무슨 일이 있었냐?" 갈라지는 목소리로 엄마가 물었다. 나는 엄마가 더 놀라지 않도록 빨리 모든 것을 이야기할 필요가 있다는 것을 알았다.

"아무 일도 없었어. 난 그냥 카프탈-아리크를 가다가 소손바이를 만났어. 그래서 난 그냥 마나스치로 일할 수 있는지 《마나스》를 한번 불러보고 싶다고 했어. 거기서 할아버지들 몇 명이 내 노래를 들었고 칭찬을 해 주었어." 엄마의 얼굴색이 정상으로 돌아오는 것을 보고 나는 한쪽 손으로 엄마를 잡아 끌고 다른 손으로는 자루를 들고 우리가 사는 쪽으로 서둘러 움직여 갔다. "엄마, 집으로 가자. 가서 다 이야기해줄게."

내가 하룻동안의 모험에 대해서 이야기를 하는 동안 엄마는 물어보는 것 하나 없이 끝까지 들었다. 그리고 나는 내가 일해서 번 것이 무엇인지 알아보기 위해서 자신있게 자루를 열었다. 자루 안에는 옥수수알 한 양동이 정도와 바로 구운 듯한 커다란 리표쉬카 몇 개가 있었다. 엄마는 손으로 내 머리를 쓰다듬어주기만 하였다.

"아, 엘랴, 네게 무슨 말을 해야할지 모르겠구나! 울어야 할지 웃어야 할지……. 어떻게 넌 그런 행동을 할 생각을 한거냐, 나하고 한 마디 의논도 없이?"

난 잘 이해를 못했다. 엄마는 그렇게 만족한 상태가 아닌 것 같았다.

"엄마, 난 엄마를 도우려고 했을 뿐이야……. 엄마 혼자서만 일하지 않도록 말이야. 이건 엄마가 일을 찾지 못하는 동안만 이렇게 할 거야. 게다가《마나스》를 부른다는 것에 무슨 잘못이 있는 것도 아니잖아, 그러니 엄마는 그걸 못하게 할 수 없어."

"물론 나는 네가 그렇게 하는 걸 원하지 않아. 마을을 다니면서《마나스》를 부른다고, 그것도 키르기즈인들한테! 그 사람들이 너보다 훨씬 더 자신들의 서사시를 알지 않겠어!"

"바로 그렇지 않다는 거야! 대장 할아버지가 말하길 키르기즈 아이들은 나만큼《마나스》를 알지 못한다고 했어. 그리고 아이들이 소비에트 권력에 관한 노래만을 아는 것을 원하지 않는데. 그래서 나한테 여러 곳을 다니면서《마나스》를 노래하거나 아이들에게 책을 가지고 가르쳐주라고 했어……. 엄마가 허락을 해준다면 말이야." 소손바이의 말을 기억하고는 죽어가는 목소리로 말을 더했다.

"어림없는 생각이야." 엄마가 냉정하게 말했다 하지만 실망한 내 눈빛을 보고는 말을 덧붙였다. "내일 소손바이가 와서 이야기를 하자고 했으니 일단 그 사람들이 어떤 생각을 하고 있는지 들어보자."

다음날 엄마에게 말하길 중앙 지역의 원료 접수를 하는 나이든 아줌마의 아들이 전쟁터에서 크게 다쳤다고 하였다. 그는 코스트로마*에 있는 병원에 입원했고 아줌마는 아들에게 갔다. 우리는 가슴 아파하며 힘없이 크게 한숨을 내쉬었다. 그녀는 좋을 것이다. 그녀는 자유롭다. 러시아에 갈 수도 있고, 아들은 비록 다쳤지만 살아있다……. 우리는 아빠에 대한 소식을 하나도 모르고 집으로 돌아갈 수도 없다……. 하지만 동시에 이것은 중앙 지역에 수납원 자리 하나가 빈다는 것을 의미하였다. 어쩌면 엄마가 그 자리에서 일하게 될 지도 모른다.

엄마는 서둘러 중앙 지역으로 갔다. 솝호스 위원장은 유배당한 사람들을 불쌍하게 여기지는 않았다, 하지만 그는 일꾼으로서 엄마가 일을 잘 했다는 것을 기억했고, 그렇기 때문에 엄마를 채용하였다. 원료 수납원의 일은 물론 엄마의 전공과는 전혀 관련이 없었다, 하지만 선택의 여지가 없었다. 공무에 유배자들을 채용해서는 안된다는 명령서는 여전히 유효하였다, 하지만 찰도바르 학교에서 해직된 이후에 다른 곳의 학교에 취직을 한다는 것은 불가능하였다.

우리는 다시 이사를 해야만 하였다. 다만 우리는 많은 사람들이 우리를 알고 좋아하는 곳으로, 잘 아는 학교가 있는 곳으로 간다는 것 그리고 예전의 친구들을 만날 수 있다는 것에 기뻐하였다. 소손바이는 우리의 소식을 듣고 짐을 싸는 것을 도와주고 우리 이삿짐을 중앙 지역으로 싣고 갈 수단을 알아봐 주었다. 우리

---

* 모스크바에서 북동쪽으로 약 300km 떨어진 곳에 있는 도시로 키르기즈에서는 북서쪽으로 약 3,000km 떨어진 곳에 있는 도시-옮긴이.

는 상부 지역 마을을 떠났다. 엄마에게는 이제 일이 있었으며, 나는 오래전 그 친구들이 있는 교실로 돌아가게 되었다. 나중에 엄마가 〈칸트 발라 - 마나스치〉라고 기억한 이야기는 더이상 계속될 수 없었다.

16. 소년단원

어느덧 1942년이 지나가고 있었다. 전쟁은 계속되었고, 우리에게는 누가 죽었다는 소식, 식료품이 부족하다는 이야기, 새로운 피난자들에 대한 이야기가 들려왔다. 파시스트들의 공격을 모스크바 근교에서 우리의 군대가 멈추게 하였지만 러시아의 절반이 이미 처참한 전쟁을 겪었다. 어른들은 멀리 있는 레닌그라드 봉쇄에 대해서 걱정을 하였고, 7월이 되었을 때 우리는 오랫동안 지키려고 애썼던 세바스토폴이 적에게 넘어갔다는 소식을 들었다.

일 때문에 카라-발티에 갔던 사람들은 뉴스를 가지고 왔다. 그곳에는 피난민들과 카프카즈에서 이주한 체첸인들과 카라차이인들이 아주 많이 있다. 시장에서의 물건들은 가격이 치솟아 있었다. 돈은 아무런 의미가 없었다. 모든 거래는 물물교환으로 이루어졌다. 말하길 우리는 그나마 다른 지역보다는 낫다. 우리는 밭도 있고, 누구에게는 양도 있으며 닭도 키우고 오리들도 초원에서 키우고 있으니 말이다. 하지만 카라-발티에서는 이미 기아가 시작되었다. 그곳 사람들은 모두 식료구매권을 가지고 있었지만 그것을 가지고도 식료품을 살 수 없는 경우가 많다고 하였다.

이사를 하고 나는 곧바로 학교에 다니기 시작했다. 비록 전쟁터에서 오는 소식은 점점 희망을 잃게 만들었고, 물자와 식료품 사정이 점점 더 안 좋아졌지만 예전 한 학년 친구들과 만난다는 기쁨은 전쟁과 공포스러움에 대한 생각을 잊게 만들었다. 먹을 것은 전적으로 이곳 밭에서 나는 것들에 의존해야만 하였다. 하지만 올 여름은 지난 여름과는 달리 건조하였다. 그래서 수확이 그렇게 좋은 편이 아니었다. 게다가 우리는 밭이 전혀 없었다. 또다시 우리의 밭은 우리가 채소를 심었던 찰도바르에 남아있었기 때문이다.

나는 하루가 다르게 키가 크고 있었으며 늘 배가 고팠다. 하지만 옷과 신발을 구할 수가 없었다. 일을 잘해서 돈을 잘 버는 사람들조차 물건을 사기 힘들었다. 상점에는 말 그대로 물건이 없었다. 솝호스뿐만이 아니라 카라-발티 전체에 물건이 없었다. 그렇기 때문에 사람들은 엄마에게 예전처럼 옷을 만들어 달라거나,

고쳐 달라거나 하였고, 비용은 그때그때 다르게 지불되었다. 어떤 사람은 밭에서 난 농작물을, 어떤 사람은 닭을, 어떤 사람은 물건을 가져왔다.

내가 입을 옷의 경우는 천들을 대서 만들거나 어른들 옷을 가지고 만들면 되었지만 내가 신을 신발은 전혀 방법을 찾지 못하였다. 엄마는 내가 겨울에 무엇을 신고 다닐 수 있을지 고통스럽게 생각을 하였다. 여름 동안 나는 키가 훌쩍 자랐던 것이다. 하지만 늘 그렇듯이 이것은 한 순간에 해결이 되었다. 엄마는 단지 일을 하면서 이웃에게 넋두리를 한 번 했을 뿐이었다. 엄마는 딸이 키가 쑥쑥 자라고 모든 게 다 작아졌다고 하였다. 다음 날 이웃은 우리에게 이치기를 가져왔다, 그 장화는 누군가의 아이가 신다가 작아진 것이라고 하였다. 그리고 조금 뒤에는 내게 가죽을 덧댄 따뜻한 펠트 장화가 생겼다. 그리고 코가 굽어있고 화려한 수 장식이 있는 부드러운 펠트화도 생겼다. 엄마는 거의 새것과 같은 이 물건들을 공짜로 받고 싶어하지 않았다. 하지만 엄마에게 사람들이 말하였다. "우리 노인들에게 읽는 것을 가르쳐 주고 서류를 작성하는 걸 도와주면서 돈을 받았어요? 안 받았잖아요. 우리가 아이한테 선물 하나 할 수 없다는 거예요? 받아요, 우리를 부끄럽게 만들지 말고!"

10월에 우리 4학년 아이들은 소년단에 가입할 준비를 하였다. 우리는 소련 소년단의 규칙과 소년단 노래를 배웠다. 첫 번째 모임에서 우리는 소년단원은 모든 아이들의 모범이 되어야 하고 그렇기 때문에 훌륭한 어린이만이 소년단원이 될 수 있다고 하는 이야기를 들었다. 우리는 미리 엄마의 머릿 수건으로 훈련을 하면서 소년단 넥타이 매는 법을 열심히 배우며 자랑스러워했다.

행사날이 되었다. 10월 혁명 기념행사가 있는 11월 7일* 바로 전날이었다. 우리를 복도 한편에 일렬로 줄을 세웠고 그 맞은 편에는 7학년생 소년단 단원들이 줄을 섰다. 나팔 소리가 들리고 깃발이 들어왔다. 나이든 소년단 단장이 연설을 하였다. 단장은 우리가 이제 단순한 어린이들이 아니며, 단순한 학생들도 아니라고 하였다. 우리는 전인류의 밝은 미래를 위해서 스탈린 동지를 지도자로 두고 있는 공산당을 앞장서서 도와야만 한다. 이렇게 전쟁이 계속되는 동안에도 우리는 경계를 늦추지 말고 우리가 적을 이길 수 있다는 것을 믿고 열심히 공부와 노력봉사로 우리나라를 도울 수 있다는 것을 믿어야 한다고 하였다. 다음에 소년단 단장의 말을 따라하며 우리는 한 목소리로 맹세를 하였다.

"나, 소비예트연맹 사회주의 공화국의 신입 소년단원은 노동자계급의 투쟁과 전세계 노동자들의 해방, 사회주의 사회 건설을 위해서 노력할 것을 동지들 앞에서 엄중하게 선서한다. 일리이치**의 유훈과 소년단원으로서의 행동규칙을 잘 지키며 회피하지 않고 정직하게 수행한다."

그해에 공산청년동맹에 가입하게 되는 7학년 학생들이 우리에게 붉은색 넥타이를 매 주었다. 이제부터 우리는 늘 이 넥타이를 매고 학교에 다닐 것이다. 함성이 울려퍼졌다.

---

* 1917년 10월 혁명은 러시아 구력으로 10월 27일이며 양력으로는 11월 7일이다 - 옮긴이.
** 러시아 혁명을 성공시킨 레닌을 일컫는 말이다-옮긴이

"젊은 레닌주의자들이여! 레닌과 스탈린의 위업을 도와 투쟁할 준비를 하라!"

"항상 준비!"

아주 잘 맞지는 않았지만 한 손을 높이 들어 소년단 경례를 하며 우리는 진실된 마음으로 대답했다. 그 다음 아이들은 합창으로 시를 읊기 시작했다. "넥타이를 매었다면 그것을 지켜라. 그것은 붉은 깃발과 같은 색이지 않은가!" 모든 소년단원들은 이 싯구를 외우고 있었다. 그리고 전쟁의 승리와 미래의 분홍빛 전망에 대한 결의에 찬 일련의 시들을 몇 개 더 외웠다. 소년단 단장은 위대하고 공평한 민중의 아버지에 대해서 이야기를 했다. 그의 지도하에 우리는 반드시 적을 이길 것이고 나중에는 모두가 공평한 행복을 맞이하게 될 것이라고 말했다.

그때 나의 엄숙한 마음은 갑자기 사라져버렸다. 내가 대답할 수 없는 많은 궁금증이 나를 괴롭혔다. 저녁때까지 엄마를 기다린 후 물어봐야만 했다. 하지만 저녁까지는 시간이 너무 길다고 느꼈다. 무엇때문인지 지금 알고 싶었다. 그러한 생각은 나를 괴롭혔다. 소년단원이 되었다는 것에 모두가 이렇게 기뻐하는데 나는 왜 …… 아빠에 대해서, 그리고 엄마와 나에 대해서, 엘랴 베르그에 대해서, 그들이 사랑하는 볼가강변을 떠나서 살게 된 독일민족 사람들에 대한 생각이 드는 걸까? 이들은 바보 같은 히틀러가 소련에 침공한 것과 전혀 무관하다. 그런데 왜 이런 힘든 일이 우리에게 일어나고 있는걸까? 도대체 공평하다는 스탈린은 어디에 있단 말인가?

단장은 계속해서 말을 하였는데 그때 줄 끝에서 어떤 움직임이 일어났다. 난 그쪽으로 고개를 돌렸다. 남부 우크라이나에서 피난 온 작은 프리다 슬루츠케르의 꽁지 머리를 작업반장의 못된 아들 알틴베크가 잡아당겼다. 그는 자신의 아버지가 비록 아주 작은 간부라고 하더라도 간부는 간부이기 때문에 무엇이든지 해도 다 용서가 된다고 생각하는 것 같았다. 놀란 프리다는 이를 악 물고 울지 않으려고 애쓰면서 아무말 하지 않았다. 알틴베크는 프리다가 덤벼들거나 선생님에게 이르지 않을 것이라는 것을 잘 알고 있었다. 나는 당장 뛰어가서 알틴베크를 쓰러뜨릴까 아니면 나중에 한 방 먹일까하고 고민하였다. 그런데 그때 알틴베크가 갑자기 앞으로 쓰러졌고 프리다도 거의 쓰러질 뻔 하였다. 그건 등을 지고 가까이 서 있던 사프코스가 알틴베크에게 달려들어서 한 방 먹인 것이었다. 단장은 말을 끊고 이 엉망진창인 상황에 대해서 화를 냈다.

단장이 알틴베크를 일으켜 세우려고 다가갔다.

"누구 짓이냐?" 단장이 위협적인 목소리로 말했다. "너희들은 방금 소년단에 입단했다! 너희들은 다른 사람의 모범이 되어야 해, 그런데 누군가 자신의 동료들을 욕먹이고 있어! 우리는 당장 그를 어떻게 해야 할지 결정해야 한다! 누가 한 짓이냐고 내가 묻고 있다!"

"접니다!" 사프코스가 한 발 앞으로 나서며 말했다.

"네가?! 존경받는 사람의 아들인 네가? 어떻게 그럴수가?"

단장은 당황스러워하였다. 우리가 사는 곳의 사람들의 관계를 단장은 아주 잘 알고 있었다. 그렇기에 모든 아이들 앞에서 지역 숍호스에서 가장 존경하는 소손바이의 아들을 벌을 준다는 것은 상상할 수 없는 일이다.

"저는 또 이렇게 할 겁니다……. 그럴 겁니다……. 필요하다면……." 흥분한 사프코스는 어렵게 러시아어 단어들을 나열하더니 바로 키르기즈어로 말을 이어갔다. "키르기즈인들은 연약한 사람을 때리지 않아요. 여자도 때리지 않아요. 그것은 키르기즈인에게는 굴욕적인 일이죠. 아버지는 제게 여동생을 놀리라고 명령하지 않아요. 그런데 프리다는 연약해요, 프리다는 복수를할 수 없어요. 그런데 쟤가 먼저 프리다의 머리를 잡아당겼어요. 프리다는 간신히 울음을 참았어요……. 이렇게 해도 된다는 건가요? 그리고 지금 우리는 전쟁을 하고 있어요. 프리다가 여기있는 것이 프리다의 잘못은 아니잖아요……."

"처음이니까." 단장이 러시아어로 엄하게 말했다. "너희들을처벌하지는 않겠어. 하지만 너희는 소년단 단원이라는 사실을명심해야 해. 소년단 단원은 동료를 때리지 않아. 만약 동료가잘못된 행동을 했다면 그것을 말로 이해할 수 있도록 설명해 주어야 해. 스탈린 동지께서 그렇게 하도록 가르쳤잖아!"

그때 나는 만약 내가 사프코스처럼 행동했다면 처벌을 피하지못했을 것이며, 바로 소년단에서 쫓겨났을 것이라는 생각이 들었다. 그리고 알틴베크에게 무엇을 설명한다는 것은 불가능한일이다. 그렇기 때문에 사프코스가 한 행동은 올바른 것이다. 알틴베크는 말이 통하지 않는 아이이기 때문이다.

소년단 단장은 행사가 끝났음을 서둘러 알렸다. 나팔소리가 들렸고 우리는 줄을 서서 교실로 이동했다. 그리고 곧바로 우리는 집으로 갈 수 있었다.

완전히 기분을 망쳤다. 나는 아무하고도 이야기하지 않으려고 서둘러 집으로 갔다. 나는 혼자 집에 앉아서 우울한 마음으로 엄마를 기다리기 시작했다. 아무것도 먹고 싶지 않았으며 아무것도 하고 싶지 않았다. 나는 소년단 넥타이도 벗지 않았고, 학교 갈 때 입은 외투도 벗지 않았다. 내가 가지고 있는 유일한 외투이기에 더럽혀지지 않게 하기 위해서 바로 벗어야 했지만 말이다.

엄마가 왔다. 얼굴 표정으로 보건대 엄마는 문지방을 넘어서면서 바로 나를 축하해 주려고 하였다. 하지만 엄마는 내가 얼마나 이 순간을 기다렸는지 알아차렸다. 내 얼굴을 본 후 하려던 말을 하지 않았다. 조용히 겉옷을 벗은 후 주전자를 불 위에 올려 놓은 다음에 내 옆에 앉아서 물었다.

"무슨 일이 있는거냐? 소년단 단원이 된거잖아. 안 기쁜거야?"

"왜 다른 아이들은 전부 기뻐하는데 난 안 그렇지? 어떤 질문들이 내 머리를 떠나지 않아. 소년단 단원은 모든 일에 솔선수범하며 모든 아이들의 모범이 되어야 한다고 가르치는데 어째서 모든 아이들을 한 번에 소년단으로 받아들이는지 이해를 하지 못하겠어. 낙제생들도 그리고 알틴베크 같은 나쁜 아이도."

"만약 어떤 사람이 네 마음에 안든다고 해서 그를 소년단에서 받으면 안 된다는 생각은 잘못된 거야. 그 아이가 그렇게 나쁜 아이가 아닐 수도 있어."

"하지만 걔는 비겁한 겁쟁이야. 걔는 반항하지 못하는 약한 아이들만 괴롭혀. 강한 아이들은 절대로 건드리지 않아. 그런데 걔가 어떻게 소년단 단원이 될 수 있어?"

"그래, 네 말대로 소년단 단원은 훌륭한 아이들만 가입할 수 있다고 하지." 생각에 잠겨서 엄마가 말했다. 엄마는 설명할 방법을 찾으려고 애쓰는 것 같았다, 하지만 그것을 찾지 못했던 것 같다. "예전에, 그러니까 혁명이 일어나기 전에는 스카우트라고 하는 소년단이 있었지. 누구를 도와주고 싶거나, 약한 사람들을 도와주거나 사회를 위해 무언가를 하고 싶거나 그런 아이들이 가입할 수 있는 것이었어. 혁명 후에 그것과 거의 비슷한 지금의 소년단이 만들어진 것이야. 물론 현재의 소년단은 공산주의적인 성격을 가져서 전의 소년단과 다르다고 할 수 있어, 하지만 비슷한 거야. 처음에는 네 말대로 모두가 소년단 단원이 될 수 없었어. 하지만 바뀌어서 지금은 전체 학년을 모두 소년단 단원으로 받아들이지. 그러니까 별로 훌륭하지 않은 아이들을 소년단원으로 만들어서 그들의 행동을 고쳐주기 위한 것이라고 생각할 수 있어."

엄마의 이야기는 그렇게 설득력이 있지 않았다. 하지만 난 엄마를 믿는 것에 익숙해져 있었다. 엄마가 그렇게 이야기를 했다면 아마도 그럴 것이다. 그렇게 생각하자 다른 생각이 나를 잡고 놓아주지 않았다.

"엄마, 모두가 스탈린 동지가 아주 공평하고 현명하기 때문에 전쟁이 끝나면 우리 모두가 행복해질 것이라고 그래. 이 말은 아빠도 돌아오고, 우리도 이 유배 생활을 끝낼 수 있다는 말이야? 그리고 엘랴 베르그도 가족과 함께 고향으로 돌아갈 수 있게 되는 거야? 도시 이름이 너무나 어려워서 기억이 나지 않아. 만약 정말로 그가 공평한 사람이라면 우리 아빠와 같이 죄 없는 사람이 유형소에 얼마나 있는지 모른단 말이야? 엄마가 말했잖아, 거기에는 죄 없는 사람들이 많다고."

"아, 엘랴, 무슨 질문을 이렇게 많이 하냐! 독일민족 사람들이 이사를 나와야 했던 도시의 이름은 엥겔스라고 한다. 전쟁이 끝나는 것 자체가 행복이야. 그런데 그게 그렇게 빨리 오지는 않을 것 같구나. 물론 전쟁이 끝나면 나나 너 그리고 아빠와 같은 그러한 사람들이 어떻게 될 지는 지금은 아무도 모른단다. 좀더 참고 기다려야만 할 것 같아. 지금 중요한 것은 전쟁에서 승리하는 거야. 스탈린에 대한 질문은 내가 네게 대답을 해줄 수가 없구나. 난 아직 한 번도 그 사람을 본 적도, 함께 대화를 나눈 적도 없어. 그러니 어떻게 내가 그 사람이 얼마나 현명하고 얼마나 공평한 사람인지 알 수 있겠어? 그 사람에 대해서 알려면 대화를 나누어보고 그의 눈을 봐야만 해."

"엄마는 그 사람이 하는 행동을 보면 그 사람을 알 수 있다고 했잖아."

"그래 네 말이 맞아. 만약 행동을 한 것을 가지고 판단을 한다면 그 사람은 별로 좋은 사람이 아닌 것 같아. 만약 무슨 일이 일어나고 있는지 그가 모른다면 그는 현명한 지도자라고 이야기할 수 없겠지. 만약 숍호스의 위원장이 자신의 숍호스에 일어나는 일을 모른다면 숍호스의 운영을 할 수 없겠지. 그는 모든 사람들을 책임지고 있으니 말이다. 정부도 마찬가지일거야. 만약 스탈린이 이런 것을 모두 안다면 그는 못하게 할 수 없거나 하고 싶지 않은 거지. 그러니까 그는 그렇게 공평한 사람이라고 이야기할 수 없겠지? 아마도 그럴거야. 하지만 우리는 지금 그걸 잘 모르잖아. 게다가 우리는 빠른 시일 내에 그것을 알 수 없을 것 같아. 결국 우리에게는 선택할 여지가 없어. 아무것도 절대로 믿어서는 안 돼. 어떠한 단어도 구호도 크게 이야기해서 안되며 누구를 비판하거나 칭찬해서도 안돼. 머리로만 생각하고 심장으로만 들어야 해. 마음은 절대로 배신하지 않아."

"심장으로 듣는다는 것이 무슨 말이야? 심장은 뛰기만 하잖아."

"단어로 표현할 수 없는 것들을 그렇게 말해. 네가 언젠가 쿠프라노프 씨네가 왜 유배되었냐고 물은 적 있지? 그때 내가 혁명 후에 재산이 많았던 모든 부농들을 인민의 적 또는 착취자라고 한다고 설명해 주었잖아. 그리고 수천 명의 부농들의 재산을 몰수했다고. 너는 그때 내 이야기를 듣고 물어봤어. '부농들은 좋은 사람들이잖아요. 다른 사람들을 도와주기도 하고 우리도 도와줬잖아. 일을 잘하고 정직한데 왜 그들이 적이야?'라고 말이야. 그게 바로 심장으로 듣는다고 이야기하는 거야. 너는 귀로 인민의 적들에 대해서 듣지만 네 심장은 믿지 않고 그것이 실제로 그렇지 않다는 것을 느끼잖아."

"그런데 왜 많은 사람들은 귀로 듣는 것을 믿는거야? 그 사람들에게는 심장이 없는거야?"

"자기 머리로 생각하는 것에 익숙하지 않은 사람들은 귀로 듣는 것만을 믿지. 그 사람들은 뭘 잘 모르기 때문에 그렇거나……아니면 자기 스스로 생각하려는 용기가 없기 때문이야. 누가 이야기해 주는 것을 믿고, 누군가의 명령에 따라 행동하는 것이 훨씬 더 쉽거든. 하지만 너는 점점 더 많이 이해하게 되고 생각할 것이 많아지고 있잖아, 안 그래? 자 이제 저녁 준비 하러 갈까?" 엄마가 한숨을 쉬며 말했다.

"알았어!"

17. 1943년의 힘든 겨울

학교수업은 일정대로 진행이 되었다. 짧은 겨울 방학이 끝나고 학교에 갔더니 새로운 선생님이 와 있었다. 1학년때부터 우리를 가르쳤던 선생님은 어디서도 보이지 않았다. 아무런 말도 없었는데 방학이 끝난 뒤 선생님은 더이상 학교에 오지 않았다. 마을에서도 선생님을 더이상 볼 수 없었다. 사라졌다고 하는 것이 더 맞을 것이다.

새로운 선생님은 피난민 중의 한 사람으로 우리 학교에서 우리를 가르치기 위해서 얼마 전에 우리가 살고 있는 카라-발티로 이사를 왔다. 첫날 선생님은 아주 엄한 모습으로 우리가 어떤 과목을 어디까지 배웠는지 물었으며, 예전 선생님이 우리에게 무엇을 읽어주었고 어떤 이야기를 해 주었는지 물었다. 선생님은 다음날까지 각자 자신이 가지고 있는 노트와 교과서를 학교로 가져오라고 지시하였다. 노트를 가지고 있는 아이들은 거의 없었다. 우리는 그냥 글씨를 쓸 수 있는 모든 것을 노트처럼 사용했다. 사무실에서 사용했던 서류의 이면지나 포장지를 묶은 뒤 자로 선을 그어서 노트를 만들어 사용했다. 그런 종이에 글씨를 쓰는 것은 힘들었다. 잉크는 번졌고, 알파벳들은 털이 많이 난 애벌레나 고슴도치 같았다. 그리고 우리가 사용하는 교과서도 선배들의 손에서 후배들의 손으로 전달된 전쟁 전에 사용하던 오래된 것들이었다. 전쟁 중이어서 새 교과서를 살 수 있는 곳은 아무 데도 없었다. 있었는지도 모른다 하지만 최소한 우리 솝호스에서는 살 수 없었다. 하지만 교과서는 교환을 하거나 필요없는 아이들이 싸게 파는 것을 살 수도 있었다. 게다가 교과서는 하나를 가지고 둘이서 또는 셋이서 볼 수도 있고 숙제는 순서대로 하면 되었다.

예를 들어서 나는 러시아어 교과서가 없었다. 그래서 수업시간이 끝나자마자 바로 짝의 교과서를 보고 숙제를 해치웠다. 역사 교과서는 다음과 같은 방식으로 교환을 해서 가지고 있을 수 있었다. 이웃집 큰 딸이 7학년이었고 작은 딸은 3학년이었다. 가을에 우리는 작은 딸에게 수학 교과서가 없는 것을 알았다. 대신 이 가족은 전쟁 전에 큰 딸이 공부를 했던 4학년 역사 교과서를 가지고 있었다. 우리는 찰도바르에서 가져온 3학년 수학 교과서를 찾아냈고 역사교과서와 교환을 하였다. 역사교과서는 보존 상태가 좋았다. 그래서 나는 동생이 이 책을 가지고 배울 수 있도록 다음 해에 돌려준다고 약속하였다.

다음날 선생님은 누가 어떤 책을 가지고 있는지 검사를 하였고, 모두에게 역사책의 한 페이지를 펼치라고 지시하였다. 선생님은 책상들을 지나치면서 고개를 절래절래 흔들었다. 교과서들은 대부분 너무 낡아 있었다. 어떤 아이들의 책들은 내 책처럼 깨끗하기도 하였지만 어떤 책들은 잉크로 잔뜩 얼룩져 있어서 글씨를 알아보기도 힘든 경우도 있었다. 마리야 미하일로브나 선생님은 검은색으로 칠해져 있어야 할 초상화와 이름이 있는 쪽의 번호를 우리에게 알려 주었다. 이들은 지금은 인민의 적으로 규정된 사람들이었다. 선생님은 수업시간을 낭비하지 않도록 만약 누군가의 책에 초상화들이 아직 검게 칠해져 있지 않다면 그것을 집에서 칠하라고 지시하였다.

집에서 나는 펜과 잉크를 들고 교과서의 필요한 쪽을 펼쳤다. 투하체프스키 장군과 블류헤르 장군이 나를 쳐다보았다. 블류헤르는 내전의 전쟁 영웅이었다. 그리고 투하체프스키 장군에 대한 내용이 적지만 교과서에 있었다. 이 글과 이름을 검게 칠해야만 했다. 나는 무엇때문인지 엄마가 내게 이야기를 들려주었던 〈1812년 전시실〉에 전시되어 있다가 철수되었던 초상화에 대한 이야기가 생각이 났다. 그곳에는 1812년 프랑스와의 전쟁 때의 영웅들 초상화가 있었는데 그들 중 데카브리스트 사건에 참여한 사람들의 초상화들을 떼어낸 후 없애버렸다. 그리고 바클라이드 톨리도 기억이 났다. 그는 훌륭한 장군이었다. 하지만 러시아 군대를 모스크바에서 철수하라는 명령을 내렸다는 죄로 처벌을 받았다, 마치 그가 러시아 민중의 적인 것처럼. 아니, 얼굴들을 검게 칠해서는 안 된다……. 이건 잘못된 것이다. 내가 아주 어렸을 때 아빠가 이야기하길 남의 초상화를 더럽히는 것은 살아 있는 사람의 얼굴을 더럽히는 것과 똑같은 것이라고 하였다.

누가 알겠는가, 어쩌면 이들은 우리와 같을 수도 있지 않을까? 민중의 적이 아니라 단순하게 비방을 당한 것일 수도 있지 않을까? 그래, 난 그런 짓을 할 수 없어. 엄마와 저녁때 상의해야겠다.

그리고 앉아서 숙제를 하였다.

엄마가 집에 왔을 때 나는 전혀 다른 것에 관심이 팔리고 말았다. 엄마에게 새로운 소식에 대해서 물어봤더니 엄마는 전쟁터에서 부상을 당한 학교 경비원의 아들이 마을로 돌아왔다는 이야기를 해 주었다. 그는 전에 에피로노스에 살지 않고 카프탈-아리크에 살았다. 거기서 목축 솝호스의 가축들을 돌봤다. 그런데 지금은 다리를 잃고 엄마에게 온 것이다. 목발을 짚고 목동으로 일한다는 것은 불가능한 일이었다. 하지만 우리 솝호스에는 일할 자리가 없었다……. 그렇게 우리는 경비원 아들에 대한 이야기를 한참동안 하였다. 그리고 나는 초상화에 대한 것을 까맣게 잊고 있었다.

다음날 학교에서의 첫 시간이 역사였다. 선생님은 모두에게 교과서를 펼치고 이름과 초상화에 제대로 검게 칠했는지 보자고 하였다. 나도 교과서를 펼쳤다. 그곳에 있는 두 개의 초상화는 건드리지 않은 채로 있었다. 선생님은 내 책상 앞에 멈추어서서 엄한 표정을 지으며 나를 쳐다보았다.

"누돌스카야, 내가 인민의 적들의 초상화를 검은색으로 칠하라고 했잖아. 넌 그걸 잊은거냐?"

나는 일어섰다 앉으면서 말했다.

"잊지 않았습니다."

"뭐라고? 그렇다면 일어나서 정확하게 대답을 해야겠다."

"마리야 미하일로브나, 저는 잊은 것이 아닙니다. 저는 그렇게 할 수가 없었습니다."

"그게 무슨 말이냐?"

"제가 아주 어렸을 때 화집에 있는 초상화에 낙서를 했는데 그때 아빠가 연필로 초상화를 더럽히는 것은 사람의 얼굴에 오물을 던지는 것과 같다고 하였습니다."

"아하, 그렇단 말이지…… 아빠가 말했다고……. 하지만 이것은 단순한 얼굴이 아니야, 인민의 적이지. 소비에트 법정에서 그들을 처벌했어! 그러니 우리는 우리 사회주의 조국의 적들에게 자비를 베풀어서는 안돼. 특히 지금과 같이 우리 나라가 외부의 적인 독재자 히틀러의 군대와 싸우는 시기에 말이다. 우리는 모두 긴장하고 있어야 해. 왜냐하면 내부의 적들과 그들의 추종자들도 가만히 있지 않기 때문이지. 그들은 이 전쟁에서 우리를 약하게 만들려고 우리의 내부를 병들게 하려고 노력한다. 정말로 네 아빠는 그런 걸 모른단 말이냐?"

나는 고개를 떨구고 아무 말 없이 서 있었다. 나는 벌써 오랫동안 아빠를 본적도 없고 아빠가 어디에 있는지도 모른다고 이야기를 하고 싶지 않았다. 게다가 나는 아빠도 마찬가지로 인민의 적이라고 불린다는 것을 선생님에게 이야기하고 싶지 않았다. 만약 선생님이 내일 엄마를 학교에 모시고 오라고 하면 무어라고 대답해야 할지 생각하였다.

"얘가 바로 인민의 적이예요! 얘는 여기로 유배를 당한 거예요!" 갑자기 뒤쪽 어딘가에서 익숙한 목소리가 들렸다. 나는 몸을 부르르 떨면서 고개를 들어 쳐다보았다. 나는 맨 앞의 책상에서 나를 바라보고 있는 프리다의 커다랗고 검은 눈을 보았다. 그리고 불현듯 그녀는 내가 왜 그렇게 하지 않았는지 잘 알고 있다는 것을 느낄 수 있었다. 나는 어느정도 마음이 가벼워졌다. 나는 혼자가 아니다. 나는 누가 소리쳤는지 보려고 고개를 돌리지 않았다. 그냥 알 수 있었다. 알틴베크였다.

선생님은 뚫어지게 나를 쳐다보았다.

"좋아. 앉아서 내가 한 말과 너의 행동에 대해서 생각을 해보거라. 나중에 다시 이야기를 하도록 하자. 얘들아 우리는 다음과 같은 문장을 보자…….

나는 그동안의 학교 생활을 통해서 나중에 다시 이야기하자하는 말은 그냥 그렇게 잊혀지지 않는다는 것을 잘 알고 있다. 댓가를 단단히 치러야 한다. 문제는 이것에 대해서 엄마에게 이야기를 해야할까 말까 하는 것이다. 만약 해야한다면 지금, 아니면 내게 내려질 처벌이 무엇인지 알고 난 다음에 그리고 엄마를 학교로 부를것인가를 결정한 다음에 해야 하나이다. 물론 솔직히 모든 내용을 다 이야기해야만 한다. 엄마의 의견을 듣지 않았으니 말이다. 하지만 그러지않아도 엄마에게는 다른 걱정들이 너무 많다. 엄마는 낮에 직장에서 일을 하고 나서 밤에는 집에서 바느질을 한다. 왜냐하면 접수원의 월급이 많지 않고, 우리에게는 저장된 음식이 없기 때문에 어딘가에서 누군가에게서 사거나 얻어야 하기 때문이다……. 이런 쓸데없는 것으로 엄마를 걱정하게 만드는 것은 물론 바보 같은 짓이다. 그렇다면 초상화를 칠하면 되지 않을까? 하지만 그것도 정직하지 못한 일이다. 어쩌면 이들은 전혀 죄가 없는 사람들일 수도 있다.

쉬는 시간에 내게 프리다가 다가왔다.
"내 교과서의 초상화들은 다 칠해져 있어. 거기 누가 있어?" 프리다가 조용히 물었다.
"블류헤르 장군과 투하체프스키 장군. 거기 써있길 이들은 소연방 장군으로 부존느이와 보로쉴로프와 함께 내전때 영웅적으로 싸웠다고 했어. 그런데 지금은 그들을 인민의 적이라고 하지."
"넌 그걸 믿어?" 프리다가 속삭이는 목소리로 물었다 그리고 잠시 말없이 있다가 말을 덧붙였다. "난 그걸 믿어야 할지 모르겠어. 내가 살던 도시에도 할아버지의 좋은 친구들이 있었어, 그런데 나중에 인민의 적들이 되었어. 할아버지가 말하길 잘못 된 것이라고 했어. 모이세이 표도로비치 박사님과 사모님이었어, 둘 다 아주 훌륭한 의사들이었어. 동네 사람들 모두가 그들을 잘 알고 있었지. 사람들은 그들이 스파이일 수가 없다고 하였어."

　나는 눈썹을 찌푸린 채 아무말 없이 있었다. 물론 난 프리다와 솔직한 이야기를 너무나 하고 싶었다. 하지만 난 엄마 외에는 누구와도 이야기를 하면 안 된다. 그렇게 되면 다시 불행한 일이 생길 것이다라는 말을 기억했다. 프라다는 아마도 내가 교과서에 관한 일로 걱정을 하고 있다고 생각을 한 것 같다. 그래서 이야기의 화제를 바꾸었다.

　"물론 너를 야단칠거야. 하지만 넌 대꾸를 하지마, 대꾸를 하면 더 나빠질거야. 넌 말을 들으며 고개만 끄덕여. 우리 할머니가 그러는데 현명한 사람은 쓸데없이 싸우지 않으며 필요한 경우에 행동으로 보여준다고 했어."

　"네 할머니도 너희와 같이 살아? 난 못 봤는데. 할아버지는?"

　프리다의 입술이 떨렸다.

　"안 계셔⋯⋯. 할아버지는 전쟁이 시작 되기 바로 전에 돌아가셨어. 할머니는⋯⋯ 할머니는 다른 사람들과 함께 독일사람들이 불에 태워 죽였어."

　"불에 태워 죽였다고? 왜?"

　"노인, 여자, 아이 할 것 없이 모든 유대인들을 커다란 헛간에 넣은 뒤 문을 잠그고 불을 질렀어. 아마도 마을에 누가 유대인인지 밀고를 한 사람이 있었던 것 같아."

　"너희는 어떻게 살아났어?"

　"아마도 할머니는 뭔가를 미리 알았던 것 같아⋯⋯. 아니면 느꼈든지. 할머니는 엄마에게 나와 동생을 데리고 버섯을 따러 숲으로 들어가라고 했어 그리고 멀리 작은 마을에 있는 표도로프 씨 집에 가서 인사를 하고 오라고 했어. 그리고 먹을 것을 가능하면 많이 가져가고 옷도 따뜻하게 입으라고 했어. 동생은 버섯을 따러 가기 싫고 이 옷을 입으면 너무 덥다고 칭얼거렸어. 그런데 할머니는 엄한 목소리로 '말대꾸하지말고, 넌 남자잖아. 그렇게 해야 돼.'라고 말했어. 그렇게 우리는 숲으로 갔지. 할머니는 남아 있고. 그리고 남아있던 모든 사람들을 태워 죽였어."

"왜 할머니는 너희들과 함께 가지 않았어?"

"할머니는 몸이 불편하였어, 다리가 아파서 잘 걷지를 못하였거든. 오래 걸을 수도 없고. 아마도 함께 간다면 멀리 가지 못했을 것이라고 생각했던 것 같아. 이제야 그걸 이해했어. 그때는 그냥 버섯을 따러 간다고 생각했지."

"어떻게 엄마는 그렇게 갈 수 있지? 할머니를 놔두고? 엄마는 몰랐던 거야?"

"어쩌면 알고 있었을 거야. 하지만 우리집은 아주 엄격했어. 할머니는 엄마에게 시어머니였어. 그러니까 아빠의 엄마. 시어머니 말을 거역할 수 없었던 거지. 말씀대로 따라야만 했던 거야. 엄마에게도 상의할 사람이 아무도 없었어. 아빠는 전쟁터에 갔고⋯⋯."

"잠깐만, 난 이해를 못하겠네. 왜 파시스트들은 선량한 시민들을 모두 태워 죽인거지?"

"전부가 아니야, 유대인만. 러시아인들과 우크라인들은 멀쩡해. 폴란드인들도 마찬가지로 문제 없었다고 해. 정확하게는 알 수 없지만 말이야. 우리가 보지 못했으니. 나중에 마을 사람들이 이야기를 해 주었어."

"왜 유대인들만 그랬지?"

"너 정말 모르는거야?" 프리다는 마치 유대인들의 죽음이 새로울 것도 그리고 놀라울 것도 하나도 없다는 듯이 이야기했다.

"몰라⋯⋯. 소식지에 그런 내용은 없었어, 신문을 볼 수도 없었고. 그리고 점령당한 지역의 사람들이 우리에게 올 수 있는 방법이 없잖아. 피난민들과 전쟁터에서 부상당한 군인들만이 올 뿐이야. 도대체 왜 그런거야?"

"그러니까, 히틀러가 모든 유대인을 학살하라고 명령했대. 그는 〈높은 계급의 인종〉이 있고 〈낮은 계급의 인종〉이 있다고 생각한대. 엄마가 내게 그렇게 설명해 주었어. 그는 폴란드에서, 그리고 자신의 나라 독일에서 모든 유대인들을 학살했대. 그리고 그들이 점령하게 된 다른 나라들에서도 마찬가지로 유대인들을 현장에서 학살을 하거나 유형소로 보낸대. 유형소에서도 학살을 한다는 소문도 있어. 넌 정말 그런 소문을 못 들은 거야?"

"우리는 그런 이야기 전혀 들은 적이 없어."

종소리가 울렸다. 난 몸을 부르르 떨었다. 그리고 어렵게 우리의 세계로 돌아왔다. 대화를 하는 동안 나는 역사 시간에 대해서 그리고 곧 다가올 불행에 대해서 까맣게 잊고 있었다. 그렇게 프리다에게서 들은 이야기들은 나를 너무 놀라게 하였지만 나는 교실로 뛰어가야만 하였다. 머릿속에서 맴돌고 있는 질문들을 잠시 묻어두어야만 하였다.

러시아어 수업 시간에 우리가 사랑하는 조국과 고향에 대한 글짓기가 있었다. 나는 오랫동안 무엇을 써야 할지 생각을 정리할 수 없었다. 물론 지금 우리 조국에는 전쟁이 진행되고 있었다. 사람들은 이곳으로 피난을 오거나 다양한 이유로 뒤섞여 살고 있다. 소련이 바로 우리 모두의 조국이다라는 생각을 하였다. 대부분의 아이들은 키르기즈에 대해서 글을 썼다. 프리다는 무엇에 대해서 쓸까 관심이 갔다. 우크라이나에 대해서 쓸까? 나는 모스크바에서 태어났다. 기억나는 것은 별로 없지만 내 고향은 모스크바이다. 모스크바에 대해서 쓸까?

"누돌스카야 넌 왜 안 쓰는 거냐?" 선생님의 목소리가 생각을 끊게 만들었다. "수업시간 끝날 때까지 삼십 분 남았다. 그런데 넌 아직 한 줄도 못 쓰고 있어."

"마리야 미하일로브나, 지금 시작할거예요, 다만 어떻게 시작하는 것이 좋을지 생각하고 있어요."

"그래……. 잘 생각하고 쓰거라."

나는 생각을 정리하였고 키르기즈에 대해서 쓰기로 마음먹었다. 나는 봄볕을 받은 아름다운 초원과 모스크바에서는 볼 수 없는 놀라운 녹색의 산들 그리고 얼마나 다양한 사람들이 이곳에 살고 있는지 쓰기로 하였다. 이곳의 사람들은 소연방 각지에서 온 사람들이다. 하지만 키르기즈도 소연방의 한 곳이다. 즉 이들에게도 마찬가지로 이곳 키르기즈가 그들의 조국이다. 비록 키르기즈가 전선에서 멀리 있지만 이곳의 사람들은 우리의 조국이 파시스트에게 승리를 거둘 수 있도록 최선을 다할 것이다. 이런 내용으로 글짓기를 하였다. 수업이 끝나기 전에 나는 글짓기를 끝낼 수 있었다. 그리고 내일이면 5점을 받을 수 있을 것이라고 침착하게 생각하였다.

  수업이 끝난 후 난 친구들과 수다떨 수 없었다. 바깥은 춥고 바람이 불어서 모두 집으로 서둘러 갔기 때문이다. 하지만 난 서두르지 않았다. 모두 빨리 집으로 가기를 바랬다. 나는 선생님이나 마음씨 좋은 교장 선생님에게서 야단을 맞는 나를 아무도 보지 않았으면 하였다. 그런데 선생님이 아이들을 다 내보낸 후 교실에서 부리나케 나갔다. 선생님은 내게 남으라는 이야기를 하지도, 상담을 하자고 부르지도 않았다. 마치 내 잘못에 대해서 잊은 듯 하였다. 나는 어느 정도 마음을 놓았고 천천히 집으로 갈 준비를 하였다. 나는 교무실 옆을 지나가면서 커다란 목소리로 떠드는 소리를 들었다. 마치 안에는 학교의 모든 선생님들이 모였고 무언가에 대해서 열띠게 토론을 하는 것 같았다. 문이 쾅하고 닫히는 소리가 들렸다. 그리고 내 옆을 나이든 소년단 단장님이 얼굴을 손으로 가리고 훌쩍이면서 뛰어갔다. 학교에 무슨 일이 생긴 것이다. 하지만 물어볼 사람도 없었고 물을 필요도 없었다. 나는 이미 필요 이상의 질문을 하지 않는 것에 익숙해져 있었다. 저녁에 엄마에게 무슨 말을 해야할까 생각하면서 나는 집으로 갔다.
  엄마가 일터에서 집으로 오기 전까지 저녁을 먹고 숙제를 하고 집안일을 해야만 하였다. 페치카에 불을 붙이고 집안을 청소

해야만 했다. 페치카 관리와 청소 이것은 내가 해야할 일이다. 그리고 커다란 냄비에 물을 담아서 페치카에 올려놓아야 한다. 그렇게 하면 천천히 물이 데워지고 그것으로 저녁때 그릇을 닦을 수 있다. 나는 선생님이 지시한 것을 하지 않았고 그래서 내게 벌을 줄 것이고, 엄마를 학교에 부를 수도 있다고 엄마에게 어떻게 이야기를 할 것인가 곰곰이 생각을 하였다. 게다가 알틴베크가 내가 인민의 적이라고 말을 했다고 이야기를 해야 겠다. 아니 이건 이야기 하지 말까? 걔는 단순히 멍청할 뿐이다. 그런 멍청이가 한 말을 가지고……. 엄마와 내게는 다른 일도 많이 있다. 나 말고도 엄마에겐 걱정이 많다.

엄마는 지친 표정으로 집으로 돌아왔다. 나는 엄마의 그런 얼굴을 본 지 오래되었다. 아니 어쩌면 한번도 그런 얼굴을 본 적이 없었는지도 모른다……. 보통 엄마가 무표정한 표정을 지을 때는 내게 엄하게 말할 때였다. "딸, 기억해라. 네 얼굴 표정을 보고 네 기분이 나쁜 것을 사람들이 안다면 네가 제대로 교육을 받지 못했다는 것을 의미한다." 엄마는 그렇게 이야기하곤 하였다. 그런데 엄마의 눈빛에는 어둠이 가득 들어 있었다. 난 무슨 일이 있었는지 물어볼 엄두도 내지 못하였다. 나는 엄마에게 따뜻한 차를 만들어 준 후 조용히 그 옆에 앉아서 엄마를 꼭 끌어 안았다. 그런데 엄마는 아무 말 없었다. 무슨 일일까?

"오늘이 무슨 날인지 아니? 오늘은 네 아빠의 생일이야. 아빠가 사십 살이 되는 날이야. 아빠가 어디있는지 생각을 하고 있어……. 어떻게 지내는지……." 엄마가 갑자기 말하였다.

나는 순간 멈칫했다. 어떻게 그걸 잊을 수 있지? 그러자 내게도 똑같은 슬픔이 찾아왔다. 울고 싶기까지 하였다. 우리는 아빠가 어디에 있는지 모르고, 아빠의 생일을 축하해 줄 수도 없고, 아빠가 살아있는지 죽었는지도 모른다……. 아빠에 대한 기억이 거의 없다는 것이 나를 또한 슬프게 하였다. 엄마는 그래도 기억할 수 있는 것이 있으니 나을 것이다. 아니면 그런 추억이 있어서 더 슬픈걸까? 나는 두 사람이 함께 노래를 하는 것을 좋아했던 것, 사소한 일에도 함께 웃던 모습이 생각 났다. 그래 엄마가 나보다 더 힘들 것이야. 어떻게 엄마를 위로하지?

"엄마, 함께 노래 불러. 아빠가 좋아했던 노래. 마치 우리가 아빠에게 노래를 불러주듯이. 물론 난 소년단 단원이야. 소년단 단원은 신을 믿어서는 안돼. 하지만 아빠가 우리 노래를 들을 수도 있잖아. 목소리가 아니라, 그러니까……. 몰라, 하지만 저기 저 위에서 우리가 아빠를 사랑하고 기다리고 있다는 것을 아빠가 알도록 해줄거야……."

엄마의 얼굴이 밝아졌다.

"우리가 있는 평화로운 평야로 날아오거라, 평안한 밤아!" 엄마가 조용히 노래를 부르기 시작했다.

"우리가 네게 노래를 들려줄게, 저녁 노을아!" 내가 엄마의 노래를 이어서 불렀다.

그러자 우리 생각엔 이미 아빠가 우리의 노래를 듣는 것 같았다. 우리는 크지 않은 목소리로 노래를 불렀다. 나는 내가 알고 있고 좋아하는 단어들을 정확하게 발음하려고 노력하였고 엄마의 은빛 목소리는 내가 노래를 잘 할 수 있도록 도와주었다. 엄마의 목소리는 강해지고, 슬픔을 모두 쫓아 버렸다. 나는 오직 사랑하는 사람에게만 이렇게 노래를 불러 줄 수 있다고 생각하였다. 다음에 엄마는 내가 모르는 노래를 부르기 시작하였다.

〈기다려주오. 반드시 돌아갈테니…….〉처음 듣지만 너무나 단순한 하지만 가슴을 뛰게 만드는 가사가 울려퍼졌다. 엄마의 노래는 마치 기도 같이 들렸다. 노래에는 강한 힘이 느껴졌다. 노래는 사랑하는 사람이 어디에 있든 꿋꿋하게 버틸 힘을 주었다.

기다려주오, 눈보라가 쳐도
기다려주오, 더위가 닥쳐도
기다려주오, 다른 사람이 기다리지 않더라도,
어제 일은 잊고.
기다려주오, 멀리에서 편지가 오지 않더라도,
기다려주오, 함께 기다리던 사람들 모두가 기다리기에 너무 지쳤어도.*

나는 들으면서 이 노래가 우리를 노래한 것이라고 생각하였다. 우리가 바로 그렇게 기다리고 있다. 우리가 기다리고 기다리다보면 아빠는 돌아올 것이다. 아빠도 우리가 어디에서 무얼 하고 있는지 몰라도 우리가 끝까지 기다릴 것이라는 것을 믿을 것

* 1941년 전쟁이 막 시작되었을 때 콘스탄틴 시모노프가 쓴 시로 여기에 곡을 붙인 노래가 당시에 유행하였다-옮긴이.

이다. 그리고 이제는 거의 기억이 나지 않는 아빠를 보게 될 것이다. 다만 그때까지 참고 견뎌야만 한다. 그리고 또 생각한다. 난 이제 다 컸다 내가 저지른 어려운 일을 혼자서 해결해야만 한다고. 그리고 결심한다, 엄마에게 아무말도 하지 않기로. 엄마를 학교에서 부른다고 하더라도 난 이야기하지 않을 것이다. 나를 벌주더라도 엄마가 학교로 불려가고 비판을 받도록 하고 싶지 않다. 내가 초상화들을 검게 칠하지 않은 것이다. 엄마는 아무 잘못이 없지 않은가!

다음 날 학교는 소년단 입단 축하 모임으로 시작하였다. 1교시 수업 대신 모든 소년단 단원들이 복도에 줄을 섰다. 각 조의 조장들이 소년단 입단 축하 모임을 위한 준비가 되었다는 보고를 단장에게 하였다. 하지만 연설을 하기 위해서 앞으로 맨 먼저 나선 사람은 단장이 아니라 교장 선생님이었다. 교장 선생님은 우리나라가 얼마나 힘든 전쟁을 하고 있는지, 그리고 우리나라의 후방 곳곳에서 〈모든 것을 전쟁터로, 모든 것은 승리를 위하여!〉라는 슬로건으로 얼마나 열심히 일하는지, 그리고 소연방의 각 공화국의 소년단원들도 전선을 돕기 위하여 의식있는 시민으로서 공부를 열심히 하고 어른들을 도와야 한다고 이야기를 하였다.

나는 내가 공부를 잘 하는 것이 어떻게 전선에 있는 군인들을 돕는 것인지 제대로 이해를 하지 못했다. 예를 들어서 가을에 학교를 다닐 때 우리는 추수한 뒤 들판에서 알곡들을 모았다. 버려지는 알곡이 없게 하기 위해서. 또는 여름에 어른들이 겨울철 땔감을 준비하는 것을 돕거나 김을 매는 것을 돕는 것은 이해를 한다. 이것은 도움이 될 것이다. 그런데 내가 시험에서 4~5점을 받는 것이 어떻게 도움이 된다는 말인가?

"그런데 이 어려운 시기를 제대로 인지 못하고 당의 결정에 의심을 하는 사람들이 있다. 그런 사람은 선생님의 지시와 소년단의 규칙에 이의를 제기하는 것이다. 그런 사람은 인민의 적이 진짜 적인 것을 의심한다! 우리는 경고를 보내야만 한다 그리고 우리의 소년단 단원들에게 불순한 생각이 스며들지 않도록 해야한다. 그래서 우리는 소년단에서 그러한 인지를 제대로 못하는 사람을 출단시키려고 한다!" 교장 선생님이 말하였다.

교장 선생님은 잠시 말을 멈추었다. 대열 앞으로 단장이 나왔다.

"누돌스카야 단원, 앞으로 나와!" 그녀가 명령했다.

왜 나를 부르는지 제대로 이해를 못한 채 나는 한 걸음 앞으로 섰다.

"대열쪽으로 몸을 돌려서 서라!" 단장이 명령했다.

그리고 난 불현듯 이 모든 말이 나와 연관이 있다는 것을 이했다. 아마도 나는 피부로 그것을 느낀 것 같다. 얼굴에서 핏기가 모두 사라졌다. 머리가 빙빙 돌았다. 하지만 나는 아빠에 대해서 그리고 어제의 약속에 대해서, 그리고 아빠가 어딘가 유형소에 있고 거기서 괴롭힘을 당하고 있다는 것을 기억해냈다. 나는 내게 내린 명령에 따라 부동자세로 서서 고개를 쳐들고 있었다. 대열 앞에서 나를 벌을 주면 받겠다. 나는 아빠가 말한대로 했을 뿐이다.

"소년단 위원회의 결정에 따라 부도덕한 행동을 한 스텔라 누돌스카야를 소년단에서 제명을 한다!"

대열에서 탄식 소리가 낮게 들렸다. 단장이 내 목에서 소년단 넥타이를 벗겨내서 옆에 있는 탁자 위에 올려 놓았다. 그리고 엄격한 목소리로 대열로 돌아가라고 하면서 줄의 맨 끝으로 가라고 하였다. 하지만 나는 그렇게 하지 않을 것이다! 비록 억울하고 창피해서 눈물이 금방이라도 떨어질 것같은 느낌이지만 대열 앞에서 울지도 않을 것이다. 나는 돌아서서 건물 밖으로 뛰어 나갔다. 나쁜 눈물들이 그렇게 눈에서 쏟아졌다. 아무도 나를 보지 못하도록 재빨리 모퉁이를 돌았다. 나는 주먹을 쥐고 울지 않으려고 애쓰면서 서 있었다.

집으로 너무 가고 싶었다. 하지만 숨으면 안 된다, 내가 뭐 겁쟁이인가? 게다가 학교에서는 수업이 진행될 것이다. 내가 만약 수업을 빼먹는다면 더 큰 문제가 발생할 것이다. 나는 그렇게 종소리가 울릴 때까지 학교 건물 모퉁이에 서 있었다. 즉, 1교시가 끝났다. 소년단 축하 모임은 끝이 났다. 모임에 왔던 아이들 모두가 수업을 하러 갈 것이다. 두 번째 시간은 수학이다. 아마 쪽지 시험을 볼 것이다. 안돼 가야 해. 여전히 몸이 부들부들 떨렸다. 하지만 눈물은 말랐고 나는 어느정도 침착해질 수 있었다. 내가 소년단에서 제명당했으니 아마도 교실에서는 아무도 나하고 이야기를 하지 않으려고 할 거다. 어떻게 해, 참아야지. 나는 실제로 내가 잘못을 했다고 생각하지 않는다. 그러므로 나는 숨을 크게 쉬고 건물 안으로 들어갔다.

복도에는 학교의 일상적인 소음이 들렸다. 저학년 아이들이 뛰어다니고, 누군가의 모자가 배구공 대신 날아다녔다. 아주 거친 행동들은 당번들에 의해서 제지 당하였다. 마치 아무 일도 없었던 것 같았다. 교실의 문을 열었다. 거의 모든 아이들이 자리에 있었다. 웅성거리는 소리는 모임에 대해서 이야기를 하는 것 같았다. 창문쪽에 프리다가 서서 문을 바라보고 있었다. 나와 눈이 마주쳤고 미소를 지었다. 교실을 통과해서 내게 다가오더니 조용히 말했다.

"다른 생각 하지마, 여기 아이들은 너에 대해서 좋은 것을 더 많이 이야기했어, 물론 단장님이 듣지 않도록 말이야."

"이런 일이 있었는데도 넌 나하고 친구로 지낼 거야?"

"물론이지. 사실 단장님이 모임에서 친구를 잘 사귀어야 한다고 하였고, 우리보고 너를 왕따시키라고 하였어. 하지만 우리는 네가 어떤 아이인지 알잖아. 왜 왕따를 시키라는 거야?"

종이 울렸다. 프리다는 눈치 못채게 내 손을 꼭 잡은 후 자기 자리로 갔다. 나는 창문 옆 내 자리로 갔다 그리고 바깥을 쳐다보았다. 선생님은 수업을 시작하였고, 쪽지 시험을 본다고 하였으며 문제지를 나누어 주었다. 문제를 풀어야만 하였다.

평상시 같은 하루가 지나갔다. 1교시에 일어났던 일에 대해서 이야기하는 사람이 아무도 없었다. 하지만 쉬는 시간에 많은 아이들이 나를 피하였다. 아마도 나와의 관계를 어떻게 풀어야 할지 아직 결정을 못한 것 같다. 오직 프리다만이 조용히 다가와서 내가 나쁜 생각을 하지 않도록 노력하며 대화를 나누었다.

수업이 끝난 후 프리다는 집으로 달려갔다. 프리다는 동생 점심을 챙겨주고 엄마가 집에 올 때까지 동생을 돌봐야만 했기 때문이다. 나는 서두르지 않았다. 모두가 먼저 가기를 바랐다. 나와 대화를 해서는 안 된다. 나도 필요 없다. 교실은 금방 텅 비어갔다. 그 순간 사프코스가 내게 고개를 돌렸다.

"넌 안 가? 함께 가자. 나도 그쪽으로 가. 아빠가 작은 아버지 집에 다녀오라고 했거든."

나는 기뻤다. 내가 어린 시절 믿었던 친구가 오늘도 나를 버리지 않았다. 나는 사프코스의 아빠가 아무런 심부름도 시키지 않았을 것이라는 생각이 들었지만 물어보지 않았다. 사프코스가 물어보기 전까지 우리는 말없이 걸었다.

"너 야단맞지 않겠어?"

"몰라, 안 그럴거야. 우리 엄마는 거의 야단을 안쳐. 네 아빠는 네가 나하고 이야기한다고 야단치지 않겠어? 단장님이 나를 왕따시키라고 했다며."

"단장 말을 들을 사람은 들으라고 하지. 왜 사람에게 머리가 있는 건데?" 어른 같이 멋진 목소리로 사프코스가 말했다. "남자에게는 왜 머리가 있는데? 아버지는 내게 항상 머리로 생각하라고 했어. 알틴베크와 다른 멍청이들이 이야기하는 멍청한 소리들은 한 귀로 흘려보내."

우리 집 앞에서 사프코스는 간단하게 머리를 끄덕였다. 그리고 빠르게 걸어갔다. 하지만 그의 작은 아버지가 사는 쪽이 아닌 다른 쪽으로 갔다. 무엇 때문인지 내 기분이 훨씬 좋아졌다. 나는 거의 평정심을 회복하였고 일상적인 일을 하면서 엄마를 기다리기 시작했다.

1월 말의 키르기즈는 아주 추웠고 살을 에는 듯한 바람이 불었다. 학교에서 집으로 원피스를 입고 구두를 신고 왔다갔다 달리던 나는 결국 감기에 걸렸고 거의 2주 동안 집 밖으로 나가지 못했다. 내가 연습문제를 풀 수 있도록 프리다가 문제들과 러시아어 책을 가지고 매일같이 달려왔다. 저녁때 엄마가 집에 있을 때 몇 번인가 사프코스가 왔었다. 어른처럼 무뚝뚝하게 인사를 한 뒤 모자와 외투 그리고 자기 아버지의 가죽 가방을 문 옆에 건 후 방 안으로 들어왔다. 그리고 학교에서 있었던 이야기들과 마을의 이야기들을 천천히 들려주었다. 사프코스가 말하길 나를 소년단에 받아들인 것 때문에 단장이 해고될 뻔 했다고 하였다. 다만 공산청년동맹 회의에서 〈경계심을 늦춘 죄〉에 대해 논의를 했지만 결국 그녀를 학교에 남기기로 했다. 사프코스는 방에서 나가기 전에 항상 가방에서 먹을 것들을 꺼내 주었다. 아버지가 갖다 주라고 했다고 하면서 어떤 때는 호박 한 조각, 어떤 때는 치즈 한 조각을 꺼냈다. 그리고 엄마가 괜찮다고 하는 말을 듣지도 않은 채 집에서 나갔다.

병이 나은 후 학교에 간 나는 반 아이들이 내게 무슨 일이 있었는지 그리고 내가 한 행동 때문에 소년단에서 제명 되었다는 것을 기억하고 있지 않은 것 같았다. 어떤 아이들은 전처럼 나와 이야기를 하였고, 어떤 아이들은 나와 이야기를 하지 않았다. 하지만 아이들에게서 적의감 같은 것은 전혀 느껴지지 않았다. 점차 나 혼자 소년단 넥타이를 매지 않은 것에 익숙해져 갔고 소년단 모임이 있는 날 나는 홀로 집으로 일찍 갔다. 그리고 대부분의 아이들은 그걸 대수롭지 않게 생각하였다.

선생님은 학년이 끝날 때까지 나를 조심스러워 하였다. 마치 내가 어떤 나쁜 짓을 저지르지 않을까 걱정하는 것 같았다. 무뚝뚝하고 차갑게 나와 대화를 나누었다. 하지만 난 그것도 별로 크게 개의치 않았다. 날씨가 따뜻해지자 우리는 다시 대부분의 시간을 친구들과 함께 야외에서 보내게 되었다. 꽃이 피는 초원은 같이 놀자고 나를 불렀다. 나는 혼자서 조용히 앉아 있기도 했고, 생기 넘치는 봄의 생명을 보고자 그리고 햇빛과 아름다움을 마음껏 만끽하고 싶어서 초원 깊숙이 들어가기도 하였다.

해야 할 일은 늘어났다. 다음 겨울에 먹을 것이 부족하지 않게 하기 위해서 엄마를 도와서 밭에 물을 주고 채소를 심어야만 하였다. 하지만 무엇을 심어야 할까? 모두에게 씨앗들이 부족하였다. 건조했던 지난 여름은 흉작을 만들었고 흉작은 종자 씨앗도 여유있게 보관할 수 없게 만들었다. 게다가 우리는 그마저도 아예 없었다. 하지만 이미 몇 번 그랬던 것처럼 우리가 어려워질 때마다 도와주는 사람들이 있었다. 씨앗들을 조금씩 나누어 주었고, 그렇게 도움을 받은 씨앗들은 우리 밭에 심고도 남을 정도가 되었다. 그렇게 다음 겨울에는 배를 굶는 일이 없을 것만 같았다.

나는 늘 그렇듯이 학년이 끝났을 때 모든 과목에서 최우수 점수를 받았다. 가을에 나는 5학년이 되었다. 이제 나는 과목별로 다른 선생님들한테서 수업을 받게 되었다. 지금과는 다른 새로운 학교생활이 시작되었다. 한 해 동안 있었던 이러저러한 사건들을 보내고 분주하고 즐거운 여름방학을 지내고 나니 무엇 때문인지 삶이 제 자리를 찾는 것 같았다. 전쟁은 곧 끝날 것이고 그렇게 되면 아빠를 찾을 것이며 우리는 다시 함께 살 것이라고 믿게 되었다. 모스크바가 아니라 이곳이라도 좋았다. 가비가 자신의 아빠를 찾았듯이……. 아빠에게 내가 좋아하는 초원과 울긋불긋한 산을 보여줄 것이다. 그리고 엄마는 다시 모스크바에서 그랬던 것처럼 웃게 될 것이다.

에필로그

몇 년이 흘렀다. 다시 가을이 왔다. 지금 교실 밖에 보이는 것은 야생의 초원이 아니라 상쾌한 꽃들이 피어있는 모스크바 근교의 숲이다. 학교에서 집까지의 길은 초원에 있는 마을을 따라서 가는 길이 아니라 한쪽 현관에서 내려와서 다른 쪽 현관으로 올라가면 되었다.

키르기즈에서 있었던 마지막 몇 년이 생각이 난다.

우리는 5학년이 되었다. 1943~44년의 겨울은 유례없이 추웠다. 한마디로 혹독하였다. 겨울방학이 끝난 후 - 가장 추웠을 때 - 수업이 시작되기 30분 전까지 학교에 나오라고 하였다. 소연방에서 1월에 새로운 국가를 만들었다. 우리 학생들과 선생님들 모두가 매일 아침 복도에 줄을 맞추어 섰다. 당시에는 학교에 강당이 없었기 때문이다. 우리는 음악 선생님이 연주하는 풍금에 맞추어서 국가를 불렀다. 국가는 길었고 무엇때문인지 잘 외워지지 않았다. 나는 후렴구의 가사를 헷갈렸다. 각각의 후렴구에 있는 〈견고한 요새〉는 다양한 의미를 가지고 있었다. 어디서는 민족의 친선이고, 어디서는 민족의 행복이고 어디서는 민족의 영광이었다. 나는 이렇게 대열을 맞추고 노래를 해야 하는 이유를 알지 못했다.

우리는 6학년 아이들과 함께 우리 군대의 서쪽으로의 이동을 흥분과 기쁨으로 맞이하였다. 우리는 사무실의 커다란 지도 위에서 어른들이 움직이는 깃발을 좇았다. 유럽의 도시 이름들을 외웠다. 그리고 전쟁이 끝나기만을 기다렸다. 우리는 승리를 선포하게 되면 바로 모든 것이 변할 것이라고 생각하였다. 전쟁터에서 남자들이 돌아오고, 물건들이 많아지고 모든 것이 다 잘 될 것이라고 생각하였다.

전쟁이 오래전에 끝났지만 우리는 아빠에게 무슨 일이 있는지 전혀 알 수 없었다.

전쟁의 승리가 키르기즈의 솝호스 '에피로노스'의 삶에 영향을 준 것은 극히 일부분이었다. 승리를 했는데도 가을이 끝날 때까지 오랫동안 전사자들이 생겼으며, 불구가 된 남자들이 계속해서 귀향을 했으며, 멀리 극동지방의 전선에서 일본과 전쟁이 계속되고 있다고 하였다.

1946년 여름에 모스크바에서 엄마에게 편지가 왔다. 엄마는 내게 아무런 설명도 해 주지 않고 바로 엔카베데로 갔다. 엄마는 상기되어서 집으로 돌아온 뒤 모스크바에서 돌아오라고 하였고, 모스크바 근교에서 살면서 일을 하게 되었다고 하였다. 짐을 꾸리고 기차표를 구하였다. 그리고 오랫동안 기차를 타고 갔다. 군인들이 신분증을 검사하기 위해서 열량을 돌아다니자 엄마는 엄한 목소리로 윗 침대칸으로 올라가서 책을 읽으라고 하였다. 그리고 묻는 말에만 대답을 하라고 하였다. 어떠한 경우에도 대답 외의 다른 말을 절대로 하지 말라고 했던 것이 기억난다. 나는 이미 다 큰 상태였다. 7학년을 마쳤으며 질문에만 대답을 하라는 것이 무슨 말인지 너무나도 잘 알고 있었다.

엄마는 아래칸 침대에 발을 꼬고 앉은 채 손에 신문을 들고 있었다. 우리 칸으로 들어온 군인들은 유심히 우리를 쳐다보았고 신분증을 요구했다. 엄마는 태연하게 서류를 내밀었고 나는 창문쪽으로 몸을 돌리고 얼굴을 책으로 가렸다. 군인은 자신이 모르는 언어로 쓰여진 책을 가리키며 내게 무엇을 읽느냐고 질문을 하였다. 나는 그에게 자신의 조국의 원수와 싸우고 여러 가지 행동을 한 영웅에 대한 기록인 키르기즈의 서사시 《마나스》를 읽고 있다고 하였다. 그리고 우리가 어디로 왜 가느냐하는 질문에 나는 엔카베데의 위원장인 아르센티예프가 왜 우리를 모스크바 근교로 보내는지 설명을 해 주지 않았다고 솔직하게 말했다. 군인에게 내 대답이 만족스러웠던 것 같다. 그는 엄마에게 질문을 하지 않고 서류만 살펴보았다.

우리는 모스크바에서 70킬로미터 떨어진 이곳에 자리를 잡았다. 엄마는 이곳 학교에서 일자리를 얻었고, 나는 8학년으로 학교에 들어갔다.

우리는 우리가 사랑하는 유모 폴랴를 찾지 못하였다. 아는 사람을 통해서 들은 소식은 우리가 유배를 떠난 후 유모는 처음에 자기 마을로 돌아가려고 하였지만 그곳에는 일자리가 전혀 없었기 때문에 돌아가지 않았다. 유모는 다른 아이의 유모로 일을 하고 싶어하지 않았기 때문에 커다란 건물의 청소부로 일을 하게 되었다고 하였다. 현관을 청소한 뒤 전쟁 때에는 모두가 그렇듯이 밤마다 지붕 위에서 어디서 폭탄들이 터지는지 살펴보기도 하였는데 어느 날 스타로코뉴쉬느이 골목의 한 건물이 폭탄을 맞았고 바로 그곳에 그녀가 있었다고 하였다.

나는 이제 10학년이 되었다. 수업 시간에 앉아서 같은 학년 아이들이 독일어 텍스트를 제대로 읽는지 들으며 무의식적으로 기다란 꽁지 머리를 손가락으로 똘똘 말며 자신만의 생각에 빠져 있다. 9월에 초원이 어떻게 변할 것인지 상상을 해본다. 어쩌면 지금은《마나스》를 어떻게 불러야 하는지 기억하지 못할지도 모른다. 아니 어쩌면 키르기즈어도 하나도 기억하지 못할 것이다. 내 친구들이 어떻게 되었는지 나는 전혀 알지 못한다. 프리다의 가족은 집으로 돌아갔을까, 아니 갈 데가 있기라도 했을까? 진지했던 검은 눈의 사프코스는 어떻게 자랐을까? 그는 카라-발티에 있는 중학교에 갔을까 아니면 7학년을 마치고 지역의 숍호스에서 일을 하기 시작했을까? 별명이 칸트 발랴였던 친구를 기억을 하고 있을까?
나는 인민의 적의 딸로서 금메달을 받지 못한다는 것을 알고 있다. 외국어 대학에도 내 점수를 가지고 있어도 입학하지 못할 것이다. 나와 같이 '출신성분이 불량한' 사람은 임학이나 농학을 전공하여서 학교를 마치고 나면 어딘가 벽지로 가서 힘든 일을 할 수 있는 그런 대학에만 입학 할 수 있다.

'훌륭한' 집안의 젊은이들은 나와 같은 사람과 우정을 나누는 것을 두려워한다. 언젠가 내가 사랑하는 사람을 만나게 된다면 그에게 내 자신에 대해서 어떻게 이야기를 해줄 수 있을까? '절대로 아무에게도 생각하는 것을 말하지 말고 자신에 대한 진실을 이야기하지 말아라.'하는 말이 마치 격언처럼 마음 속에 새겨져 있다.

또 몇 년이 흘렀다. 스탈린이 사망하였을 때 나는 농업 아카데미 4학년에 재학중인 대학생이었다. 이후 몇 년 동안 정치 탄압의 희생자들의 복권이 진행되었다. 엄마는 마침내 '무죄판결에 따른 복권'을 인정받았다. 오랜 시간이 지난 후 수차례에 걸친 재판에서 이긴 다음에야 우리는 아빠의 운명에 대한 아주 간단한 대답을 듣게 되었다. 아빠는 마가단에 있는 유형소에서 1940년에 사망하였다. 거기서 무슨 일이 있었는지 체포되기 전까지 건강하고 강인했던 젊은 남자가 왜 죽었는지 아무도 이야기해주지도 않았으며 이야기해줄 수도 없었다.

그때에서야 엄마는 내게 이야기를 해 주었다. 농학자인 엄마를 황폐해진 농업을 복구하기 위해서 필요하니 모스크바 근교로 데리고 오라고 한 농업인민위원회의 소환 명령은 일종의 사기였다. 아빠가 체포되기 전까지 엄마가 일했던 인민위원회의 엄마

친구들이 자신의 직장과 자유를 담보로 우리를 유배지에서 데려오기 위해서 인민위원회의 용지와 도장을 사용했던 것이다. 〈모스크바 주 엔카베데의 지시에 의해 보낼 것〉이라고 쓰여있는 모스크바에서 온 서류를 보고 카라-발티 지역의 위원회에서 모스크바로 전화를 해서 명령을 확인하지 않을 것이라는 기대에서였다. 엄청난 위험을 감수한 것이었다. 엄마는 내게 진실을 이야기해 주지 않았다. 내가 쓸데없는 이야기를 하지 않게 하기 위해서 말이다. 우리에게 행운이 따랐다. 우리는 무사히 도착을 하였고, 모스크바 근교의 지도위원들은 땅은 황폐해져 있고 일손도 많이 부족하였으므로 엄마가 어디서 무슨 일을 하는지에 관심도 없었다. 다만 지역 밖으로 나가지 않겠다는 약속을 지킬 것에만 사인을 받았다. 그렇게 되었던 것이다. 농학자인 엄마는 학교에서 독일어를 가르치게 되었는데 그것에 대해서 아무도 놀라워하지 않았다.

나는 화학자가 될 것이다. 그래서 농업용 비료에 대한 연구를 할 것이다. 카자흐스탄에서, 추코트카에서, 야쿠티야에서 일을 할 것이다. 말을 탈 수 있다는 것은 내게 아주 유용하게 쓰일 것이다. 키르기즈의 초원에 대해서 푸른 산에 대해서 기억을 하게 될 것이다. 그리고 늙어 죽을 때까지 언젠가 어렸을 때에 나를 칸트 발라–설탕 아이라고 불렀다는 것을 기억할 것이다.

두려워 하지 말아라
- 실제로는 어땠을까?

"여기 쓰여진 이야기는 전부 사실인가요?"

많은 사람들이 질문을 한다. 사람들은 때로는 다른 식으로 말을 하기도 한다.

"그럴 수 없어요! 이렇게 많은 일이 한 사람의 생애에서 일어난다는 것은 불가능해요! 그리고 스텔라와 그녀의 엄마 같은 사람들은 절대로 있을 수 없어요."

그랬으면 좋겠지만 실제로 그들은 있었다! 여기 내용은 모두 사실이다. 이렇게 드라마틱하고 특별한 사건들이 한 아이의 삶 속에서 일어났다고 허구적으로 만들어내는 것이 더 어려운 일일 것이다. 때때로 삶은 진짜 작가가 생각하는것 이상으로 복잡하고 다양하다. 이 소설은 작가인 내가 생각해내고 쓴 것이 아니다. 나는 실제로 있었던 일을 서술하였을 뿐이다.

오래 전, 1988년 12월이었다. 우리 아파트의 현관에 공고가 하나 붙었다.

"아르메니야에서 있었던 지진 피해자들을 돕기 위해서 옷 등의 구호품을 모읍니다. 아래의 주소에 구호물품수집센터 가 운영되고 있습니다. 그리고 우리 아파트에서는 일차적으 로 171호의 스텔라 나타노브나 두브로바야 집에서 모으고 있 습니다. 이 집에 모아 놓은 물건들을 월요일에 가지고 갈 예정 입니다. 깨끗하고 튼튼한 옷들 그리고 보온병, 깨지지 않는 그 릇, 아동용품들이 필요합니다."

그해 겨울에 무시무시한 지진이 있었고 그 때문에 아르메니야 의 도시 스피타크가 완전히 붕괴되었으며 아르메니야의 3분의 1이 붕괴되었다. 수만 명의 사람들이 집을 잃고 추위에 떨고 물 부족에 시달렸다. 소련뿐만이 아니라 전세계가 이재민들에게 구 호물품을 보내주었다.

나는 아동용 옷들을 챙기고 세탁을 하고 다리미질을 한 뒤 몇 몇 물건들과 함께 전해주러 갔다. 그 집은 내가 살고 있는 집에 서 두 층 아래에 있었다. 키가 크지 않은 중년의 여자가 덩치가 커다랗고 하얀 고양이를 손에 들고 나를 맞아주었다.

"바이샤를 오랫동안 들고 있을 수 없으니 일단 안으로 들어오 세요. 안그러면 계단으로 뛰어나갈거예요. 여기를 보세요 어마 어마하죠? 창고가 되었어요. 이걸 전부 구분해야 해요. 사이즈 별로, 옷의 형태별로 모아야 해요. 거기에서는 그걸 구별할 시간 이 없을 거예요. 사람들이 자신에게 필요한 것을 바로 찾을 수 있도록 해 주어야 해요."

이후 나는 산더미 같은 물건들이 눈에 밟혔다. 월요일까지는 5일밖에 남아있지 않았다. 나는 도움을 자청하였고, 시간이 날 때마다 집에 들러서 물건을 나누고 다리미질을 하고, 포장을 하고 표시를 하였다……. 결코 쉽지 않은 일이었다. 스텔라 나타노브나는 불평 한 마디 없이 쉬지 않고 일했다. 다만 때때로 "미안하지만, 앉아서 할 수 있는 것들을 가져와서 할게요. 제가 장애를 좀 가지고 있거든요. 허리가 아파서 이렇게 선 채로 오랫동안 일할 수가 없어요." 그리고 일을 계속하기 위해서 쇼파에 앉았다.

이 5일 동안 우리는 가까워졌다. 나는 그녀가 얼마 전에 뜨겁게 사랑했던 남편을 잃었다는 것을 알게 되었다. 스텔라 나타노브나는 아주 고통스러워하며 말했다. 그녀의 아들은 모스크바에서 멀리 떨어진 곳에서 일을 하였다. 그녀는 아들도 자주 보지 못하였다. 하지만 그녀는 삶을 소비하며 살려고 하지 않았다. 그녀는 자신이 할 수 있는 일을 찾아서 하였다. 책을 읽으며 시간을 보냈고, 젊은 엄마들에게 뜨개질을 하는 것을 가르쳤고, 참전 전우회에 가서 노인들에게 책을 읽어 주기도 하였다.

우리는 친구가 되었다. 그녀는 명석한 두뇌를 가지고 있었으며 말도 잘 하였다. 그녀의 말은 날카로울 뿐만 아니라 유머감각도 있었다. 그녀에게 갈 때마다 - 그냥 보러 또는 조언을 듣기 위해서 - 나는 추코트카에서 있었던 이야기, 중앙아시아에서 있었던 이야기, 전쟁 후에 그녀가 공부를 하였던 모스크바 근교의 학교에 대한 이야기 등 다양한 이야기를 들었다. 그녀의 이야기는 주변에 대한 정확한 묘사가 특징적이었다. 시간이 갈수록 대화에서는 '키르기즈'라는 단어가 반짝였다.

한번은 그녀에게 놀러 갔다가 탁자 위에 놓여진 끈으로 연결되어 있는 마분지를 보았다. 마분지에는 유자철선이 매직펜으로 그려져 있었고 그 밑에는 〈두려워 하지 말아라!〉라고 써있었다.

"이건 뭐예요?"

"옷장에서 찾은 거예요. 한 3년 전*에 저는 이것을 가지고 루뱐카 광장**에서 있었던 시위에 나갔죠. 정치적 탄압의 희생자들에 대한 추모였죠."

"잡혀갈 수도 있었을 텐데요……."

"하지만 예전처럼 그렇게 무섭지 않았어요. 잡혀가는 것을 대수롭게 생각할 필요도 없죠. 요새는 이야기를 한다고 해서 감옥에 가두거나 하지는 않잖아요. 물론 우리를 경찰들이 끌고 갔어요. 조서를 꾸몄죠. 더이상 시위를 못하도록 벌금을 물리기도 하고 겁을 주기도 했어요. 하지만 내가 지팡이를 짚고 어렵게 걷는 모습을 보고는 풀어주었어요. 훈방된 것이죠. 예전에 비하면 아무것도 아니죠. 제가 젊었을 때에는 그렇게 행동할 엄두도 내지 못했어요, 무서웠거든요."

그녀에게서 나는 1974년부터 소련, 그러니까 지금은 러시아에서 매년 10월 30일을 정치적 탄압 희생자의 날로 추모를 하고

---

* 1986년 또는 1987년을 가리키는 말이다.
** 루뱐카 광장에는 예전 소련시대의 KGB가 위치하고 있었다(지금은 FSB) 이 건물 맞은편에 있는 작은 공원이 있는데 이 공원에 솔로베츠키 섬에서 가져온 기념석이 놓여져 있다. 솔로베츠키 섬에는 유형소가 있었는데 정치범들을 수용했던 가장 큰 유형소 중 하나였다. 이 기념석은 정치적 탄압의 희생자들을 기리기 위해서 1990년 10월 30일에 세워진 것이다.

있다는 것을 알게 되었다. 당시 소련에서 살고 있던 사람들은 일상 속에서 서로가 감시를 받고 있다는 것을 알면서도 말을 하지 않았다. 하지만 의식이 있는 사람들은 정치적인 이유로 감옥에 갇힌 사람들이 많다는 것을 알고 이 날에 다양한 행사를 진행하여서 그들을 지지하고 있음을 표현하였다.

정치범들도 마찬가지로 모든 감옥에서 자신의 권리에 대한 투쟁을 하였다. 21세기 초인 지금 러시아에는 정치범들이 없다고 한다. 그래서 10월 30일이 '과거의' 정치적 탄압의 희생자를 추모하는 날이라고 불리워진다.

그녀가 내게 이야기를 해 주면서 두 개의 얇은 노트를 꺼냈다. 하나에는 〈아빠 재판 기록〉이라는 글씨가, 다른 노트에는 〈엄마 재판 기록〉이라는 글씨가 작게 쓰여 있었다. 둘 다 그녀가 직접 쓴 것이었다.

"나는 KGB*에 갔었죠. 그곳에서 근무하는 사람이 문서 보관소에서 아버지 재판 기록과 어머니 재판 기록을 찾아 주었어요. 사진을 찍지 못하게 해서 반나절 꼬박 앉아서 배껴 썼어요. 그래서 지금은 이렇게 나도 정치적 탄압의 희생자라는 증명서를 받았어요."

"잠시만요, 하지만 당신은 그때에는 아주 어린 나이였잖아요."

"그랬죠. 하지만 저는 엄마와 함께 조국을 배반한 가족의 일원으로 유형지로 보내졌죠. 그때 제 나이가 만 여섯 살이 채 되지 않았을 때였어요. 키르기즈로 보내졌죠."

* 국가안보위원회, 우리나라의 국가정보원에 해당하는 기관이다-옮긴이.

오랫동안 설득한 끝에 "난 당시를 회상하는 것을 좋아하지 않아요. 그대신 어머니와 내가 어떻게 솝호스에서 생활 했는지 이야기를 해줄게요."라고 말하며 그녀는 천천히 유형지에 대해서, 초원을 헤매고 다니던 때에 대해서 그리고 솝호스가 있던 '에피로노스' 마을에 대해서 이야기를 하기 시작하였다. 키르기즈인과 우크라이나인 그리고 독일인 친구들에 대한 이야기 그리고 주민들을 위해서 두 개의 언어로 《마나스》를 낭독하였던 이야기를 해 주었다.

어떤 식으로 기록을 남길지 결정 못한 채 나는 이 모든 것을 기록해두어야 한다고 그녀를 설득하였다. 어떤 식으로 쓸 것인지는 중요하지 않았다. 중요한 것은 모든 것을 기억해두어야 한다는 것이다. 어떤 식으로든 기록해두자는 것이 내 생각이었다.

스텔라 나타노브나는 글을 아주 잘 썼다. 그녀는 아주 세심하게 그리고 흥미롭게 글을 썼다. 독일과 프랑스의 동화와 시, 노래를 원어로 내게 들려주었지만 그것들을 원어로 쓰지는 못하였다.

"독일어로 쓰는 것은 잊은 것 같아요. 프랑스어도 쓰기보다는 말하기만 주로 해서 어려워요."

나는 그녀와 함께 차근차근 회고록 작업을 하였다. 몇몇 에피소드는 지역 신문인 〈9월 1일〉과 〈학교 도서관〉에 싣기도 하였다.

그러는 동안 시베리아에서 중병을 앓던 그녀의 아들이 왔다. 그녀는 아들이 입원하고 있는 병원을 다니기 시작하였다. 그녀는 간호를 하고 음식을 만들어 주고 약을 사다 주었다. 그렇게 6

개월이 지났다. 그녀는 한 손에는 두꺼운 지팡이를 짚고 다른 손에는 바퀴가 달린 가방을 끌고 날씨에 상관없이 도시의 도로를 걸어갔다. 나는 그녀가 넘어져서 다칠까봐 걱정을 하였다.

"아니예요. 고맙지만 도와줄 필요 없어요. 당신은 당신 일을 하세요. 혼자서 할 수 있어요."

그녀는 혼자서 잘 해냈다. 하지만 아들의 장례를 치러야 했다. 그녀는 혼자 남게 되었다.

러시아에 페레스트로이카, 즉 개혁이 시작되었다. 스텔라 나타노브나는 일어나고 있는 일들을 예의 주시하였다. 그녀는 어떤 일이 어떻게 일어나고 있는지 판단하기 위해서 다양한 신문과 잡지를 읽었다. 자원봉사자로서 정치적 탄압의 희생자들을 돕는 단체인 '메모리알'에서 일을 하였다. 그리고 조금씩 글을 썼다. 일주일에 다섯 페이지씩 썼다. 그녀는 못 쓸 것을 대비해서 계획을 세웠다. 초안을 작성한 후에 교정하고 고쳐서 새로 깨끗하게 썼다.

어느 날 그녀의 책상에 모니터, 컴퓨터 케이스, 키보드가 놓여 있었다. 스텔라 나타노브나는 조카에게 중고 컴퓨터 하나를 부탁하였고 지금 사용하는 방법을 배우고 있다고 자랑스러워하였다.

"70살 먹은 사람에게 이게 젊은 사람들처럼 쉽지는 않아요. 하지만 벌써 어느 정도 할 줄 알아요. 봐요, 내가 입력한 거예요. 삶의 긴장을 풀어서는 안 돼요. 그러면 바로 늙어버리고 말 거예요. 제 어머니는 온 몸이 마비 되어서 9년 동안 누워 있었어요.

하지만 내 아들에게 독일어를 가르쳐 주었어요. 강철 같은 성격이었죠! 건강한 정신 상태에서 운명하셨어요. 그때 전 마흔 살이 넘었지요." 그리고 미소를 띠었다. "그래도 그때 누가 우리 집을 지휘했는지 아시겠어요? 어머니와 함께라면 어려운 일이 없었어요 어머니의 강철 같은 성격이 아니었다면 그때 내게 어떤 일이 생겼는지 알 수 없지요."

'회고록'이라고 프린트 되어 있는 종이를 붙인 두툼한 화일의 빳빳한 표지 한쪽에는 손글씨로 〈스텔라 누돌스카야, 두려워 하지 마라. 완성된 유일한 원고〉라고 쓰여 있었다.

"스텔라 나타노브나, 왜 누돌스카야인가요?"

"어머니의 처녀적 성이예요. 필명이라고 하죠."

이후에 그녀는 병이 들었다. 그녀는 컴퓨터에 앉아서 입력하는 것을 바로 포기하고 힘들지만 손글씨로 계속해서 글을 쓰기 시작하였다. 나는 그녀에게 아주 단순한 기능 - 두 개의 단추와 카세트 테이프가 있는 - 을 가진 녹음기를 내밀면서 기억하고 싶은 것이 더 있다면 쓰지말고 말로 하라고 하였다. 어떤 이야기는 테이프에 녹음이 되었고, 어떤 것은 짧은 문장 형식으로 내 머릿속에만 남아 있게 되었다.

"아이들이 쭉 서있는 대열 앞에서 나를 소년단에서 제명했을 때 얼마나 창피했는지 몰라요……."

"왜 그랬죠?"

"교과서에 있는 초상화를 검게 칠하지 않았거든요. 투하체프스키와 블류헤르 두 사람이었죠. 그나마 소년단에서 제명만 당한게

다행이죠. 더 나쁠 수도 있었거든요. 엄마를 처벌했을 수도 있었죠. 그렇게 되었다면 아마도 우린 마가단이나 뭐 그런 데로 쫓겨났을 거예요."

"스텔라 나타노브나, 당신의 회고록을 출판하도록 하죠. 제가 녹음기에 녹음한 것을 풀게요. 더 이야기를 해 주시면 더 녹음하고요……."

"무슨! 그럴 것 까지 없어요. 그냥 수많은 회고록 중의 평범하고 단순한 회고록이 될 뿐이에요. 누가 읽겠어요? 그때 이야기를 사람들이 많이 썼잖아요, 너무 많아요. 그것보다 제게 좋은 아이디어가 하나 생각 났어요? 무슨 아이디어이냐면요 당신이 이것을 가지고 청소년들을 위한 소설을 써주는 거예요. 아주 어린 아이들 말고 어느정도 성장하여 조금은 이해할 수 있는 아이들 말이에요. 문학작품을 읽듯이 읽을 수 있게요. 제목은 바꾸는게 좋겠어요. 소설에는 맞지 않는 제목이니까, 회고록이면 몰라도."

"당장 함께 시작하죠!" 내가 적극적으로 나서면서 말했다.

"난 못해요." 그녀가 대답을 하더니 진지한 말투로 덧붙였다. "당신이 해 주겠다고 약속해 줘요."

반 년이 흐른 후 그녀는 더이상 세상에 존재하지 않았지만 기록해 놓은 것은 남아 있었다, 그리고 약속도.

물론 내가 소설을 쓰면서 어떤 대화는 만들어내야 했고, 특징과 장면들을 상세하게 설명을 해야 하기도 했으며 이야기를 덧붙여야 하기도 했다. 당시에 키르기즈의 초원에서의 삶이 어땠는지 이해하기 위해서는 많은 자료들을 찾아보아야만 하였다.

키르기즈에 가 보았던 사람들에게 "산 주위의 초원은 어떤 모습이었나요?"라고 물어보아야만 했다.

몇몇 보조 인물들을 만들어서 추가하였다. 예를 들어서 프리다에 관한 이야기는 그녀가 해준 이야기에서는 아래의 몇 개의 문장이 다였다.

"우리 반에 우크라이나의 시골에서 온 여자 아이가 함께 배웠어요. 그곳에 살고 있었던 유대인들을 파시스트들이 거의 모두 태워 죽였대요. 몇몇 사람만 간신히 목숨을 구할 수 있었죠. 난 그 아이에게서 처음으로 대량학살이라는 말을 들었어요. 우리는 그때까지 그런 말이 있는지도 몰랐거든요."

하지만 스텔라 가족에게 도움을 주었던 좋은 사람들은 정말로 있었다. 유자코프 씨 가족의 복잡한 가족사도 실제로 있었던 일이다.

어느 날 나는 물어보았다.

"당신의 기억에 따르면 당신 주변에는 나쁜 사람들이 전혀 없었던 것 같아요. 그럴 수 없지 않나요?"

"물론 그렇지 않아요. 이런 저런 사람들이 있었죠. 예를 들어서 모스크바의 이웃은 우리를 신고했죠. 하지만 난 그들에 대한 기억이 전혀 없어요. 아마도 이건 어렸을 때부터의 습관인 것 같아요. 좋은 것만 기억하는 거. 그렇게 하는 게 더 낫다고 생각한 거죠."

그래 그렇게 하자, 나도 내 소설에 나쁜 사람들을 그려넣지 않기로 마음 먹었다. 오직 알틴베크만이 숨어들었다.

그리고 스텔라는 내게 사진들을 보여주었다. 스텔라, 어머니, 아버지 그리고 울랴샤의 실제 모습을 볼 수 있었다.

하지만 그 외의 사람들, 예를 들어서 유자코프 씨 가족 사진도 없고, 유모의 사진도 없고, 페도시야 그리고리예브나와 장티푸스에서 스텔라를 구해준 의사 사진도 없다. 사프코스, 프리다, 엘랴 베르그 사진도 없다. 하지만 없는 게 더 낫다. 친애하는 독자들이 이 소설 속에서 읽은 그대로 그들을 상상할 수 있기 때문이다.

이 이야기를 끝까지 읽어준 것에 감사를 드린다.

올가 그라모바

모스크바에서

2013년

역자후기

역자는 대학을 졸업한 후 러시아에서 오랫동안 공부를 할 수 있는 기회가 있었다. 처음 러시아로 출발하였을 때 글과 말로만 들었던 모스크바의 땅을 직접 내 발로 밟는다고 생각하니 가슴이 뛰지 않을 수 없었다.

1992년이었으니 당시만 해도 러시아를 가려면 안보교육을 받고 가야만 했던 시절이었다. 모스크바 공항에 도착을 하니 우중충한 분위기의 공항 건물과 을씨년스러운 시내 분위기는 지금도 모스크바의 첫 인상으로 내 머리에 저장되어 있다. 그야말로 붕괴된 소련의 모습이었다.

경제사정은 좋지 않았으며, 먹을 것도 여의치가 않았다. 길거리를 지나가다가 트럭 한 대가 서서 달걀을 내리기 시작하면 어디서 나왔는지 사람들이 나와서 달걀 한 판을 사려고 긴 줄을 만들었으며, 새벽 빵집 앞에는 빵을 사려는 사람들이 한두 시간쯤 줄을 서는 것은 보통이었다.

그럼에도 불구하고 이들에게는 커다란 자부심이 있었다. 그것은 바로 전쟁을 이긴 나라라는 것이다. 바로 2차 세계대전의 승전국이라는 것이 이들의 커다란 자부심이었다. 그렇기 때문에 구걸을 하지 않았다. 그렇기 때문에 경제적으로 힘들었지만 오랜 시간 미국과 대치를 하였고, 지금도 미국과 갈등을 일으키고 있는지도 모르겠다.

하지만 그 이면에는 알 수 없는 어두운 그림자가 서로의 얼굴에 비치고 있었다. 그것은 바로 1917년 사회주의 혁명과 1,2차 세계대전을 겪으면서 대한민국에서 1945년 이후 좌우가 대립하듯이 좌우가 극명하게 대결을 하였기 때문에 생긴 어둠이었다. 러시아는 세계대전에서 두 번이나 승전국이 되었지만 많은 희생을 하여야만 하였다. 외부의 적들과 싸움에서 희생된 사람들도 있지만 그 내부를 결속하기 위해서 또는 체제를 유지하기 위해서 그에 못지 않은 많은 희생을 필요로 하였다.

우리에게는 1937년 스탈린에 의해서 블라디보스토크 등 극동지방에서 교포들이 중앙아시아의 카자흐스탄과 우즈베키스탄으로 강제이주를 당했다는 것 그리고 그 와중에 많은 희생이 있었다는 것이 이미 잘 알려진 사실이다. 하지만 당시 우리 교포들만이 아니라 소련 각처에서 자치를 하고 있는 많은 민족들이 그렇게 이리저리로 강제이주를 당하였고 희생당하였다. 그리고 소위 반대파인 사람들도 이리저리로 강제이주를 당하였고, 희생당하였다.

《설탕 아이》는 그러한 사람들에 대한 이야기이다. 그 중에서도 평범하게 살았을 것 같은 귀족 집안의 한 가족이 순식간에 모든 것을 잃어버리고 죽음의 끝에 서지만 포기하지 않고 살아남아서 희망의 메세지를 전달해주고 있다.

절망에 빠진 딸 엘랴에게 엄마는 "어떤 사람에게 불행이 닥치게 되면 그 사람은 자신이 이 세상에서 누구보다도 더 아프고 상황이 안 좋다는 생각이 들어. 하지만 수천 년 동안 사람들이 이 땅에서 살면서 수많은, 아주 많은 삶이 이 땅에 있었어. 그런 불행은 누군가에게 있었던 거야. 네가 그것을 안다고 네 상처가 덜 아프거나 하지는 않을 거야. 하지만 희망을 가지고 참을 수 있게 해 주지."라고 말하며 그 순간을 참을 수 있게 해준다.

그리고 아빠가 해주는 말 '훌륭한 사람은 모든 것을 혼자서 할 수 있다.' '훌륭한 사람은 아무 것도 두려워하지 않는다.' '훌륭한 사람은 모든 매듭을 혼자서 푼다.' '훌륭한 사람은 참을 줄 안다.' 는 어려움을 계속해서 극복할 수 있도록 해준다.

그리고 마지막으로 엘랴의 가족이 절망을 딛고 일어날 수 있었던 것은 주위에 좋은 사람들이 있었기 때문이다, 즉 '이 세상에는 나쁜 사람들보다 좋은 사람들이 더 많다'라는 것이다.

2020년 12월 역자

설탕 아이

20세기 중반에 살았던 한 소녀의 이야기

초판 1쇄 │ 2020년 12월 15일

지은이 │ 올가 그로모바
그린이 │ 마리야 파스테르나크
옮긴이 │ 강완구
표지 디자인 │ 임나탈리야
디자인 │ 임나탈리야
편 집 │ 강완구
펴낸이 │ 강완구
펴낸곳 │ 도서출판 써네스트
출판등록 │ 2005년 7월 13일 제2017-000293호
주 소 │ 서울시 마포구 망원로 94, 203호
전 화 │ 02-332-9384   팩 스 │ 0303-0006-9384
이메일 │ sunestbooks@yahoo.co.kr
ISBN 979-11-90631-14-3 03890 값 12,000원

이 책은 신저작권법에 따라 보호받는 저작물이므로 무단 전재와 복제를 금하며, 내용의 전부 또는 일부를 재사용하려면 반드시 저작권자와 도서출판 써네스트 양측의 동의를 받아야 합니다.
정성을 다해 만들었습니다만, 간혹 잘못된 책이 있습니다. 연락주시면 바꾸어 드리겠습니다.

이 도서의 국립중앙도서관 출판사도서목록(CIP)은 e-CIP 홈페이지 (http://www.nl.go.kr/ecip)와 국가자료
공동목록시스템(http://www.nl.go.kr/kolisnet)에서 이용하실 수 있습니다. (CIP제어번호 : CIP2020048265)